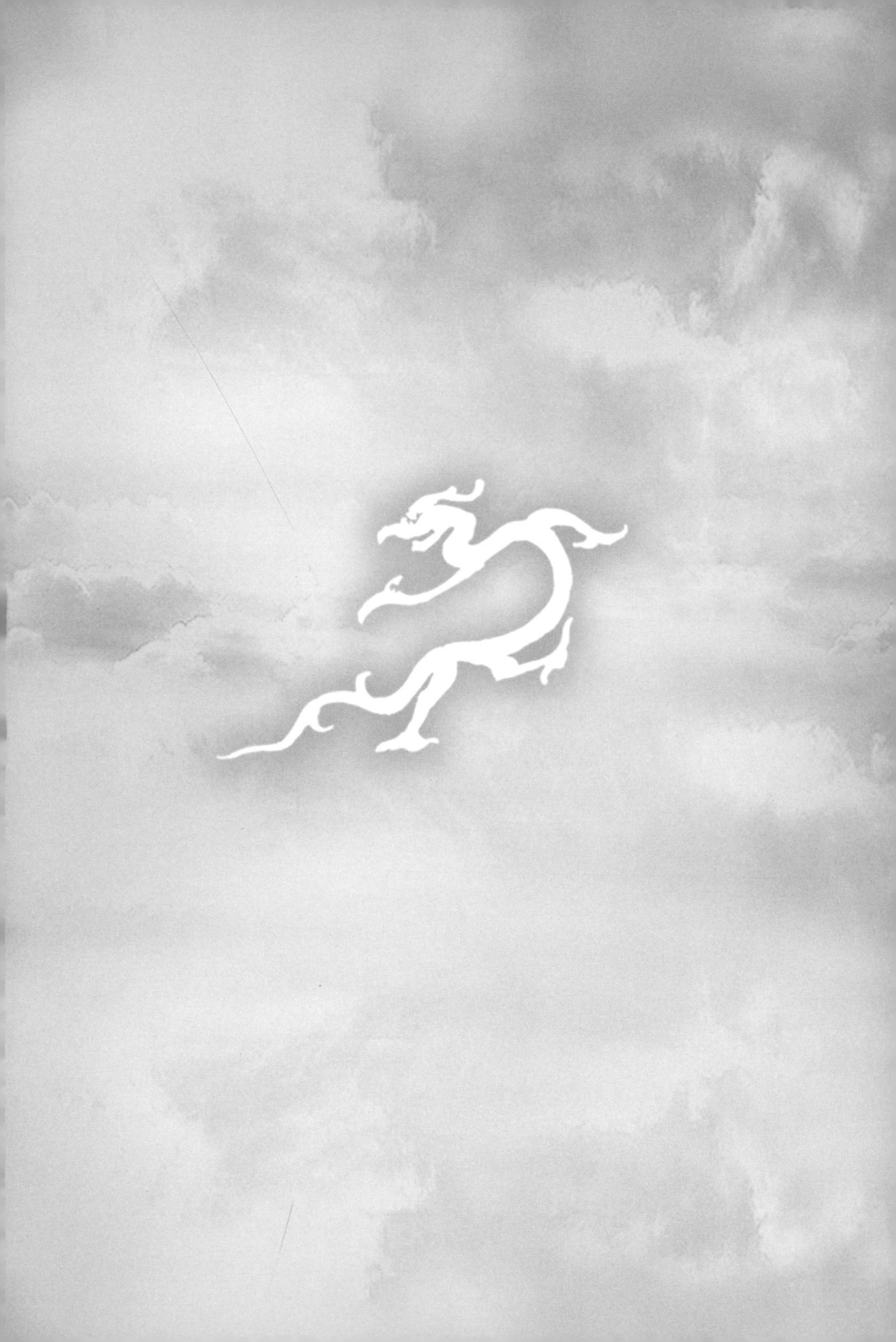

有華人的地方就有

龍人的作品

賊秦
7

滅秦內容簡介

大秦末年，神州大地群雄並起，在這烽火狼煙的亂世中。
隨著一個混混少年紀空手的崛起，他的風雲傳奇，拉開了秦末漢初恢宏壯闊的歷史長卷。
大秦帝國因他而滅，楚漢爭霸因他而起。
因爲他——霸王項羽死在小小的螞蟻面前。
因爲他——漢王劉邦用最心愛的女人來換取生命。
因爲他——才有了浪漫愛情紅顏知己的典故。
軍事史上的明修棧道，暗渡陳倉是他的謀略。
四面楚歌動搖軍心是他的籌畫。
十面埋伏這流傳千古的經典戰役是他最得意的傑作。
這一切一切的傳奇故事都來自他的智慧和武功……

滅秦五閥簡介

入世閣

閣主大秦權相趙高，身懷天下奇功「百無一忌」，又借助官府之力，使得入世閣漸漸強大至有力壓其他四閣的趨勢。而克制他的皇道武學「龍御斬」又消失江湖，故更令其橫行無忌。

流雲齋

西楚最強大的門派，在其齋主項梁的經營下，統一了西楚武林，將各門各派的人才盡歸入旗下，在萬里秦疆烽火四起之時，趁虛而入想一舉奪得大秦江山。鎮齋神功「流雲真氣」霸道無比，其侄項羽憑此功而搏得西楚霸王的英名。

知音亭

亭主五音先生是亂世武林中修爲最高的幾位強者之一，門下高手無數，紀空手就是得其之助，才能在亂世中立足，鎮門神功「無妄咒」可以控制天下任何絕學導氣時的經脈流向，使其敵不戰自敗，唯一弱點是不能駕馭中咒者的思想。

聽香榭

一個神秘而又古老的組織，當代閥主呂翥是一個不達目的勢不罷休又有著很強征服慾的女人，其門中的「附骨之蛆」、「生死劫」、「紅粉佳人」三大奇毒，控制著無數的武林高手。天下最可怕的殺手主使人。

問天樓

春秋戰國衛國亡國後的復國組織。當代閥主衛三公子，一個怪物中的怪物，雖身懷上古絕學「有容乃大」奇功，橫行天下稀有敵手，但其性格反覆無常讓人捉摸不定，他可以爲達目的而不擇手段，又可爲復國獻出自己唯一的生命。劉邦的親生父親，紀空手的強敵。

主要人物簡介

最聰明的女人——紅顏

知音亭的小公主，擁有著高貴典雅的氣質，空谷幽蘭般的容貌。音律與武學修爲都已達到很高的境界，性格平和堅強，其聰明之處便是在亂世眾雄中選擇了紀空手，而一代霸主項羽卻爲搏其一笑擁兵十萬，相迎十里。反而樹立了紀空手這位宿命中的強敵。

最可悲的女人——張盈

「入世閣」閣主趙高唯一的師妹，天生媚骨，媚術修爲之高已達到媚惑天下眾生之境。因趙高修練鎮閣神功「百無一忌」自閉精氣，冷落了她，使其成爲了秦末武林中最可怕的魔女。終死在扶滄海的「意守滄海」的奇功之下。

最可愛的女人——鳳影

「問天樓」刑獄長老鳳五之女，是位惹人疼愛的小美人，溫婉嫺靜，清純可愛。在韓信危難中與其結緣，成爲韓信的至愛，江湖傳言韓信背叛兄弟、助劉邦爭奪大秦疆土都是爲了此女。

最幸運的女人——呂雉

「聽香榭」真正的主人，是位有冒險精神，性格堅毅果斷的美女。因修練鎮榭神功「天外聽香」需保住處女元陰，而無法享受魚水之歡。後聽香榭發生內亂，她受其姐暗算，與紀空手有了合體之緣。得到了補天異氣之助，不但將神功修練到至高境界，還成爲了紀空手的妻子。

最善良的女人——虞姬

大秦美女，容貌清麗脫俗，是位惹人憐惜的嬌弱美人。性格外柔內剛，堅信緣由天定，對紀空手一見鍾情，爲救情郎情願被劉邦充當禮物送給項羽。劉邦也因此事而鑽進了紀空手布下的圈套，不但痛失至愛，還差點在鴻門宴中身陷萬劫不復之境。

最不幸的女人——卓小圓

「幻狐門」當代門主，性格如水般變化無常，媚功床技天下無敵，由於此門是問天樓中的一大分支，她自然而然成爲了劉邦的情婦，後被紀空手以偷天換日的手法易容後送給項羽，變成一個媚惑項羽的工具。

最成功的英雄——紀空手

一位混混與無賴眼中的神，一段段傳奇中的人物。他身具龍形虎相，偶得補天異寶，踏足江湖後在項羽的十萬大軍前，奪走他心中的美人——紅顏。又從劉邦的陷阱中將他送給項羽的禮物——「虞姬」據爲己有。江山美人讓他樹敵無數，戰爭與血腥使他明白世間的殘酷。仁義二字讓他變得強大無比，這只因他堅信——仁者無敵！

最無情的君主——劉邦

衛國的皇室後裔，身具蓋世奇功「有容乃大」。但名利使他仍容不下身旁具有高才智的兄弟，爲搏強敵的信任，他可以送上心愛的女人與父親的生命。「一將功成萬骨枯」，是他一生奉行的箴言。這只因——帝道無情！

最霸氣的男人——項羽

其天生神力，加之家族的至高武學「流雲道」，更使他身具蓋世霸氣，縱橫大秦疆域所向無敵。然而，爲搏紅顏一笑，樹下了紀空手這位宿世之敵。西楚的疆土毀在其一意孤行，四面楚歌、十面埋伏各種奇計使其在楚漢相爭中敗得無回天之力。烏江之畔，橫劍脖頸只表達心中的霸意——「霸者無懼」！

最危險的敵人——韓信

亂世中的將才，紀空手兒時的好友，因能忍別人不能忍之事，使他很快在亂世中崛起。卻因抵不住名利的誘惑，出賣兄弟。霸上一戰他為保存實力，親手放走他今生「宿命之敵」。為自身的利益，他可出賣一切可以利用的東西。可惜等其擁有爭霸天下的實力時，卻得不到任何的支持力，這是他一生中最殘酷的打擊。但他至死仍不明白這是否是——「宿命之意」！

最聰明的隱士——張良

知音亭五音先生放入江湖中的一枚隱子，此人精通兵法，又足智多謀，是亂世中不可多得的謀士，在劉邦身旁盡心盡力助其發展勢力，紀空手復出後，因他之助，不費一兵一卒得到大漢所有的軍隊。此人唯一弱點——不懂絲毫武學。

最倒楣的鑄師——軒轅子

天下三大鑄劍師之一，因受人之託隱於市集鑄練神刃，刀成之際，因定名「離別」實屬凶兆，身受數大高手圍攻而血戰至死。後此刀在紀空手之手力戰天下知名高手威揚天下。

最可怕的劍手——龍賡

天生爲劍而生的人，因身具劍心，故能將劍道練至無劍的至高境界——心劍。五音之死令其復出，紀空手得其之助，才棄刀進入至高武學的殿堂——無我武道。

最富有的棋手——陳平

夜郎國的世家子弟，在夜郎陳家置辦賭業已有百年，憑的就是「信譽」二字，創下了無數財富，是各大爭奪天下勢力眼中不可多得的財力支柱。

最失敗的盜神——丁衡

五音旗下的五大高手之一，偷盜之技天下無敵，雖盜得天下異寶「玄鐵龜」，卻無緣目睹其寶讓紀空手成爲一代霸者的機會。

目錄

這七個人無疑都是李秀樹手下的精英，他們分佈在南鄭城中，就是爲了遮人耳目，免得引起他人的注意，當李秀樹派人去招集他們的時候，他們卻已死了，這的確是出乎李秀樹意料之外的事情。

這驚天動地的裂響似乎將空氣都震散毀滅，江岸上的沙石有如颶風橫掃，捲成一片暗雲，升至空中時，隨之散裂，幻化成一條條肆虐無忌的惡龍。讓觀戰的每一個人都有一種驚魂的感覺，彷彿他們眼裡看到的不是人類的一場決鬥，而是神魔進行的一場戰爭。

呂雉傲然道：「我們聽香榭立榭的宗旨就是要向天下證明，女人絕不是弱者，更不是男人的附庸，只要我們願意，我們能夠做到男人可以做到的一切事情，甚至比男人做得更好。」

紀空手這才明白，聽香榭存在於江湖的目的。它所推崇的觀念與思想雖然與這個世道格格不入，甚至有些偏激，但在這個男權至上的社會裡，依然讓紀空手感到幾分新奇。

附骨之蛆就是類似於這種蠱，卻又遠比這種蠱可怕，當牠進入到了人的體內後，不僅可以操縱人的意識和思維，而且可以磨滅人的意志和尊嚴。只是培植這種附骨之蛆不僅艱難，而且煞費苦心，也難以有很高的存活率，所以在我們聽香榭中，將牠看得彌足珍貴。

第一章　完美殺局

一切來得是那麼突然，一切來得又是那麼迅猛，就像是一道半空中炸起的驚雷，還沒開始，就已結束。

這八名殺手連哼都來不及哼一聲，就已倒下。

不可否認，這八人都是真正的高手，也有真正高手所具有的一流反應，可是當他們與這群江湖人一比，其動作還是顯得稍慢。

難道說這群江湖人並非是那種走在大街上，隨手就可抓到一把的江湖人，而是經過嚴格訓練的戰士？

如果是，他們是誰？爲什麼會混跡於酒樓之中？

如果不是，他們之間所體現出來的默契和那驚人的爆發力又作何解釋？

這就像是一串謎，在維陽的心頭一閃而過，根本沒有時間再去深思。他只是冷冷地盯著眼前的扶滄海，手卻按在了自己腰間的鐵胎弓上。

靜，真靜，店堂中的空氣都彷彿凝固了一般，一股濃濃的血腥味讓人聞之欲吐，讓人有一種說不出來的壓抑。

八具屍體，靜靜地倒在地上，每一具死屍的眼睛都瞪得大大的，好像渾然不覺自己是如何死去的，只有那極深的創口不斷地向外翻湧著血水，成為這一刻唯一在動的活物。

圍在屍體旁邊的那些江湖人，又悄然回到自己的座上，喝著茶，飲著酒，神情泰然，就好像他們從來沒有出過手一般，又歸於剛才的平常。

只有他們腳下還在滴血的刀鋒，可以證明他們曾經經歷過那驚心動魄的一瞬。

維陽的眼睛瞇得更緊了，幾乎緊成了一條線縫。他臉上看似不動聲色，心卻陡然下沈，彷彿墜入了一個無底的深淵。

「這些人是你的人？你早就將他們安插在這裡，為的就是對付我們？」維陽沒有驚詫，只有一絲恐懼開始縈繞心間。從他跳躍不定的眼芒中可以看出，他被這陡然而生的驚變衝破了心理底線，接近崩潰的邊緣。

「如果我沒有記錯，應該是的。」扶滄海並沒有因為自己成為優勢的一方而感到得意，臉上的神色反而更加凝重，因為他知道，狗急了尚且跳牆，何況人呢？

「可是你並不知道我們會來，又怎會事先安排好這樣一個局讓我們鑽呢？」維陽感到有些不可思議。

「如果我說這是我的一種直覺，你們一定不信。」扶滄海淡淡一笑道：「其實自你們從城陽出發的那一刻起，我的人就一直注意著你們，所以對你們的行蹤，我瞭若指掌。」

「這不可能！」維陽驚道：「如果真的有人跟蹤我們，我不會毫無覺察！」

「我不否認你是一個高手，可以從一些蛛絲馬跡中看出點什麼，但是，在你們所經過的路上，我動用了八十七名耳目，分段跟蹤。在你們還沒有記熟他們的面目時，我已又換了人跟蹤你們，請問，你又怎能覺察到有人在跟蹤你們呢？」扶滄海說得雖然平淡，但從中可見他對這次行動煞費苦心，完全擺出一副勢在必得的架式。

維陽心中雖驚，卻趁著這說話的功夫打量著自己的退路。他已經明白，這次琅邪山之行，他只要揀回這條老命，便是幸運，至於他肩上擔負的任務，統統去他娘的。

他與歐元交換了一下眼神，都已知道對方的心理，因爲以目前的情況看，只有兩條路可走：一條是自己左手邊的一個窗口，在這個窗口下坐了一個老農。雖然維陽看出這老農並不普通，他卻是唯一一個剛才沒有動手的人；而另一條路就是竄上屋頂，這是這個酒樓唯一沒有設防的地方。

「這麼說來，我們兄弟豈不是要死在這裡？」維陽冷笑一聲，手中的酒杯突然旋飛起來，挾帶一股尖銳的呼嘯飛射出去，聲勢極爲驚人。

他既已認定了自己逃亡的路線，當下也不猶豫，全力出手。而在他出手的同時，歐元以最快的速度取出了他的子箭——一支用熟銅所鑄的箭。

「呼……」扶滄海只退了一步，已然出槍，一股強烈的勁風在他的身前鼓起，槍芒化作流雲中的黑影，在虛空之中形成一股巨大的吸扯之力。

那旋飛不定的酒杯，竟然在槍出的刹那，消失在那片流雲之中，沒有發出一絲聲響。

「嗤……」而銅箭在歐元的手中一振之下，斜飛而出，迎向了扶滄海藏於流雲之後的槍鋒。

這一串如行雲流水般的配合，顯示了維陽與歐元數十年所形成的默契，就連一向勇悍的扶滄海，也不得不在對方天衣無縫的攻勢下避讓三分。

「好！母弓子箭，果然不凡，就讓我扶滄海再領教領教。」扶滄海冷哼一聲，槍鋒抖出萬千寒影，驀閃於虛空之中。

此時的維陽，目光就像一把刀，穿透虛空，關注著周身哪怕任何一點細小的動靜。他左手執弓，右手拉弦，弦如滿月，但弦上卻無箭。

沒有箭矢的弓，就像是一隻沒有牙的老虎，它的鋒芒在哪裡？

沒有人知道，就連扶滄海也看不出這無箭之弓的威力何在。

但扶滄海卻懂得母弓子箭能夠揚名江湖數十載，絕非浪得虛名。

就在扶滄海微微一怔之間，只聽「嗤……」地一聲，一道銀芒突然電射而出，繞向了自己懸於半空的槍鋒。

扶滄海方有警覺，只覺手中一沈，長槍之上似被一種物體纏繞，一股電流般竄過的麻木令扶滄海的長槍幾欲脫手。

他心中大駭之下，又退一步，才發現在自己的長槍上多出了一根銀絲，分明是維陽那弓上的弦絲。

他這才明白，維陽的鐵胎弓竟然以弦為鞭，可以當成長鞭使用。那弦絲震顫遊走，「嘶嘶……」作響，猶如毒蛇的長信，所到之處，溫度陡降。

扶滄海的眼芒緊緊鎖定住弦絲的尖端，眼見它就要刺向自己咽喉的剎那，他冷笑一聲，雙指捏向弦絲奔來的方向。

「嗖……」弦絲陡然回縮。

「閃——」就在這時，維陽暴喝一聲，猶如平地響起一記炸雷。

「閃」的意思，就是撤、逃、跑。用「閃」這個字眼，是爲了形象地表達這撤退的速度。

維陽說這個字的意思，就是像閃電一樣展開逃亡，歐元自然心領神會。

所以話音一落，兩人分頭行動。維陽的身形向上，而歐元卻直奔那老農所坐的窗口而去。

他們都有著豐富的閱歷與經驗，深知這是自己兩人逃命的唯一機會，是以一旦行動，已盡全力。

◆

「不知爲什麼，每當我看到陳爺的時候，總讓我想起一個人。」樊噲說這句話的時候，正與紀空手、龍賡坐在南鄭最有名的「五芳齋」中。

「五芳齋」是城中有名的風月之地，此時華燈初上，熱鬧更勝平時，車水馬龍，鶯歌燕語，讓人幾乎忘卻這是戰火連天的亂世。

他們三人所坐之處是五芳齋中最高檔的雅間，檀香暗送，倍添清雅，牆上掛有書畫題字，皆有出處，盡是名家手筆。管弦絲竹之聲自一道屏風之後隱隱傳來，既不干擾他們的說話，又能烘托出一種溫馨浪漫的氛圍，顯示出這些樂者的素質之高，無愧於勾欄中的翹楚。

紀空手沈浸於一曲簫音之中，偶然聽到樊噲說話，心中暗暗一驚。不過，他很快掩飾住自己內心的驚亂，淡淡一笑道：「看到本人，使樊將軍想起誰來？」

樊噲似是不經意地提起，但目光卻如鋒刃般緊盯住紀空手的眉間，半晌才道：「一個故人，也是一個朋友。」

「能成爲樊將軍朋友的人，想必不是一般的人，倒要請教。」紀空手迎著樊噲的目光而視，絲毫不讓。

樊噲並沒有從這雙眼睛中看到他所熟悉的東西，略略有些失望，斟酒端杯，淺酌一口道：「其實也不盡然，當年我把他當作朋友的時候，他不過是一個小無賴而已。」

他的眼眸裡閃出一絲迷茫，彷彿將記憶又帶回了當年的那段時光。在他的臉上，流露出一絲淡淡的笑意，落入紀空手的眼中，泛起一圈情感的漣漪。

「一個小無賴？樊將軍把我與一個無賴相提並論，只怕有些不妥吧？」紀空手心裡雖然很念樊噲的情，表面上卻佯怒道。

「哎呀……」樊噲這才明白自己失言了，忙連連拱手道：「陳爺大人有大量，得罪莫怪。」

「既然你說起此人，我倒想聽聽此人有何能耐？」紀空手其實很在乎樊噲對自己的看法，因爲在他的心裡，始終把樊噲當作是自己的朋友。

樊噲幽然一歎道：「我之所以將陳爺與他相比，絕沒有半點輕視怠慢之意，因爲我說的這個人，你必定聽過他的名頭。」

「哦？」紀空手裝得頗有興趣道：「莫非此人如今已是今非昔比，出人頭地？」

「我不知道他現在如何，因爲我也快兩年沒見過他了。」樊噲緩緩而道：「不過，當他現身江湖之時，總會在這個江湖上留下一串串經典，一串串奇蹟，就好像天邊劃過的那道流星，儘管短暫，卻總會留下最耀眼的光芒。」

「我知道了，你說的必是項羽。」紀空手拍手道。他自幼出身市井，對這種扮豬吃老虎的手段從不陌生，此時用來，倒也就輕駕熟。

「我不否認，項羽的確是一個傳奇，他以如此年紀統兵百萬，凌駕於諸侯之上，成爲當世一代霸主，這的確可以讓他留名青史。不過，他的成功更多是建立在其前輩所創下的基礎上，使得他做起事來事半功倍，比起我所說的這個人來，他仍然有所欠缺。」樊噲微微一笑道。

「這可就讓人有些費解了。」紀空手奇道：「連項羽都無法與之媲美，難道你說的人是漢王？」

樊噲搖了搖頭道：「漢王雖然是我的主子，但平心而論，他較之項羽猶遜一籌，又怎能與此人相比？」

紀空手沒有想到樊噲竟然會把自己推崇得如此之高，不由大爲意外。他的心裡微微一動：「難道說在樊大哥的心裡，我比劉邦還要重要？」

雖然他對樊噲素有好感，但是在這種關鍵時刻，他絕對不敢將自己的身分暴露給任何人，這並非表示他不相信樊噲，而是他深知，千里大堤總是毀於一個小小的蟻穴，容不得自己有半點疏忽。

樊噲的眼睛望向窗外，那暗黑的夜空中透著一股未知的神秘。

「他叫紀——空——手。」樊噲一字一句地道：「我最初認識他的時候，他還是淮陰城中的一個小無賴。那時候，他和現在的淮陰侯韓信是一對很好的朋友，當我第一眼看到他之時，他聰明機靈，臉上總是流露出一種滿不在乎的表情，好像天塌下來也不管，一付無所畏懼的樣子。他的素質很高，悟性又強，也許是遇到了一個千載難逢的機遇，他和韓信迅速在江湖上嶄露頭角，成爲當今江湖上風頭最勁的人物。我原以爲他最終會加入這場爭霸天下的角逐之中，然而他卻在風頭最盛的時刻退出了江湖，從此銷聲匿跡，再無音訊。」

他的語氣中帶著一絲惋惜，還透著一絲解脫。紀空手初時尚不明白，略一沈吟，這才懂得樊噲的這種心境。

的確，如果紀空手加入這場爭霸天下的角逐之中，那麼在紀空手與劉邦之間，早晚會有一場生死對決，到了那個時刻，樊噲根本就無法作出自己的取捨。

所以，對樊噲來說，紀空手的失蹤，更像是他心理上的一種解脫。

紀空手很想說些什麼，最終卻保持了沈默，雅間裡暫時出現了短暫的沈寂，不過很快便被一串如銀鈴般的嬌笑聲打破。

「喲，樊將軍捨得到我們五芳齋來逛上一逛，可真是稀客。」一個年約三旬的半老徐娘一身濃妝自門外進來，羅帕輕舞，濃香撲鼻，顯得極是親熱地道。

「素聞五芳齋的豔名，早有仰慕之心。只是礙於公務繁忙，所以拖到今日方前來見識一番，林媽媽，把你院裡的寶貝姑娘都叫出來吧，讓我的客人也開開眼界。」樊噲哈哈一笑，當下給這位「林媽媽」一一作了介紹。

這婦人眼睛陡然一亮道：「原來是財神到了，夜郎陳家可是天下間少有的大戶人家，奴家今日托樊將軍之福，才算真正開了眼界哩！」

這些終日在青樓上打滾的人最爲勢利，一聽說來人竟是夜郎陳家的家主，哪有不竭力奉承的？當下招呼得特別熱情，一臉媚笑道：「三位稍坐片刻，奴家這就叫人去請姑娘們來伺候諸位！」

樊噲一擺手道：「且慢，今日雖然是我首次登門，卻已知五芳齋的頭牌是誰，你只須將最好的三位給我送上來，千萬別找些三等貨色來敷衍我，否則，可別怪我樊大爺翻臉認不得人！」

那婦人伸伸舌頭，道：「瞧樊將軍說的，就算奴家不衝著你的面子，單爲陳爺，奴家也得找幾個絕色的尤物來伺候各位。」

當下她一搖三擺，扭著豐臀款款走了出去。

紀空手心裡暗忖，劉邦派樊噲來接待自己，絕不只是來五芳齋尋花問柳這麼簡單，其中必定另有圖謀。

正當他還在猜疑之際，門簾外的走廊響起環佩之聲，香風徐來，三名姿態曼妙的女子微笑著跟在那婦人之後，緩緩地掀簾而入。

在婦人的安排之下，三名女子各自坐到了自己的座上。挨著紀空手坐下的是一位二八佳人，長得明目皓齒，秀美清雅，不沾半點風塵之氣，竟然像深閨中的大家小姐，舉手投足間隱有豪門名媛風範。

樊噲與龍賡不由打量了這女子幾眼，心中無不感到詫異，倒是紀空手一怔之下，淡淡一笑道：「果然是五芳齋的頭牌姑娘，就是與眾不同。」

「這麼說來，陳爺對小蝶兒還滿意囉？」那婦人嘻嘻一笑道。

紀空手微笑道：「無所謂滿意不滿意，不過是逢場作戲，又何必太過認真呢？」

那被喚作「小蝶兒」的女子臉色微變，淡淡而道：「看來陳公子是久涉風月之地，是以看破紅塵，不相信這世間還有『情愛』二字。」

「『情愛』二字，還是有的，只不過絕不在這風月場所之中。」紀空手打量了一眼，緩緩而道：「就像此刻的你我，萍水相逢，哪來的情與愛？如果你我最終只有這一面之緣，豈不是如清風流雲，總是擦肩而過？」

小蝶兒深深地看了紀空手一眼，道：「你又怎知你我註定了今生只有一面之緣呢？」

「因爲我似落花，你若流水，雖然落花有意，怎奈流水無情！」紀空手說這句話時，已渾若一個多情種子。

小蝶兒的俏臉一紅，嬌嗔道：「公子所言有失偏頗，奴家若是流水，你又焉知流水無情？」

此語一出，她滿臉羞紅，已然垂首，任誰都可聽出，她已有芳心暗許之意。

那婦人拍起掌來，未語先笑道：「既然郎有情，妾有意，這段姻緣想不成都不行了，諸位爺玩得盡興，奴家就先失陪了。」

「且慢！」樊噲叫住了她：「既然連你都認定這是一段好姻緣，那麼這個大媒人我樊某當定了，你不妨開個價吧！」

那婦人頓時哭喪著臉道：「那可不成，小蝶兒可是我的命根子，我五芳齋上上下下數十號人就指望著她哩，將軍何必爲難奴家呢？」

紀空手剛欲出口攔阻，腳尖被什麼東西碰了一下。他抬頭一看，卻見龍賡輕輕地將頭移了一下。

他猛然警覺，隱隱覺得有些不對勁，再看那婦人與樊噲的神情，陡然想道：「這恐怕還是劉邦設下的局——劉邦苦於無法摸清我的底細，所以就想到了美人計，利用女人來與我親熱之際，在肌膚相親中驗證我是否易容化裝過。」

這一計的確高明，如果不是紀空手天下奇絕的整形術，只此一關，就足以讓他露出馬腳。也正因如此，只要他闖過此關，劉邦就沒有理由不相信他是真的陳平。

紀空手想到這裡，微微一笑，任由樊噲與那婦人大唱雙簧，他全當在看一齣好戲。

事態的發展果然不出紀空手所料，那婦人在樊噲的威逼之下只能同意。緊接著在樊噲的安排下，紀空手擁著小蝶兒進入了一間滿是檀香的臥房。當小蝶兒曼妙豐滿的胴體一絲不掛地展示在他的眼前時，紀空手沒有一絲猶豫，更沒有憐香惜玉的心情，以最直接的方式將她壓在了自己的身下。

紀空手不是聖人，只是一個心理與生理都已成熟的男人，所以他不會刻意去壓抑自己心中的慾火，何況面對如此嬌美的尤物，他允許自己放縱一次。

唯有如此，他才能最終博得劉邦的信任。既然有美人送懷，他自然來者不拒！

所以，紀空手放鬆心情，縱馬馳騁，盡情遊弋於「山水」之間。當這一切在最狂烈的那一刻中結束時，他昏昏然睡去。

一覺醒來，陽光已從窗戶透射進來。

在他的身邊，小蝶兒猶在海棠春睡，俏臉上隱見淚痕，眉宇透出一絲慵懶，有一股說不出的撩人。

床上隱見點點落紅的遺痕，這一切只證明，昨夜之前，她竟然還是未經人道的處子。

紀空手緩緩地站了起來，輕輕地歎息了一聲。

只是一聲歎息，既不帶一點內疚，也不帶一絲憐惜。

然後，他大步向門外走去，頭也不回。

這只因為，他對敵人一向無情，即使這敵人曾經與自己有過一夜溫柔，即使她是一位處子，他也在所不惜。

對敵人憐惜，就是對自己無情，紀空手堅信這是一句至理。

他走出門時，隱約聽到了一聲低泣，就在他準備再歎一聲時，他看到了一個人。

一個他此刻最不想見到的人！

◆

風，輕輕地吹，如情人的小手，蕩過長街，蕩過空際，領略著這特有的小鎮風情。

只不過是一牆之隔，酒樓的店堂裡湧動出令人窒息般的壓力。

「呀……」歐元的熟銅子箭在空中一繞，身子有若靈蛇一般，自一根大樑柱前晃過，從數人的頭頂上躍過。

他的動作勝在突然，完全是在一種不可能的情況下躍上半空，勁氣有若燃起的火線嗤嗤作響，配合著那扭動擺幅的身子，一時間竟然沒有人出手阻擋。

毫無疑問，如果不出現任何意外的話，歐元的撤退應該是十分完美的。他抓住了一個稍縱即逝的機會，竭盡全力向窗口標射而去。

窗口有人。

是那個渾如老農模樣的老者，古銅色的臉龐上刻下幾道皺紋，顯示了他對人世滄桑的感悟。

不過，對歐元來說，這種人就算有百十個，也不可能阻擋他的去路——這位老農碰到自己，只能算他霉運當頭。

「滾開——」歐元暴喝了一聲。

聲音如雷，驚動了這位老農，直到這時，他才微微抬起頭來。

而熟銅子箭距他的面門不過七尺左右。

但真正在心中感到恐懼的，絕不是這位老農，而是歐元。當他自以為這位老農根本不可能對他構成任何威脅時，他的心裡卻隱隱感到了一絲不安。

這是一種很奇怪的感覺，對歐元來說，這種感覺絕不該發生在自己身上，卻真實地出現了。

這只因為他看到了一隻手，一隻平空而生卻充滿力度的大手，對著歐元的熟銅子箭迎鋒而來，似乎並不忌憚銅箭的凜凜寒芒。

伴著一聲冷哼，這隻大手在虛空中不斷變幻著前行的角度，眼見手與箭鋒相觸的剎那，歐元只覺得眼前一花，萬千掌影突然幻生而出，讓人分不清哪是幻影，哪是手的本身。

「嗡……」一聲悶響輕揚，歐元感覺到一股電流般的熱力自箭身傳來，震得手臂發麻。

「轟……」他想退，卻無法退，心中頓生凶兆。當他還沒有體會到那種無法揣摸的失落感覺時，已感到了一隻大手印在了自己的背心之上。

他已無法再動。

「你是誰？」歐元心中的驚駭已經不能用任何文字來形容，只覺得自己的心好沈好沈，直墜無底的深淵。

這只因爲他沒有想到，這貌似普通的老農，才是這酒樓中的真正高手。

老農笑了笑，卻沒有說話，只是將眼睛望向了一飛衝天的維陽。

這酒樓足有三四丈高，是以維陽並沒有直接衝向房頂，而是迅速地撞向其中的一道樑柱。當歐元衝出去的刹那，維陽就隱隱感到了一絲不安，所以，他決定把場面攪亂。

扶滄海心中一驚，顯然沒有料到維陽會有這麼一手。當他的長槍宛若遊龍般刺向維陽時，卻聽得耳畔響起一聲狂野的爆響。

「轟……」倒塌的樑柱將房頂衝開了一個大洞，四散沖起的沙塵，遮擋住了每一個人的視線。

一條人影從煙塵中衝出，宛若升天的蒼龍，維陽要的就是這種混亂。當煙塵一起時，他便以自己爲箭，腳踏弦絲，將弓拉至滿月，整個身子陡然破空而去。

其速之快，讓人瞠目結舌，就連一向以反應奇快聞名的扶滄海，也被這驚人的一幕感到心驚。

「呀……」扶滄海一聲輕嘯，整個身子有若蒼鷹飛空，槍影再起時，卻在維陽的身後。

「呼……」維陽在高速飛行之中，鐵胎弓依然出手，柔軟的弦絲在勁氣的充盈下猶如鋼針般襲向扶滄海的咽喉。

扶滄海的臉上忽然生出一絲怪異的笑意，整個人在半空停住，陡然下墜。

不可否認，維陽這一系列動作不僅突然，而且流暢，用之於逃亡，顯然是經過精心編排與測算的。但對扶滄海來說，如果他真的想將維陽留下，維陽未必就能從這間酒樓中全身而退。

他既已佈下殺局，又何必獨獨放這維陽一馬呢？

這並非是因爲臨到終了，扶滄海心生憐憫，而是因爲他需要有這樣的一個人，去傳遞一個資訊——紀空手復出江湖了！

在這個時候傳遞出這樣的一個資訊，顯然是經過了精心策劃而爲之的，其中必有用意。至於其中的玄妙，恐怕連扶滄海自己也未必能知，他不過是按著紅顏的命令行事罷了。

維陽當然想不到這是扶滄海有意放他一馬，只覺得背上的壓力驟減，心中一喜之下，左腳在右腳上輕輕一點，整個人已如鐵錐破瓦而出。

歐元卻遠不如維陽幸運，此刻的他，受到背後手掌的威脅，已有冷汗從他的額上涔涔而出。

「你到底是誰？」心中的惶急迫使他再問了一句。

老農淡淡一笑，終於開口了：「你何必要問得這麼清楚呢？」

「歐某技不如人，栽在你的手上，自是無話可說，不過我不甘心就這樣糊裡糊塗地死去。」歐元說這句話時，眼眸中流露出一種淡淡的悲哀，似乎已經意識到了自己最終的結局。

「死人是無所謂聰明還是糊塗的，但是出於人道的原因，我還是應該告訴你我的姓名。」老農淡淡而道：「我姓車，別人都叫我車侯。」

歐元渾身一震，哆嗦了一下道：「好，好，很好，能栽在你的手上，也算未辱沒我的名頭。」

車侯的眼中已現殺機，但語調依然平靜道：「這麼說來，你可以安心的去了。」

他的掌心陡然發力，吐出一股強大的勁力，重重地擊在歐元的背心之上。

「唔……」歐元悶哼一聲，嘴角處頓時湧出鮮血，整個人有若紙鳶一般跌出窗外。

車侯緩緩地回過頭來，沒有再去看他一眼，因爲他對自己的掌力從來充滿自信。

當他的目光與扶滄海的眼芒在虛空相對時，兩人相視一笑，爲各自精彩的表現而欣慰。

這的確是非常漂亮的一戰，也是他們歸隱洞殿之後復出的第一戰。他們對整個戰局的駕馭能力遠遠超出了各自的想像，這使他們對未來充滿了信心。

然而，戰局並非以完美的形式收場，就在這時，從屋頂的那個大洞中突然掉下了一件東西。

一件充滿血腥味的東西，就連車侯與扶滄海這等久走江湖的人看了，也有一種於心不忍的感覺——因爲這竟是一具沒有頭顱的屍體！

大量的血液從顱腔中噴射而出，騰騰熱氣顯示著死者的死亡時間不久，也許就在剛才的一瞬。車侯與扶滄海一眼看去，就從死者的衣束打扮與他手中緊握的鐵胎弓上認出了死者的身分。

死者竟是扶滄海有意放走的維陽！

扶滄海的心中大驚，他十分清楚，自己並沒有在這屋頂上佈下任何埋伏，那麼殺死維陽的又會是誰？

無論是車侯，還是扶滄海，都閱歷甚豐，他們一眼就可看出，維陽是在毫無防備之下被人一刀切斷頭顱的。

維陽絕不是一個弱者，事實上他的武功之高，已可躋身一流，誰的刀會有這麼快？這麼狠？竟然可以一刀將其頭顱斬落！

車侯與扶滄海沒有猶豫，迅速交換了一個眼色之後，正要分頭行動，卻聽到屋頂洞口處有人哈哈一笑道：「我正愁沒有上山入夥的見面禮，想不到有人竟然送到手上了，下面的人，接穩了！」

他話音一落，便聽「呼……」地一聲，一個血肉模糊的頭顱擲了下來，其勢之疾，猶如電芒，眼看落地之際，卻陡然減速，在地上翻了幾個滾兒，停在了扶滄海的腳邊。

扶滄海定睛一看，果然是維陽的頭顱！維陽的眼睛瞪得很大，臉上露出一種難以置信的表情，僵成一團，讓人一見之下無不毛骨悚然。

「房頂上的朋友，何不下來喝一杯？」扶滄海倒吸了一口冷氣，抬頭望向屋頂那個大洞，朗聲而道。

「原本就想叨擾的，既然有人相邀，那在下也就不客氣了。」說話之間，眾人只覺眼前人影一閃，一個二十來歲的年輕人自洞口掠入，衣袂飄動，十分瀟灑地出現在眾人面前。

這年輕人落地很穩，姿勢優雅而曼妙，甚至連地上的沙塵都不曾揚起半點。他的臉上露出一絲隨意的笑，就彷彿剛才殺人的並不是他，他只不過是個雲遊天下的過客。

「多謝閣下援手。」扶滄海說這句話時，顯得言不由衷。雖然對方破壞了自己的計畫，使得原本完美的結局出現了一點瑕疵，但扶滄海還是感謝對方能夠仗義出手。

「舉手之勞罷了，何必言謝？如果各位瞧得起在下，認爲在下的這點身手還能爲各位出上一份力的話，就答應在下上山入夥的請求。那麼從今之後，大家就是一家人，更用不著這般客氣。」這年輕人長相雖然儒雅，說起話來卻自有一股豪爽之氣，酒樓中大多數人都是來自江湖，眼見此人說話痛快，無不心存三分好感。

「憑閣下的身手，無論走到哪裡都會有一席之地，我們更是歡迎閣下的入夥，只是在下有一問題欲請教，不知可否？」扶滄海微微一笑道。

「請教不敢，但言無妨。」那年輕人投以同樣的微笑道。

「閣下何以會想到加入我們的行列之中？當今亂世，群雄並起，有多少諸侯遠比我們更有聲勢，憑閣下剛才殺人的手段，便是項羽也不敢對你有半點小視，而你卻獨獨選中了我們。」扶滄海的問題十分尖銳，引起眾人竊竊私語，更有人已經手按刀劍，只要這年輕人答得稍有不對，必將是血濺五步的場面。

「問得好！」年輕人仰天一笑，繼而一臉肅然道：「這只因爲你們所樹的是田大將軍的旗號，身爲齊人，唯有以死報效！」

他說得慷慨激昂，引起一片喝彩，就連車侯也露出笑臉，甚是欣賞。

扶滄海拱手道：「既是如此，敢問閣下高姓大名？大家既成了一家人，我可不想叫不出你的名字。」
眾人都笑將起來，同時將目光聚集到了這位年輕人的身上。
「在下常樂，知足者常樂。」這年輕人的臉上閃過一絲淡淡的笑意，就像是投入湖中的石子，在扶滄海的心裡蕩起一圈圈漣漪。

◆

劉邦就站在門外的一叢花樹下。
他的衣衫微濕，髮髻染上了一層淡淡的白霜，雙手背負，佇立不動，似乎站在這裡的時間已經不短了。
當紀空手推門而出時，他聽到了聲響，卻仍然靜立不動，直到紀空手步入他身後三尺時，他才低吟道：「春宵一刻值千金，陳爺不待在佳人身邊，卻一大清早出來領略這霜寒地凍，真是奇哉？」
紀空手微微一笑道：「真正覺得奇怪的人好像不是我，而應該是漢王吧？看你這一身模樣，想必已久候多時了。」
劉邦緩緩回過頭來，淡淡而道：「其實這並不奇怪，本王早就來了，只是不忍心打擾陳爺的雅興，所以才一直站在這裡恭候。」
「漢王找我有事嗎？」紀空手怔了一下，問道。
「沒事，不過是一時興起，想找你聊上兩句。」劉邦的話顯然言不由衷，紀空手並不點破。劉邦以堂堂漢王之身分踏足五芳齋這等風塵之地，絕不可能是一時興起，也許樊噲昨夜帶紀空手來此，便是劉邦事先設好的局也未可知。

紀空手沒有說話，只是靜靜地看著劉邦。

半晌過後，劉邦突然笑了起來道：「你爲什麼會用這種眼光看著本王？難道本王說錯了什麼嗎？」

「你也許沒有說錯什麼，但我卻知道，做假你並非行家。」紀空手緊緊地盯住劉邦的眼睛，冷然而道。

「已經很久沒有人敢用這種口氣與本王說話了，你是一個例外。」劉邦收起了笑容，一臉肅然道：「就像沒有人可以踏入本王身後三尺之內一樣，你知道這是爲什麼嗎？」

紀空手搖了搖頭，他懂得在劉邦的面前，能不說話的時候就盡量做到不說話，言多必失。惜字如金的人通常在別人的眼裡，說起話來才有分量。

「這只因爲我信任你。」劉邦緩緩而道。

紀空手的身子微微一震，淡淡地笑了起來，道：「難道說你曾經對我有過懷疑？」

「是的，本王的確懷疑過你，因爲你身上具有的氣質很像一個人，而這個人是本王今生最大的一個敵人！」劉邦的眼芒望向紀空手身後的虛空，似有一絲迷茫道。

「你說的這個人就是紀空手？」紀空手顯得十分平靜，似乎早就料到劉邦會有疑心。

「你怎麼知道？」劉邦的眼睛裡暴閃出一道寒芒，直逼到紀空手的臉上。

「因爲在你之前，樊將軍對我也說過這句話。」紀空手不動聲色，緩緩而道。

劉邦深深地看了紀空手一眼，沈吟半晌，這才說道：「我之所以打消疑慮，其實理由很簡單，你想不想知道？」

「我更想知道你們爲什麼總是把我和紀空手聯想在一起，是因爲他和我長得太像，還是因爲其他的原因？」紀空手適時地流露出一絲憤怒道。

「你們長得一點都不像，但這並不重要，對他來說，改變成另外一個人的相貌只是小菜一碟，根本不是大問題。我最初之所以對你有所懷疑，只是一種直覺，現在我才明白，其實你與他在氣質上的相像，只因爲你們都是同一類人，有智有勇，膽識過人，假如你們互爲敵人，必是棋逢對手！」劉邦的臉上不經意間流露出一股欣賞之意。在他的內心，一直爲自己當年錯誤的決斷感到後悔，不僅失去了紀空手這個朋友，更爲自己樹下了一個強敵，若非如此，也許這天下早該姓劉了。

所以，當他遇到這個陳平時，就在心裡告誡自己：這是一個完全可以與紀空手媲美的奇才！此時正值用人之際，他絕不允許自己再次錯失機會。

他始終認爲，作爲智者，相同的錯誤只能犯一次。

「如果是下棋，他絕不是我的對手。」紀空手笑了笑道：「我絕非自負，弈棋論道，捨我其誰？」

「你的確有這個自信。」劉邦也笑了，似乎爲解開心中的疑團而感到由衷的高興。

「不過，我也很想聽聽你那個簡單的理由。」紀空手話鋒一轉，又回到了先前的話題上。

劉邦望了望紀空手身後不遠處的那幢小樓，淡淡一笑道：「其實昨晚的一切，都是我所安排的，那位名為小蝶兒的女子，還是我漢王府中的一名歌姬。我之所以這麼做，是因為我始終認為，一個心中有鬼的人，是絕不可能放縱自己的，無論他如何掩飾，都必然會在房事之中有所壓抑。而你，顯然經過了一夜的放縱之後，征服了你所要征服的女人，從而也贏得了本王對你的徹底信任。」

「這麼簡單？」紀空手似乎沒有料到讓劉邦改變看法的理由竟是因為自己昨夜的那一場風流韻事。

「就這麼簡單。」劉邦微笑道：「在這個世上，有些事情雖然簡單，卻非常有效，往往在最簡單的東西裡面蘊含著一些高深的理念，來證明它的正確。」

紀空手聽著劉邦這一番富有哲理性的話，細品之下，的確讓人回味無窮。不過，無論劉邦的經驗之談曾經多麼的正確，但是這一次，紀空手知道，劉邦錯了，而且錯得非常厲害。

第二章　星夜殺機

琅邪台上，一片靜寂，大雪過後的山巔，已是白茫茫的一片。

一縷燈光從一組建築群中透射出來，遠遠望去，就像是夜空中的一點繁星，更襯出這百里山脈的僻遠與幽靜。

燈下有人，是田橫。在他的面前，鋪著一張琅邪地圖，在地圖中央那個標有「琅邪郡」三字的地方，已被田橫用紅筆重重畫了一個大圈。很顯然，他正在思索自己東山再起的第一仗的整個攻防佈局。

經過這一月時間的造勢，他已經具備了與敵人一戰的能力。在琅邪山的七八個山谷中，分佈著他昔日的舊部與新編的軍士，達八萬人之多，稍加訓練與整頓，已成了一股任何人都不敢小覷的力量。

更讓田橫感到信心大增的是，他終於知道了扶滄海的真實身分。怪不得扶滄海具有如此雄厚的人力與財力，原來在他的背後，有紀空手與知音亭作爲強大的後盾。

想到紀空手，田橫的心裡油然生出一股敬仰之情。雖然他與紀空手未謀一面，但紀空手踏足江湖所創造出來的一個個奇蹟就像一道不滅的傳奇深深地刻在他的心裡，只要是血性男兒，誰不神往？誰不伸出大拇指來叫個「好」字？

在他的心目中，無論是車侯，還是扶滄海，他們都是能力很強的江湖大豪，以他們的武功與個性，絕不會輕易聽命於人，可是當他們每每提起紀空手時，都會自然而然地流露出一種真誠，一種自信，和那種發自內心的敬意，這讓田橫的心中頓生一個願望：真想看看這位活在人們記憶中的傳奇人物到底長得一副什麼模樣？

有了車侯與扶滄海等人的鼎力相助，琅邪山義軍的發展變得井然而有序。明天，將是義軍下山的日子，首戰的地點，田橫匯集了各方傳來的情報消息之後，最終選擇了攻打琅邪郡。

他之所以作出這樣的選擇，是根據琅邪郡現有的兵力與佈防狀況和其他郡縣相比，在實力上要略遜一籌，如果將它作爲自己首戰的目標，取勝的機率肯定大增。

對於出師之首仗，田橫明白，自己只能勝，不許敗！此戰若勝，不僅可以大振士氣，而且可以以琅邪郡爲根據地，立足齊地，與項羽的西楚軍形成均衡之局；此戰若敗，則一蹶不振，自己將再也沒有爲兄報仇的機會。

正因爲他東山再起的目的是爲了報仇，所以並不擔心自己手中的力量最終會被紀空手吞併。當扶滄海向他說明背景來歷時，他反而舒緩了緊張的心情。

因爲他需要紀空手的力量來幫助自己抗衡項羽，只有這樣，他才覺得自己還有靠山，才可以與項羽周旋下去。

田橫緩緩地站到了窗前，雙手推窗，一陣冰冷的朔風灌入，令他冷不防地打了個寒顫。不過，他並沒有縮頭回去，反而迎風而站。

他需要讓自己的頭腦清醒！

遙望夜色下的琅邪山脈，群峰伏於腳下，猶如數十頭巨獸蟄伏。那遠端的蒼穹，暗黑無邊，誰也無法從中窺出那蒼穹極處所昭示的任何玄機。

田橫淡淡一笑，他從這暗黑之中彷佛又看到了田榮的笑容，這讓他的心裡頓時湧出一股悲情。

此時已到三更天，夜已靜至極致。

一陣朔風「呼呼」而過，田橫心中一怔，彷佛從這風中聽到了一些什麼。

他幾疑這是幻覺，搖了搖頭，突然看到這暗黑的夜色裡，閃現出幾處紅豔豔的火光。

他一眼就認出這火光燃起的位置正是自己佈署在山谷中的軍營。出現一處火光也許是偶然的失火，但一連幾個軍營同時失火，只能說明人爲的縱火。

難道這是大批敵人偷襲，攻入了軍營？抑或有奸細混入了軍隊，蓄意破壞？

田橫很快就否定了前一種可能性。琅邪山地勢險峻，易守難攻，大股敵人要想在己方毫無察覺的情況下混進山來，基本上沒有這種可能。倒是義軍在這段時間創立神兵營，廣召江湖志士，內中難免良莠不齊，西楚軍派入高手進行臥底，這種可能性非常之大。

扶滄海率部在琅邪鎮擊殺十數名敵人的消息傳到田橫耳中時，欣喜之餘，田橫不由得加強了自身的安全防衛。在琅邪台上的主帥營裡，戒備森嚴，在數十名高手的貼身護衛下，形成了十分嚴密的防護圈。

「來人哪！」田橫很想知道到底發生了什麼事，所以開口叫道。

門外響起了一陣腳步聲，走到門口處，這聲音戛然而止。

田橫等了片刻，心中詫異，轉過頭來道：「進來吧！」

門外竟然無人應答。

田橫頓感不妙，驀然間，心中生出一股不祥的預兆。

在他的身後，一扇窗戶悄無聲息地開了，「呼……」一股暗流在空氣中驟然而動。

田橫想都沒想，整個人彷如箭矢般向前衝去，同時掀起桌上的地圖，如一團暗雲罩向身後。

「嘶……」以錦帛繪製的地圖竟被什麼東西絞成了縷縷條狀，斷帛舞動間，「嗤……」一股凜冽的殺氣破空而來。

田橫拔刀，刀在腰間，在他向前疾衝時，刀就已到了他的手中。

他在前衝時回過身來，已經看清了眼前的一切，一個臉上佈滿刀疤的黑衣人和一道劍氣融爲一體，正以閃電之勢穿越這段空間。

「宜昂！」田橫心中一驚，驟然明白自己遭遇到刺殺。

這是最明顯不過的刺殺，因爲宜昂就是擅長行刺的大行家。

他是如何混上山的？又怎能輕而易舉地到達自己的主帳？自己身邊的那些貼身侍衛呢？

田橫很想知道這些問題的答案，可是形勢迫得他無法多想。刀既在手，他橫刀一擋，先行化去了宜昂這來勢突然的一劍。

不過，田橫並沒有因此而感到欣喜，心倒沈了下去。因爲他出刀的刹那，竟然感到入手毫不著力，對方的劍上生出一股帶有迴旋的引力，將自己的刀鋒橫著帶出了三寸。

三寸雖然算不上什麼距離，但在高手的眼中，卻可以決定勝負，決定生死，田橫一驚之下，飛身直退，對方的劍芒如影隨形。

劍未至，但鋒銳的劍氣如千萬根尖針入體，讓人感到肌膚刺寒。

田橫只感到呼吸困難，強大的勁氣彷彿將這有限的空間擠成一個密不透風的實體，使他無法呼喊，只能用自己手中的刀來捍衛自己的生命。

宜昂的出現完全出乎了田橫的意料之外。在琅邪台上的主帳附近，至少有數十名高手構築起三道防線，如果沒有人接應，宜昂根本就無法靠近，更不用說還能得到刺殺田橫的機會。

誰是內奸？田橫無法知道。

但他知道項羽終於對他採取行動了，而且一出手便將目標鎖定在自己身上，可謂是「打蛇打七寸，擒賊先擒王」。當然，這都是項羽慣用的伎倆，這種刺殺一旦奏效，往往可以收到事半功倍的奇效。

「噹……」宜昂的劍沿著刀身而下，哧溜出一道火線般耀眼的光芒，直切田橫握刀的手腕。

倉促之間，田橫縮刀退讓，同時踢出一腳，在光芒的掩護下襲向宜昂的腰間。

「呼……」田橫出腿的剎那，還是低估了宜昂的實力。一個敢於刺殺秦始皇的劍客，無論是心智，還是劍術，都是絕對的一流，當然不會讓田橫偷襲得手，是以田橫只看到一道寒芒一閃，腿腳處已是寒氣迫人。

他唯有再退！

宜昂無疑是刺殺的大行家，深知刺殺的成敗，與刺殺所用的時間成正比。時間用得愈短，成功的機率就愈大；時間用得愈長，很可能就會致使整個行動失敗。所以他沒有半刻停頓，手中的劍繼續漫向虛空，以長江大河狂瀉之勢，展開精確的追擊。

田橫的臉色已變，腳下滑動，呈「之」字形遊走，眼見宜昂飛身逼入自己身前數尺間，他的臉上突然閃出一絲怪異的笑意。

這笑來得這般突然，的確很怪。

宜昂以驚人的眼力捕捉到了田橫神情的這一細微變化，心中暗驚，正自揣摩田橫的用意之際，陡覺腳下一沈，整個身體向地面直陷而下。

在這主帳之中，竟然安有陷阱！這顯然出乎宜昂的意料之外，也使他明白田橫何以怪笑的原因。

「呼……」下墜之中，宜昂雖驚卻不亂，依然保持著不同於常人的反應，以最快的速度擲出了手中的劍。

「篤……」劍入帳頂上的一根木樑，嗡嗡直響，奇怪的是，宜昂好像被一股上拉之力一帶，不僅止住了自己下墜之勢，同時身形一蕩，跳出了陷阱。

田橫並不因此而感到驚詫，他已經看到在宜昂的手與劍柄之間，有一根絲線般的東西連繫著，所以才能讓宜昂跳出陷阱。但宜昂跳出了陷阱並不表示他就脫離了險境，當田橫劃刀而出時，已封住了宜昂進退之路。

不可否認，宜昂的確是一個高手，而事實上田橫也絕非弱者，他能在田榮稱王的年代登上大將軍的寶座，並不是因爲他是田榮的胞弟，更主要的原因是他手中的刀絕對是一把殺人的銳器。
刀只有一面有刃，但在田橫的手中使出，無一不是刃鋒，這只因爲他所用的是滾刀式。
滾刀式出，可以封殺八方，宜昂面對著如此凌厲的刀式，第一次感到了一絲恐懼。
「嗖……」他手腕用力一振，企圖拉回自己的劍，卻猛然感到手上一沈，田橫的刀竟然順著絲線由上而下滑落，直劈宜昂的掌心。
宜昂乾脆鬆開了手中的絲線，雙掌發力，在虛空中連拍數掌，當勁力在眼前的空間裡形成一組氣牆時，他倒射而出，向窗口撲去。
他想逃，只因爲他覺得自己錯過了刺殺的最佳時機，再耗下去，根本就沒有成功的機會。
他始終認爲，一個優秀的刺客，並不在於他殺過了多少人，而在於審時度勢，可以在逆境之中全身而退。當年荊軻刺秦，曾經名動天下，最終悲壯而死，引起後人唏噓不已。但宜昂卻認爲，荊軻是勇士，卻不是一個真正優秀的刺客。刺秦失敗並不要緊，關鍵在於他沒有在那種險境之下成功逃亡，這不是刺客應有的聰明。
刀，依然以流星般的弧跡直逼宜昂的背心，兩者相距只差一尺，田橫正將這一尺的距離一寸一寸地拉近。
照這種速度，當宜昂逃出視窗的剎那，自己的刀鋒應該可以觸到宜昂背上的肌膚。這不是田橫樂觀的估計，而是他有這樣的自信。
所以田橫沒有眨眼，緊緊地將目光鎖定在宜昂背心的一點上，就像是瞄準了一個移動的靶心。

就在宜昂的身體衝出視窗時，刀，以它獨有的方式，刺入了宜昂飄動的衣衫之中。

在這一剎那，田橫並沒有看到他想看到的血影，也沒有聽到宜昂發出的慘呼，卻有一聲清脆的金屬之音響徹了整個夜空。

田橫的心裡陡然一沈，手腕一震之下，他看到一把雪白熠亮的長刀貼住了自己的刀鋒，就像螞蝗吸住肌膚般緊緊不放。

能夠在瞬間中吸住田橫長刀的刀，說明這刀的主人功力之深，可以在剎那間產生一股強大的吸納之力，單憑這一手，田橫就無法做到。

宜昂用的是劍，這刀當然不是他的，像這樣的一個高手，難道他潛伏在這窗外，就是爲了等待這一瞬的機會嗎？

他是誰？

田橫還沒有時間來得及細想，便見長刀彈起，一道暗影若一隻掠行夜空的鷹隼般自肅寒的窗外暴射而入，凌厲的殺氣如水銀瀉地般密佈了每一寸空間。

來刀之快，似乎已經不受空間的限制。田橫的反應已是極快，退的速度也不慢，可是當他退到一面帳壁前時，森寒的刀鋒已經逼至眉間七寸處。

田橫沒有眨眼，所以他看到的是一個蒙面的人，那藏在黑巾之後的雙眼，就像是寒夜蒼穹中的星辰，深邃空洞而無情。

而那刀在虛空中拖出的幻弧，就像是流星劃過的軌跡，淒美而短暫，彷彿要結束的，並不只是生命。

七寸，只有七寸的距離，如果用時間的概念來形容它，最多不過是一瞬。一瞬的時間，對此刻的田橫來說，或許，只是生與死的距離——

田橫沒有死！

他死不了，他相信，這七寸的距離將是一個沒有終點，無法企及的距離，所以，對方的刀無論有多快，終究到不了自己的咽喉。

這只因爲，在他的眉前，突然綻放出一朵很美的花，花瓣四張，無限地擴大，就像是一道幻影，迅速蔓延至整個虛空。

「轟……」勁氣撞擊，氣浪翻湧，那穿窗撲至的蒙面人禁不住在空中一個倒翻，穩穩地落在了兩丈開外。在他與田橫之間，平空冒出了一杆丈二長槍。

一杆如山樑般挺拔的長槍，一個如長槍般挺拔的人，除了扶滄海，誰還能像一道山樑般給人以沈沈的壓服之感？

那蒙面人的眼中閃出一股驚詫，似乎根本沒有料到扶滄海會在這種時候出現在這裡。退了一步之後，他情不自禁地驚叫道：「你……」

他沒有說下去，而是趕緊掩嘴。

「我爲什麼會出現在這裡，是嗎？」扶滄海微微一笑道：「你想問的一定是這句話，因爲你自以爲自己的身分很隱祕，並且精心安排了這個殺局，完全可以得到你想得到的結果，卻沒有料到事到臨頭，這結果竟然變了，變成你最不想看到的結局。」
那蒙面人點了點頭，還是沒有說話。
「其實你說不說話，蒙不蒙面，我都知道你是誰，若非如此，我們也不可能破掉這個殺局。知足者常樂，嘿嘿，只怕你今天是難得樂起來了。」扶滄海冷笑一聲，叫出了對方的名字。
那蒙面人渾身一震，緩緩地取下了臉上的黑布，搖了搖頭道：「看來我還是低估了你們。」
「平心而論，你們的佈局的確完美，首先讓維陽、歐元這一幫人為你們打頭陣，然後故意放出一點消息出賣他們，使我們誤以為維陽這一幫人就是你們派來行刺田大將軍的全部主力，從而放鬆戒備，讓你們有可趁之機。而且為了取信於我們，使得你們的佈局更加完美，你甚至不惜殺了維陽，這用心實在良苦。」扶滄海顯得非常的平靜，雖然此時戰局並未結束，但他已將常樂視為了失敗者，他堅信，這是不可逆轉的定式。
「如果這個計畫真的完美，你們就不可能看出破綻了。」直到這時，常樂才發現在這主帳的四周並非如他想像中的平靜，而是自始至終充斥著一股殺氣，他驚詫自己事前竟然毫無察覺。
「正因為你太想完美了，所以才會產生破綻。」扶滄海笑了：「聽說過畫蛇添足的故事嗎？其實你不殺維陽，憑你的身手，依然可以得到我們的重用和信任，可是你一殺維陽，這破綻便出現了。」
「這我就不太明白了。」常樂的眼睛緊盯在扶滄海的臉上道：「殺不殺維陽其實都是一回事，為什麼就有這麼大的區別呢？」
「殺不殺維陽的確都是一回事，但你不該讓他一刀斃命。」扶滄海的臉上露出一絲高深莫測的笑意，道：「我曾經與維陽有過交手，假如是單打獨鬥的話，百招之內，我無勝算。而你的刀法雖精，恐怕也很難在數招之內贏我，更別說可以殺得了我。這樣一來，你殺維陽就値得讓人懷疑。」

頓了一頓，扶滄海接道：「要想讓維陽一刀斃命，通常只有在一種情況下可以做到，那就是在他全然沒有防備的情況下！而要出現這種情況，就只有是他非常信任的人突然下手，才會令他全然沒有防備。所以，你自以爲自己的身分很隱祕，其實從你殺維陽的那一刻起，就已經暴露了你自己的身分。」

常樂的臉色變得非常難看，如果說扶滄海所言屬實的話，那麼這半月以來，自己自以爲非常嚴密的計畫其實不過是一個不可能完成的任務，它完全曝光在對手的眼皮底下。

他甚至感覺到自己就像是一隻猴子，那種被人用繩索套在頸項滿街亂竄的猴子，有一種被人戲耍的感覺。

「既然你們早就發現了我的真實身分，爲什麼直到今天才動手呢？」常樂以一種狐疑的口氣問道。

「這只因爲我們無法弄清楚在我們的義軍隊伍中到底還有多少人是你們的奸細，所以我們只有等待下去，直到你們準備動手爲止。」扶滄海淡淡笑道：「事實證明這種等待是有效的，連我都不敢相信，你們的滲透能力竟會如此之強。在短短的一月時間內，竟然派出了五十七人混入我們的隊伍中，若非我們請田大將軍作餌，只怕還不能將你們這些奸細一網打盡。」

常樂霍然色變道：「難道這些人已然全軍覆滅？」

「不，還有你和宜昂，只有將你們兩人擒獲，這一戰你們才算是全軍覆滅！」扶滄海傲然而道，手中一緊，挺拔的長槍隱隱發出一絲「嗡嗡」之音。

常樂明白大勢已去，今日的一戰他註定將接受失敗的命運。不過，他仍然心有不甘，突然將頭轉向田橫道：「你今天的運氣不錯，只要你的運氣稍微差上那麼一點點，你現在已經是一個死人了，所以，我為你感到悲哀！」

田橫哈哈大笑起來，道：「你臨到死，仍然想離間我們，證明你的確是一個優秀稱職的奸細。但是你想不到的是，我是自願為餌的，我喜歡這種刺激，更相信你們註定會無所作為！」

常樂的臉紅了，卻不是因為害羞，而是他在說話之間將自己的內力提聚到了極限。他身為流雲齋的高手，絕不會束手就擒，任何想讓他滅亡的企圖，都必須付出應有的代價。

常樂手中的刀顫動了一下，有如音符跳動，然後才緩緩地上抬，遙指向扶滄海的眉心。

主帳的帳壁突然向外鼓動起來，發出了一陣「劈啪……」之響。

帳內無風，但是帳內的泥土卻在緩緩蠕動，隨著常樂的劍一點一點地上抬，地上的泥土彷彿在一股氣流的旋動下有規律地搏動著，顯得那麼玄奇，卻又是那麼地優雅。

但在無形之中，帳內外所有的人都感到一股肅殺的寒意就像意念般不斷地擴散，擴散至這無風的虛空。

那是殺意，從刀身流動而出的冰寒若刃般的殺意。剛才還有說話聲縈繞的主帳內，此刻變得異常的深沈，出奇的靜寂。

常樂的刀依然在緩緩地抬起，卻賦予了這空氣中的另類活力，那是死亡的氣息，無可抑制的戰意。當刀乍現虛空之際，就已經表明了這是一場不是你死、就是我亡的戰鬥。

扶滄海的臉色變了一變，顯得十分凝重，還有幾分驚異。他雖然知道常樂的武功不弱，卻想不到他刀中的氣勢竟會如此霸烈。

「這是一個強敵。」扶滄海在心裡提醒著自己，不得不在行動上更加小心。此時的常樂就像是一頭陷入困境的野獸，隨時都有可能做出驚人之舉，扶滄海必須要提防對方的反噬，甚至是同歸於盡的舉措。

這絕不是杞人憂天，在常樂的眸子深處，蘊藏的不僅是殺機，更有一種瘋狂的野性，猶如冰層下的流水，隨時都有可能爆發出巨大的能量。

「項羽能派你來主持這次刺殺，的確有一些眼光。單看這一刀的氣勢，我真的發覺，剛才我能夠不死實在是一種僥倖！」田橫笑了笑，臉上絲毫沒有調侃的味道。他感到自己的背上竟然滲出了絲絲冷汗，心中似有一些恐懼。

常樂淡淡一笑，並沒有理會田橫，而是將自己的注意力轉在扶滄海的身上，不敢有一點大意。即使帳外傳來一陣刀劍互擊聲，也不能轉移常樂的視線，這只因爲他已將這一戰視爲了生平的第一惡戰。

一個人能在這種絕境之下尙不失高手風範，理應受到他應有的尊敬。扶滄海微一躬身，大手一緊道：「請動手！」

他的話音一落，常樂的身形便如疾箭竄出，刀斜立，幻出一排真假莫辨的刀影劈出。

好快！快得簡直不可思議！扶滄海的長槍以快聞名，與常樂的出刀相比，恐怕也是難分伯仲。面對對方如此迅疾的身法，扶滄海心中頓湧一股熊熊戰意。

他的長槍一振，若遊龍般迎刀而上。地面乾燥的塵土躍動不已，隨著一道湧動的氣流上下竄行，有若曼舞。

常樂的刀在疾進中顫動，眼見就要與扶滄海長槍相撞的剎那，突然定格於空中，雖只一瞬的時間，卻讓扶滄海產生了一種時差上的錯覺。

常樂的刀旋即自一個無可預知的方位上傾斜而出，構成一種讓人難以想像的弧度，隨著他身形的變幻，竟然讓過扶滄海的槍鋒，擠入了他身前的三尺範圍。

扶滄海心中一驚，為常樂如此古怪的刀招感到詫異。不過，他沒有太多的時間來考慮，因為那凜冽的刀氣就像是決堤洪水般當胸湧至，讓人呼吸急促，幾欲窒息。

扶滄海原本可以不去理會常樂的刀，只須用長槍逼向常樂的咽喉，就可化解這必殺的一刀。可是他沒有這樣做，因為此時的常樂已經無法用常理度之，倘若他不惜生死，不讓不退，就很有可能是同歸於盡的結果。

扶滄海當然不會與常樂同歸於盡，身子滴溜溜地一滑，形同陀螺般旋至常樂的身後，縮槍踢腿，直襲常樂的腰間。

「好！」田橫眼見扶滄海如此機變，情不自禁地讚了一聲。

「看你能躲到幾時！」常樂冷笑一聲，反手就是一刀。他這一刀不是攻向扶滄海的腿，而是劈向扶滄海的頸項。

他拚著自己挨上一腿，也要保持自己凌厲的攻勢。這種不要命的打法，的確讓人頭痛得緊，就連扶滄海這等久經戰陣之人，也有些束手無策。

他與常樂的武功本就相差無幾，換在平時，兩人一旦交手，必在百招之外方能分出勝負。而此刻常樂身處絕境，採取這種近似無理的打法，反而在不知不覺中占到了上風，扶滄海閃避之間，竟然連遇險情。

然而，扶滄海就是扶滄海，無論常樂的刀勢多麼兇猛，攻勢多麼凌厲，他長槍在手，總是處變不驚，這只因爲，他還有一式——「意守滄海」！

常樂一聲暴喝，手中的長刀向虛空一揚，刀芒斜下，彷若漫天的星辰，燦爛無比。

「滋……」漫漫的空間如一塊巨大的幕布，刀氣竄動，撕裂之聲不絕於耳，讓人心生莫名的悸動與震撼。

「呀……」扶滄海沒有猶豫，衝天而起，上衝的速度極快，彷似電芒。當他身形下落時，便像是一團緩緩而下的暗雲，徐徐舒展，帶出一種明顯的韻律。

地上的泥土就像是被猛烈的颶風捲起，向四周散射而出，以黃牛皮製成的帳壁倒捲而上，呼呼直響。

狂風平空而生，不是來自於天地，而是自刀槍相觸的一刹那開始漫起，四周的人影開始緊然有序而退，沒有呼叫，但每一個人的臉上都凝重而緊張，都被眼前這瞬息而生的景況所震撼。

誰都知道已到了決定生死的一刻，誰也不能預料這會是一個怎樣的結局，只能看到那瘋狂的風捲起那漫漫黃沙，遮迷了每一個人的眼睛。

在飛舞的沙塵之後，是常樂一眨不眨的眼睛，那眸子裡的寒光，猶如寒夜下野狼綻放的凶光。

「轟……」一聲巨響，轟然而起，響徹整個琅邪台，引起山谷連續不斷的回音。

常樂一聲悶哼，如一只夜鷹飛出三丈，穩穩地落在了地面，而扶滄海的人依舊還在煙塵之中。煙塵在風中飄散，琅邪台上一片靜寂，靜得連針落之聲亦清晰可聞。

田橫只覺得自己彷彿被這沈悶的空氣窒息了一般，呆呆地站立著，根本不知道這一戰的結果會是如何。他的眼睛緊緊地盯住常樂，盯住那煙塵中的人影，希望能得到一個他所希望的答案。

煙塵散盡，扶滄海終於現身，他只是靜靜地握槍而立，嘴角處滲出一縷豔紅的血絲，顯得那麼淒美，那麼恐怖，讓人一見之下，觸目驚心。

而常樂的刀依然舉於胸前，一動未動，兩人都沒有說話，就這麼僵立了一炷香的功夫。這時，扶滄海的臉上突然綻出了一絲淡淡的笑意。

「喀嚓……」就在扶滄海笑的刹那，常樂的雙膝突然發出了一聲脆響，倒地而跪。他的身軀雖然還是那麼筆直，但那眼中的瞳孔放大，已然無神。

他死了，就這麼跪地而亡，誰也不知道他是怎麼死的，但每一個人都看出了這一戰最終的結果。

與此同時，宜昂雖然未死，卻已經被人制服，臉色變得十分難看。他似乎沒有料到常樂竟然死得這麼快，這讓他感到了一種恐懼，一種心寒。

直到這時，圍觀的人群才響起一陣歡呼，田橫更是鬆了一口氣。

「大將軍，你看這人應該如何處置？」扶滄海深深地吸了一口氣，這才指著宜昂道。

田橫微微一怔，心裡正奇怪扶滄海何以會有此一問，驀然想到了田榮在世之時下達的一道命令，不由心存感激道：「要不是你提醒，我還真忘了。家兄在世之時，的確號令三軍，要放此人一馬，不過，此人一而再、再而三地下手行刺，留下又確實是一個禍根，這實在讓人感到頭痛得很。」

「齊王在世之時下這道命令，是尊重他當年的所為，以為他是條好漢，才心生憐憫。而如今他投靠項羽，便是我們的敵人，若是擒而不殺，再放他走，只怕讓他揀了性命不說，恐還會暴露我們的軍情。」扶滄海深知田橫對田榮的那份兄弟情誼，只能曉之利害關係，讓他定奪。

「殺也殺不得，留又留不住，這倒是一件十分棘手的事情。」田橫搖了搖頭，望著扶滄海道：「照公子看來，該當如何處置？」

「成大事者不拘小節，明日就是大軍出師之期，留之有害，不如殺之！」扶滄海毫不猶豫地道。

「可是……」田橫遲疑了一下道。

「沒有可是，大將軍若真想為齊王報仇，就應該果敢決斷，不能為了當日齊王的一句話而放虎歸山。若是大將軍為了一念之仁放走了他，使得琅邪郡事先有了準備，那麼明日我們攻城時，就會因大將軍這一念之仁而付出慘重的代價！」扶滄海道。

這最後一句話令田橫有所觸動，他的眉鋒陡然一跳，向前邁動了數步，站到了宜昂的身前。

「拿酒來！」他打量了一眼宜昂，然後低聲叫道。

當下有人送上兩個斟滿烈酒的酒碗，一碗遞到宜昂的手中，一碗遞給了田橫。

田橫端起酒來，緩緩而道：「當年你爲了行刺嬴政，不惜自毀容貌，這等英雄行徑，一向是我田氏兄弟所敬重的，就爲這一點，來！我敬你一碗！」

他看著宜昂默然無言地將酒飲盡，這才咕嚕幾下喝乾了手中之酒，然後將酒碗往地上一摔道：「不過，做人當明辨是非。當年你行刺嬴政，是因爲大秦暴政，弄得百姓流離失所，民不聊生；而今，項羽的所作所爲與嬴政有何區別？你卻助紂爲虐，爲人所恨。那麼，就算我今日殺你，你也該毫無怨言！」

宜昂苦於自己身上的穴道受制，不能說話，只能張嘴「唔唔……」幾聲。

「你說什麼？」田橫上前一步，湊在他的耳邊道。

宜昂剛一抬頭，便見一道白光閃過，田橫的刀帶出凜冽的刀氣，以電芒之速切在了宜昂的頸上，血霧濺起，頭顱滾地。

田橫緩緩地將刀歸鞘，臉上一片凜然，沈吟片刻，方緩緩而道：「傳我命令，三軍將士，四更造飯，五更下山，目標——琅邪郡！」

◆

紀空手與龍賡在樊噲的陪同下，進入了漢王府中的花園。

此時雖是隆冬時節，但南鄭的氣候與夜郎相差無幾，是以到處可見花叢草樹，綠意盎然，整個花園的建築形式古雅，別具一格，有假水山池，頗具幾分江南園林的韻味。

備。

但就在這美麗景致的背後，卻處處透著一股肅殺之氣。人到園中，已經體會到了那種森嚴的戒備。

樊噲湊到紀空手的耳邊道：「漢王府中，就數這花園最是神秘。許多軍機大事都是在這裡擬議之後，才發送出去的，是以若非漢王召見，無人膽敢擅入，由此可見，陳爺你在漢王心目中的地位，委實不低呀！」

紀空手微微笑道：「樊將軍此話可是太抬舉我了，我陳平不過是夜郎的一個世家子弟，只會與人下下棋，賭賭錢，開礦開工廠。對軍機事務卻一向不通，漢王又怎會對我重用呢？」

樊噲搖了搖頭道：「陳爺此話差矣，我追隨漢王多年，還從來沒有見過漢王待人如你這般周全的，先是替你置辦了一座府宅，又從自己府中的歌姬中挑出十二名絕色女子相贈。這等榮耀，便是蕭何、張良都不曾有過，陳爺可是身在福中不知福啊！」

紀空手見他眼中露出豔羨的目光，暗忖樊噲爲人豪爽，一向視錢財如糞土，想不到一年不見，竟然對名利產生了興趣，可見這人的變化往往隨著環境而變，絲毫不隨人的意志而轉移。

想到這裡，他不由在心中問著自己：「我這麼繼續下去，在別人的眼裡，還會是以前的紀空手嗎？」

他不知道，也無法知道，不過，他始終覺得，無論自己最終是一個怎樣的結局，只要盡心盡力，問心無愧，也就足矣，又何必在乎他人是怎樣的看法呢？

「也許因爲我是夜郎的客卿，所以漢王才會另眼相待吧。」紀空手淡淡笑道，一抬頭，只見一片蒼翠竹林裡，一座小樓半隱半現，一曲箏音遙傳而來，彷如相思女兒的幽咽。

「這是誰彈的一手好箏？如此妙曲，唯有佳人方可彈奏，想必這樓中人定是漢王的親眷吧？」紀空手心中一動，似是不經意地問道。

樊噲的臉色變了一變，道：「陳爺無須多問，這花園中的事情，該你知道的，你自會知道，若是不該你知道的，多問反而無益，這可是漢王立下的規矩。」

紀空手心存感激道：「多謝樊將軍提醒。」

樊噲看看四周，壓低嗓門道：「其實在樓中住著何人，我也不知道，像我們這些做臣子的，只須盡到我們做臣子的本分，就不愁沒有好日子過，倘若知道了一些不該知道的事情，反而惹禍。」

走過一段廊橋，穿過一片松林，便見一座偌大的閣樓建在一個半島之上。步上登樓的石階，兩名美婢早在門邊恭候。

「樊將軍，漢王有令，只召陳爺一人入內，其他人等暫時在此等候。」一名美婢顯得彬彬有禮地道。

當下兩名美婢替紀空手解下兵器，遞上濕巾為他抹臉之後，由其中一人引著紀空手登上了閣樓的頂層。

紀空手一路看去，這座閣樓裝飾得典雅氣派，牆上掛有字畫，桌上擺有古玩，地上鋪了不少精美奇秀的盆栽，不失其皇家建築的風範。

上了樓去，便見樓上擺放了幾組方几矮榻，薰香濃濃，沁人肺腑。劉邦斜倚在一張臥榻上，面前的方几上正放著一張信箋。

紀空手趕忙上前請安施禮。

劉邦扶住他道：「陳兄不必多禮，本王今日召你前來，不過是想與你閒聊幾句，一切隨意吧。」

紀空手道：「陳平受漢王恩賜，感恩不盡，正想找個機會謝恩哩。」

劉邦讓他坐下，吩咐美婢遞上香茗，微微一笑道：「你我算來也是生死之交，又何必這般見外？倒是你來到南鄭已有些日子了，生活上是否習慣？」

「就是無聊了一些，整日裡花天酒地，看似熱鬧，心裡卻著實空虛。」紀空手哈哈笑道。

劉邦打量了他一眼道：「你心中空虛，是因爲你沒有奮鬥的目標。你身爲夜郎三大世家的家主之一，錢與女人都不缺，無所事事之下，才會去鑽研棋道，等到棋藝冠絕天下，你沒有了對手，豈非又感到無聊？」

「知我者漢王也。」紀空手聽出了劉邦的弦外之音，卻故意裝出一副糊塗相：「所以我才會追隨漢王來到南鄭，希望能夠助漢王打拚天下，借助漢王的庇護，使我夜郎不受滅國之虞，從此天下太平。」

「你能這麼想，倒不失爲夜郎王的忠臣。」劉邦的眼睛變得深邃起來，緊盯住紀空手的臉道：「當今的夜郎王，雖是仁義之君，終究能力有限，不足以獨當一面，陳爺是否想過取而代之，成爲新的夜郎王呢？」

紀空手心中一凜，知道劉邦終於說到正題了。自從他到南鄭之後，劉邦不惜以財色籠絡，顯然是想將他收歸於己用。但紀空手沒想到劉邦為了讓自己死心塌地效忠於他，竟然以權勢相誘，這一手可謂是老辣之極，但凡男人，只怕誰也無法抗拒這種誘惑。

「這種大逆不道的事情，我連想都不敢去想，漢王休要再開這種玩笑了。」紀空手連連擺手道。

「以你的家世，你的才能，其實完全可以成為夜郎王，這絕不是一個玩笑。」劉邦一臉肅然，緩緩接道：「你難道沒有聽說過這麼一句話嗎？『王侯將相，寧有種乎？』當今亂世，無論項羽、韓信，還是本王，換在三年前，誰又曾想到自己今生還可以爭霸天下？所以只要你有心，再加上有本王的鼎力支持，這個目標絕對不難實現。」

紀空手心裡明白，只要自己表露出有當夜郎王的野心，劉邦就會完全相信自己對他的忠誠。因為在這個世上，只有在互惠互利的前提下，這種合作才會永久，這也許就是劉邦的處世原則。

紀空手故意沈吟半晌，這才抬起頭來，望向劉邦道：「你為什麼要支持我？對你來說，誰當這個夜郎王並不重要，所以我想知道這其中的原因。」

劉邦嘴角露出一絲笑意，因為他知道，只要對方提出這個問題，就說明已經動心，所以他不疾不徐地沈聲道：「因為本王有求於你。」

第三章　知行合一

紀空手一臉狐疑道：「有求於我？我除了在棋道上略有小成之外，其他可是一事無成。」

劉邦雙手背負，踱到紀空手的身前道：「你太謙虛了，在本王眼裡，你不僅智勇雙全，而且博學多才，是才堪大用的人才。本王之所以能夠走到今天，身居漢王之位，你可知道是什麼原因嗎？」

「這只因爲漢王乃真命天子，天數已定，是以能夠成就大業。」紀空手對這個問題也頗感興趣。

劉邦搖了搖頭道：「你只知其一，不知其二。要成就大業，單憑一人之力是萬萬不行的，必須要有一批可以輔助自己成就大業的人才。在運籌帷幄、決策千里這一方面，我不如張良；在鎮守城池，安撫百姓，後勤糧草方面，我不如蕭何、曹參；在統軍作戰，排兵佈陣上，我又不如樊噲、周勃等人。這些人無疑都是人中俊傑，在他們所熟悉的領域裡都比我精通、擅長，但是我知道他們的長處，能夠合理地將之一一任用，歸爲我用，這才是我能夠走到今天的真正原因。而你，也是他們其中之一，我需要得到你對我的輔佐。」

紀空手心裡怦然而動，直到這時，他才明白劉邦能夠在這亂世之中迅速崛起的原因。面對這樣一個絕頂聰明的人，作爲他的敵人，紀空手不知自己是幸運，還是一種悲哀。

他真的無法知道，他一直以爲，自己是非常了解劉邦的，可是經過了這段時間的近距離接觸，他才發現，愈是了解劉邦，就愈是感到了劉邦的強大與可怕。

「那麼，我可以為你做些什麼呢？」紀空手不敢再想下去，而是深吸了一口氣，這才緩緩而道。

他原以為，劉邦之所以利用陳平，就是想利用陳平勘探礦山的技術來挖掘出登龍圖中的寶藏，但是劉邦說出的一句話卻讓紀空手大吃了一驚。

「殺人，去殺一個真正的頂級高手！除了你與龍賡二人聯手之外，本王根本想不出還有誰可以對付他。」

劉邦一邊說著，一邊從方几上拾起那張信箋，一點一點地將之撕成碎末。

一陣風吹過，這碎末飛旋而去，飄上天空，就像一隻翻飛的蝴蝶。

◆

「一個需要你我聯手才能對付的高手，在這個世上，好像並不多見。」

「的確不多，最多不會超過十個！」

「這十人當中，除去一些早已歸隱江湖的人，好像剩下的不過三五個。」

「確切地說，是三個！」

「哪三個？」

「項羽、韓信和劉邦！」

「劉邦當然不在此列，那麼在項羽和韓信之間，你認為會是誰？」

「我不知道，不過，三天之內，這個答案就會出來。」

「為什麼要等三天？」

「因為劉邦已經佈下了一個局，一個非常精妙的殺局，只要這個人一出現，他就死定了。」

——這是一段對話。

是紀空手與龍賡之間的對話。

他們在進行這段對話的同時，一件意想不到的事情發生了。

◆

臘月十八，大寒。

今天是第二批銅鐵運抵南鄭的日子，在樊噲的陪同下，紀空手與龍賡策馬向城外的軍營而去。

偌大的軍營裡，同時支起了數百座火爐，「叮叮噹噹……」之聲不絕於耳，上千名工匠在鑄兵師的帶領下，正在趕製兵器，整個軍營熱火朝天，氣氛濃烈，彷彿聞到了一股戰火硝煙的味道。

一隊隊整齊劃一的將士從紀空手他們面前走過，到了卸貨的貨場，下貨、過秤、點數……數百人更是忙成一片。

樊噲引著紀、龍二人到了一座營帳之中，一名負責查收銅鐵的校尉迎了上來，恭身行禮道：「陳爺來了，剛才隨這批銅鐵到了一名夜郎信使，指名要見陳爺，小人不敢怠慢，派人將他帶到府上去了，陳爺難道沒碰著人嗎？」

紀空手一臉詫異道：「沒有啊！」

那名校尉道：「聽那位信使的口氣，好像是有要事相稟。既然陳爺來到了大營，小人再派人將他請回。」

紀空手雙目餘光瞟到樊噲一直在注視著自己，擺擺手道：「不用了，待查收了這批銅鐵的數目再回吧。」

樊噲忙道：「既然陳爺有事要忙，這邊的事擱一擱也不打緊，我們還是先回城吧。」

紀空手心中暗忖：「這可奇了，來人若是夜郎王派來的信使，不知所為何事？」他隱隱覺得此事有些蹊蹺，不得不謹慎從事。

他之所以心生疑意，也是有一定道理的：如果來者真是夜郎王派來的信使，按照定例，他應該先行見過劉邦之後，才能再見自己，以示正大光明，同時也行了國與國之間的禮儀。而來人全然不顧禮儀，就只有兩種原因，一是事情緊急，二是來者根本就不是夜郎王派來的。

如果是第二種情況，那麼來人是誰？知道自己真實身分的人只有陳平，難道說……

他沒有再想下去，當下與樊噲、龍賡匆匆離開軍營，向城裡而去。

當他趕回宅第，進入大廳之時，遠遠望見廳中坐有一人，只看背影，紀空手的心裡便「咯噔」了一下。

他怎麼也沒有料到，這名信使竟是後生無！

這的確大大出乎了紀空手的意料之外。

後生無並不知道紀空手整形成陳平這件事，那麼他這次找上門來，所找的就不是紀空手，而是陳平！

後生無此時的身分，已是富甲一方的豪商，他若要找陳平，完全可以憑這種身分登門拜訪，又何必冒險化裝成信使呢？

這令紀空手隱隱感到不安，苦於樊噲還在身邊，他又不敢貿然進去相問，只得與龍賡遞了一個眼色。

「樊將軍，你還有事嗎？如果沒事的話，你恐怕只能到此止步了。」龍賡伸手將樊噲一把攔下。樊噲怔了一下，尚沒回過神來，卻聽龍賡又道：「來人既是夜郎王的信使，他見陳爺，必是事涉機密，樊將軍若在場，只怕不妥吧？」

這個理由的確充足，樊噲只能告辭而去。等到樊噲去遠，紀空手讓龍賡負責把風，這才進得廳去。

後生無趕忙起身見禮，寒暄幾句之後，紀空手臉色一沈道：「閣下冒充我王信使，該當何罪？」

後生無不慌不忙道：「縱是死罪，我也必須如此，因爲只有這樣，我才能盡快見到陳爺！」

「你急著找我，莫非出了什麼大事？」紀空手心裡更是不安，臉上卻不動聲色。

「我不知道，我只是受人之托，想帶陳爺去見一個人。」後生無的目光緊緊地盯在紀空手的臉上。

「誰？」紀空手道。

「陳爺去了就自然知道。」後生無道。

「如果我不去呢？」紀空手冷然道。

「他只讓我轉告陳爺，若是不去，你一定會後悔。」後生無不動聲色地道。

紀空手沈吟片刻，淡淡一笑道：「我當然不想日後後悔，現在就去嗎？」

後生無點了點頭，就著茶水在桌上寫了三個字：風滿樓。

◆

風滿樓——

一家酒樓的名字。坐落在城南的鬧市街口，這裡商鋪民宅鱗次櫛比，錯落有致，極具規模。而風滿樓前臨大街，後靠落花溪，景致極美，的確是一個品酒休閒的所在。

紀空手以龍賡與後生無爲餌，引開了一些耳目之後，翻牆出了府，轉過十幾條街巷，確信身後無人跟蹤之後，才踏入風滿樓。

此時正是午後，用膳的時間已過，樓中並無幾桌食客。紀空手按照後生無的約定暗號坐到一張靠窗的桌前，便有人將他帶到樓後的一條小船上，沿著落花溪行出里許，登上了一艘豪華畫舫。

他一踏入艙內，便迎上幾人恭身行禮，紀空手心中大吃一驚，一一看去，竟是土行、水星、公不一、公不二等人。

神風一黨竟然悉數到齊！

紀空手此時心中的驚駭，真是到了無以復加的地步。雖然他還不清楚到底發生了什麼大事，但他的心裡，彷彿被一塊大石緊緊壓住，好沈、好沈，沈得他幾乎難以承受。

出於一種默契，誰也沒有開口說話，土行指了指通往內艙的一扇門，紀空手點了點頭，踱步過去。

他站在這扇門前，幾欲抬手，卻又放下。正當他深深地吸了一口氣時，卻聽到門裡傳來一個十分熟悉的聲音：「進來吧！」

紀空手的心裡好生激動，不知爲什麼，每當他聽到這個聲音時，他的心裡總會流過一股淡淡的溫情。

裡面的人竟是紅顏！其實當紀空手登上這艘畫舫時，就已經猜到了這個結果。他之所以不願意相信，是因爲他心裡清楚，如果來者真是紅顏，那麼洞殿方面一定出了大事，否則她絕不會冒險來到南鄭。

推門而入，紀空手首先聞到的是一股熟悉而誘人的淡淡幽香，抬眼望去，只見佳人站在舷窗之前，姿態優雅，婀娜娉婷，如花般的面容略顯憔悴，令紀空手頓感心疼不已。

她沒有說話，只是把一雙俏目緊緊地盯在紀空手的臉上，雙肩微聳，顯示著她的心情並不平靜。

紀空手深情地看了她一眼，微微一笑，終於張開了雙臂。

紅顏遲疑了一下，終於不顧一切地奔了過來，投入了他的懷抱。火熱的嬌軀因爲興奮和激動而顫抖著，讓紀空手更生憐惜。

紀空手嗅著她淡淡的發香，愛憐地道：「你瘦了。」

紅顏只是緊緊地摟緊著他，幾乎用盡了力氣，好像生怕自己一鬆手，紀空手又會從眼前消失一般。

紀空手輕輕地拍著她的香肩，柔聲道：「你怎麼知道我在南鄭？莫非你已經拆掉了第二個錦囊？」

紅顏點了點頭，深埋在紀空手的懷裡，啜泣道：「若非如此，我又怎麼知道你已代替陳平混入漢王府呢？更不會一看到你，就撲到你的懷裡。」

紀空手渾身一震，道：「這麼說來，洞殿那邊果然發生了大事？」他之所以會這麼問，是因爲要拆開第二個錦囊的前提，必須是在洞殿發生了大事之後。

由於「夜的降臨」計畫必須在一種絕密的狀態下進行，所以紀空手不敢對任何人洩露有這個計畫的存在，只是爲了以防萬一，他才最終將一小部分計畫寫入錦囊中，希望紅顏能在萬不得已的情況下可以找到自己。

這也是神風一黨子弟不知道這個「陳平」真實身分的原因。

紅顏緩緩地抬起頭來，淚水從眼眶中流出，道：「是的，虞姬在回霸上的路途中，突然失蹤了。」

「什麼？」紀空手猶如五雷轟頂，整個人彷彿呆了一般，半晌才回過神來道：「怎麼會這樣？」

「她替你生下兒子之後……」紅顏剛剛開口，紀空手一把抓住她，驚道：「什麼?!她爲我生了個兒子?!」

他的眼睛緊緊地盯著紅顏的眼睛，感到有一股熱淚奪眶而出，說不出自己此刻的心裡是喜是憂。這種悲喜交加的心情猶如一座大山蟄伏，讓他的神經繃至極限，腦海中已是一片空白。

紅顏啜泣著道：「她自從生下孩子之後，就一心想回霸上看看父母。我攔她不住，就派人護送她回去，誰知走到半路上，他們就平空失蹤了。經過幾番打聽才得知，她和孩子都被劉邦的人送到了南鄭，我這才率人匆匆趕來。」

紀空手默默地聽著，只覺得自己的腦子從來就沒有如此亂過。無論是誰，當他剛剛嘗到得子之喜，轉瞬便經歷失子之痛，這種打擊對任何一個男人來說都是地獄的煉火。更何況紀空手所愛的女人尙在仇人之手，這使得他突然感到有一股巨大的恐懼正漫捲全身，倍感世事的殘酷。

此刻的紀空手，需要冷靜，然而，他卻無法使自己盡快冷靜下來。正因爲他是一個市井浪子，從小無父無母，所以對親情與友情才會看得如此之重。當他聽到自己竟然已有了兒子的時候，甚至感到了自己生命的延續，同時感到了爲人夫、爲人父的職責。

「我一定要救出她們母子倆，無論付出多大的代價！」這是紀空手心中唯一的一個念頭。

他深深地吸了一口氣，擦去臉上的淚水，卻聽到紅顏喃喃而道：「這都怪我，我怎麼也沒有想到，劉邦會如此費盡心思地來對付我們。」

紀空手將她擁入懷中，搖了搖頭道：「這不怪你，要怪，只能怪我們遇上的是一個可怕的對手。我一直算漏了一著，那就是以卓小圓換出虞姬這李代桃僵之計，劉邦也是知情者。他正是利用了這一點，算到虞姬終有一日會因爲親情而回到霸上，事先作了佈署。嘿！嘿！他實在很有耐心！」

他近乎神經質地冷笑了兩聲，眼中似乎流露出一股不可抑制的怒火。

「我們現在應該怎麼辦？」紅顏問道，她伸出柔荑，將紀空手的大手抓起，貼在自己的胸前，希望能藉此讓紀空手理智一些，冷靜地思考問題。

紀空手感激地看了她一眼。在他的心裡，不僅把紅顏視作是自己的愛人，更是知己，有妻如此，夫復何求？

一刹那間，當他的手觸摸到紅顏心跳的搏動時，忽然間感到自己的靈台一片空明，心境若一口古井，水波不興，不起半點漣漪。

他的意識彷彿走入了一個空山幽谷，步進一個寧靜而致遠的意境，一切的思維在刹那間變得異常清晰。

「如果你是劉邦，你會怎樣處理這件事情？」紀空手湊到紅顏的耳際道。

紅顏見紀空手恢復了常態，心裡著實高興，微微一笑道：「我絕不會是劉邦，所以無法知道！」

「我也不是劉邦，可是我卻知道，因爲我忽然想起了劉邦對付韓信的手段。」紀空手的眼神顯得十分深邃，空洞中帶出一種寧靜：「韓信雖然背叛了我，卻對鳳影十分癡情。劉邦正是看到了這一點，才會在項羽面前舉薦韓信，讓他最終坐上了淮陰侯的位置。而與此同時，他卻將鳳影軟禁在自己的身邊，藉此達到控制韓信的目的。」

「你的意思是說，雖然虞姬母子落入了劉邦的手中，其實只是有驚無險，根本沒有性命之虞？」紅顏的眼睛一亮，驚問道。

「對，這合乎劉邦的性格和行事作風。」紀空手變得十分冷靜，與剛才相比，簡直判若兩人：「劉邦一直把我當成是他最大的敵人，所以才會煞費苦心，不惜人力和時間來佈局。他既然抓到了虞姬母子，當然不會一殺了之，反而會好好善待她們，一旦有朝一日他與我正面爲敵的時候，就可以用她們來要挾於我，迫使我就範，這才是他所要達到的目的所在！」

「可是……」紅顏心中仍然十分擔心，畢竟讓虞姬母子落在劉邦手裡，就如同進入狼窩，便算沒有生命之憂，也總是讓人難以放心。

「其實，此事看上去是一件壞事，細細一想，又未曾不是一件好事，也許這就是上天註定了要助我一臂之力！」紀空手胸有成竹地道：「你想，劉邦有了虞姬母子在手，料定我必然投鼠忌器，就自然會放鬆對我的防範。這樣一來，我計畫的成功機率豈不大增？」

「只是這未免太委屈了虞姬母子。」紅顏想到那才兩三個月大的孩子，心中一酸道。

紀空手心中一痛，甩了甩頭道：「我也想過，此時若貿然動手，就算我們知道了她母子的軟禁之地，成功的機會也不大。一旦他們用她母子來要挾，反而會弄巧成拙，害了她們。與其如此，我們倒不如等待下去，只要我的計畫可成，她母子自然無虞！」

「我相信你！」紅顏俏目一閃，將頭埋進了紀空手的懷裡。

她沒有看到，此時的紀空手，臉上流露出更多的是一種父愛般的溫情。

初爲人父，大多如此，紀空手又怎會例外？

正因爲他是性情中人，心中有情，才能做到胸懷天下，世間的英雄豈非都是如此？

◆

紅顏走了。

後生無卻留了下來，以夜郎信使的身分，兼管銅鐵貿易。

他仍然不知道這個陳平就是紀空手所扮，但他卻遵照紅顏的命令，竭力效忠於這個陳平。因為他相信，這個陳平一定與紀空手有著某種關係。

送走紅顏之後，紀空手晚上便做了一個夢，夢見了虞姬和那個孩子。當他驚醒過來時，發現自己渾身都是冷汗，他便知道，無論如何，自己都該去見見虞姬和這個孩子。

這是他心中的一個牽掛，他不能帶著這個牽掛施行自己的計畫，稍有失誤，他很可能就會置身於萬劫不復之境。

拿定主意之後，他的腦海裡便冒出那半掩於竹林的小樓，那彷如相思女兒幽咽般的箏音，那樓中的人是誰？如此神秘，何以連樊噲也不知道底細？

紀空手的心中一動：「莫非虞姬就被劉邦軟禁於那小樓裡？」

這並非沒有可能，花園既然是漢王府中的重地，戒備又是如此的森嚴，劉邦要軟禁她們，這花園當然是首選之地。

可是這花園的佈局十分緊湊嚴密，只要在幾個重要的位置上配以一兩名高手，加上數十個暗哨，整個防護佈局就像一個巨大的蜘蛛網一般，牽一髮而動全身。

雖然紀空手只進過花園一次，但一進一出，他已經對劉邦的佈局有所了解。當他憑著記憶確定了自己出入的路線之後，他叫來了龍賡，將自己的這次冒險計畫和盤托出。

龍賡馬上意識到了紀空手的這次行動近乎於玩火，且不說紀空手能否進得去、出得來，一旦身分暴露，那麼他們的一切努力都將前功盡棄。

「你能不能再考慮考慮？」龍賡希望紀空手能夠改變主意。

「我已經決定了。對我來說，她們之中一個是我的愛妻，一個是我的孩子，就算我不能救她們出來，但至少要讓她們知道，我就在她們的身邊，並沒有把她們忘記。」紀空手搖了搖頭，眼中露出一股堅決的神情。

龍賡知道紀空手不是一個衝動的人，他既已決定，那麼就會有他的理由。所以他只是拍了拍紀空手的肩，道：「我和你一起去，這樣一來，至少可以相互照應。」

「你就是不說，我也要你助我一臂之力。」紀空手心存感激地道：「因爲我已經想到了一個行動的方案，可以讓我們此行的危險降到最低。」

龍賡附耳過去，聽著紀空手一陣耳語，臉上漸漸露出了一絲笑意：「好，就這麼辦，我們立刻行動。」

「不。」紀空手伸手攔下他道：「今天太晚了，明天二更過後，我們開始行動。」

◆

夜很深，如一潭深不見底的死水，根本不可揣度；夜也很靜，靜得就像是獨守深閨的處子，始終無言無語。偶爾透出少許的燈光，映襯出那燈影之外的空際更是暗黑。

今夜，的確是一個適宜夜行的天色，伸手不見五指，只能感受到那清爽的風在頭上竄動。

紀空手之所以要將行動改到今晚，還有一個重要的原因，那就是明日便是劉邦約定的殺人之期的最後一天。如果說這殺人之期不變的話，劉邦的注意力應該在明日殺局的佈置上，而不在花園。

紀空手與龍賡相繼潛入了漢王府內，迅若狸貓般爬上一棵靠近花園的樹頂。藉著高處向下俯瞰，依稀可以辨得花園中的一些暗哨明卡的分佈。

入夜之後的花園，戒備比白天更加森嚴，一組緊接著一組的兵丁四下巡邏，每一組還牽著數條惡犬，若不是紀空手事先有所防備，撒上了丁衡遺留下來的香粉，只怕他們連花園也休想進去。

此刻的紀空手，已經完全不像昔日風度翩翩的紀公子，而像是一隻生存於黑暗之中的精靈，他渾身上下著一身緊身玄衣，就連臉上也塗滿黑炭，蟄伏於黑夜之中，與夜色融爲一體。

唯一可以和這暗黑區分的，就是他清澈的目光，縷縷寒芒穿透夜色，洞察著這花園中的一切動靜。

他之所以這般謹慎小心，是因爲這是他一生中少有的幾次沒有把握的行動之一。他深知漢王府的花園就像是巨獸張開的大嘴，只要稍有不慎，隨時都有可能被這張大嘴吞掉，連屍骨也蕩然無存。

冷靜地觀察了大半個時辰之後，紀空手與龍賡對望一眼，在確定對花園的地形有了充分的了解時，紀空手開始了行動。

紀空手的步伐輕而快捷，整個人就像一道清風，悄無聲息地進入了花園。他所選擇的入口距那座半掩於竹林的小樓最多不過百尺之距，但是要想從容過去，實不是一件容易的事情。

夜色依然很暗，但紀空手的目力似乎有一種穿透力，可以看到數丈之外的東西。他只不過走了十數尺遠，已經讓過了三支埋在樹下的弩箭，避開了數處釘錐陣，甚至從兩名暗伏於樹冠中的敵人眼皮底下溜過。

他不得不承認，這花園的戒備是他所經歷過最森嚴的一種，比及趙高的相府，更要嚴密數倍，這讓他感到，這花園中有太多不可預知的祕密，否則劉邦也不會如臨大敵般佈下這麼精密的防衛。

在小心翼翼地前行到竹林邊時，紀空手不敢再向前跨出一步，因爲他似乎突然間意識到了一種危機。

這是一種感覺，是一種連他自己也無法說清的直覺，有點近似於野獸面對危機時所表現出來的本能。當他仔細地觀察著這竹林中的動靜時，終於發現，在這片竹林裡，每一根竹子的枝葉都被一種細絲密密匝匝地繞行串連，只要一有動靜，這細絲就可以將訊息最快地傳到守衛者的耳中。

這似乎已成了一道不可逾越的防線，紀空手此刻的武功修爲幾臻化境，但他面對這密密匝匝的細絲，也無法保證自己在不觸碰到這些細絲的情況下穿過這片竹林。

不過，紀空手並沒有洩氣，他很快就想到，這竹林裡既然有樓，當然要有一條可供出入的道路。

他凝神想了一想，然後重新審視了一下地形，朝向西的一面竹林潛伏過去。

這面竹林明顯要比其他三面的竹林稀疏得多，間距之大，完全可以供人出入穿行。

紀空手剛欲邁入，卻又停了下來。他認出這面竹林好像擺出了一種陣式，貿然闖入，恐怕也是有去無回。

書到用時方恨少，直到這時，紀空手才深刻地理解到了這句話的涵意。

五音先生除了在六藝上有其驚人的成就之外，對其他的一些門道也略有了解，其中就包括了各種陣法，雖然談不上精通，但也能說得頭頭是道，切中利弊。紀空手曾經跟他學過兩天陣法，只因後來形勢有變，這才放棄。

此時他望著眼前的陣式，只能暗自歎息，眼見自己成功在望，卻被這一片竹林壞了大事，對紀空手來說，的確是個不小的打擊。

正在懊惱之際，他彷彿聽到從另一個方向傳來一絲動靜。心中一驚之下，他收斂內息，潛伏到竹林邊的一塊大石之後。

有風，很輕很輕，隨著這風兒傳來的，是一股不同尋常的氣息，紀空手雖然看不清來人的模樣，卻清晰地感應到這股氣息在虛空中的方位。

他很清楚，擁有這股氣息的人，絕對不是普通的高手，其實力應該不在自己之下。若非自己刻意關注而對方卻在運動，自己根本難以感覺到這股氣息的存在。

「來人是誰？」紀空手心中有幾分駭然，想不到在這漢王府中還藏有如此等級的高手，但是他凝神傾聽了片刻，又覺得對方沿著這片竹林繞行，顯然也是在尋找出入口。

「敢情他與我一樣，也是不請自到的不速之客？」紀空手心中暗忖，不由精神一振。他從對方的行跡中可以看出，此人好像對這竹林似乎並不陌生，很快就找到這面的竹林，顯然是有備而來。

此時兩人相距最多不超過三丈，紀空手完全閉住了呼吸，僅靠渾身上下的毛孔維繫生機。但那人的一舉一動，紀空手只憑直覺，已如親見一般，絲毫沒有任何的遺漏。

那人站在竹林外猶豫了片刻，迅即竄入林中。紀空手默數著他踏出的方位與步數，算出他走到一半時，這才站起身來，躡足跟在其後。

幾乎花費了一炷香的功夫，紀空手左轉右閃，終於踏出了這片竹林，那半掩於竹林的小樓便完全出現在他的眼前。

這小樓不高，卻非常精美，淡紅的燈光從窗紙透出，小樓中的人尚未入睡。

而小樓的四周，有假山流水，一叢叢的花樹藏於燈影裡，湧動出一道道似有若無的氣息，說明這小樓外的戒備依然森嚴，要想潛入樓中，看來還須費些功夫才行。

在紀空手的目力搜尋之下，終於發現比他先入林的那條暗影正伏於一座假山之上，一動不動，顯得極有耐心。

紀空手知道時間對自己的重要性，不敢再耽擱下去，心中暗道：「這位仁兄，不管你是敵是友，今日卻要得罪你一下了。」

他信手拈起一顆豆大的石子，手上略帶一股迴旋之力，「啪……」地一聲彈出，便見這石子破空飛去，飄忽地改變了三次方向，擊在了假山上。

他這出手頗有講究，用強勢的玄鐵龜異力分出三種迴然不同的力道，一旦彈出，別人根本無法判斷這石子彈出的方向。

異聲一響，陡然間小樓四周驀起殺機，「嗖嗖……」之聲頓起，四五支弩箭已然破空。同時有六條人影自花木的暗影中閃出，向假山方向飛撲而去。

那伏於假山上的暗影驟然起動，寒芒一閃，劍光劈出了道道氣牆，疾速地向來路竄退。

紀空手不敢猶豫，提氣一衝，整個人如夜鷹般滑過空際，悄無聲息地來到了小樓樓角，看準落腳處，身形一翻，已經上到了樓上的樓廊上。

他照準那透著燈光的視窗往裡望去，只見這房裡除了簾幔低垂的床榻之外，還有梳妝所用的銅鏡等瑣碎小物，一台古箏架於窗前，淡淡的檀香繚繞在整個空間。

紀空手的心中一陣狂動：「莫非這樓中女子真是虞姬？檀香古箏，都是她喜好之物。」他的眼芒再閃，便見一個麗人的背影斜靠在另一扇窗前，體態窈窕，長髮烏黑，這一幅圖畫現出，有一種說不出的寂寞與孤獨。

他再也無法讓自己冷靜，抬手一拍，震斷窗格，便欲翻身跳入。

就在這時，那麗人聞聲回頭，長髮旋動間一張清秀而淡雅的面容終於跳入了紀空手的眼簾。

紀空手大吃一驚，因爲他沒有想到，這麗人竟然不是虞姬。

她也許比不上紅顏的雍容華貴，比不上虞姬的萬千風情，更不能與卓小圓的風騷媚骨相比，可是她卻另有一番清純浪漫的氣質，眉間淡淡的一點憂傷，令她渾似山谷中的幽蘭，一派清新自然。

她頭上的秀髮蓬鬆而柔軟，如瀑布般流暢，配合著她修長曼妙的身段，纖細的小蠻腰，修長而無瑕的頸項，潔白的肌膚，都構成了那種讓人神爲之奪、魂飛天外的豔麗，兩隻又深又黑的眸子秋波流盼，就像是會說話的星星般動人至極。

這女人既然不是虞姬，那麼虞姬呢？

紀空手還沒有來得及細想，陡然感到在窗戶的兩邊都有殺氣迫至。

「嗤……」劍氣刺空的聲音，如利刃裂帛，紀空手顯然沒有想到在這樓中還有埋伏，身形一沈，已經退出了窗外。

「蓬……蓬……」窗戶兩邊的木壁裂成了無數碎塊，若箭雨般襲向紀空手，同時兩道黑影若大鳥般閃出，緊隨這些木塊之後現身於廊道之上。

紀空手一讓之下，霍然心驚，敵人選擇破壁而出，卻沒有選擇從視窗追出，顯見經驗十分豐富，那凌厲的劍氣漫天而起，更表明這兩人的武功之高，已可躋身一流。

雙劍合璧，互補長短，渾似一個攻防的整體，向紀空手的空間擠壓過來。

紀空手並非不能破敵，而是沒有時間讓他破敵。既然樓中的人不是虞姬，那麼他今夜的行動便變得毫無意義。

「啪……」他的手臂一振，單掌拍出，勁氣與迫來的劍氣一觸間，他已翻身下樓，根本就沒有與人一戰的打算。

「嗖……嗖……」兩聲驚烈的弦響過後，兩支勁箭似是從另外的虛無空間裡冒出，標射向紀空手的眉心。

紀空手本可置之不理，迅速退避，可是當他剛要起動身形時，卻臨時改變了主意，手掌虛抓，產生出一股吸力，竟然空手捏住了這疾射而來的箭矢。

他花費這點時間來做這件事情，在這爭分奪秒的形勢下，未免有些不智。但紀空手有自己的想法，他需要武器，卻不能動用飛刀，爲了保證自己的身分不被暴露，他急中生智，權當這雙箭爲雙刀。

就耽擱了這麼點時間的功夫，身後的那兩名劍客厲叱一聲，一左一右地對紀空手形成了夾擊之勢。

紀空手這才知道這兩名劍客竟是女子，心中不由奇道：「據我所知，問天樓下的白板會與幻狐門盛出女子高手，在九江郡時的殳枝梅以及卓小圓都是其中的佼佼者。而這兩人且不說容貌如何，這劍法上的造詣已然在殳、卓二人之上，難道說她們既不屬白板會，也不屬幻狐門，而是另有師門？」

念頭一閃間，他的心中絲毫不存憐香惜玉之情，手中的利箭劃弧而出，點擊在最先殺到的一把劍上。

「叮……」這箭裡隱挾刀勢，其勢之烈，若奔馬馳騁，將劍撞開數寸，恰與另一把劍在空中交擊。

箭豈能如刀？箭又怎能帶出刀勢？

這只因為紀空手心中已無刀，所以任何東西到了他的手中，又何嘗不是刀？

其實，他的人便是一把刀，即使兩手空空，他的刀鋒依舊存在。

「轟……」那兩名劍手身形被勁氣所帶，稍緩得一緩，紀空手的人如大鳥般飛上了竹林。

身形既已暴露，紀空手便再無顧忌，他只想盡快地離開這是非之地。

他的身形輕如靈燕，踏足枝梢，未等枝條下墜，腳已輕點一下，又縱落於另一根竹梢上，幾次起落之後，他已跳出竹林，照原路而返。

在花園的另一端，打殺之聲十分熱鬧，紀空手只瞟了一眼，便認出七八人所圍的中心正是剛才比他先入竹林的那人。

他乍看那人起動的身形，心中陡然一動，正在尋思間，突然腳邊的一蓬亂樹裂開，泥土激射間，一道斧光晃眼迫來。

紀空手心中一凜，始知此刻怎是分神的時候？當下箭矢斜刺，整個人繞過斧光，向原路狂奔。

「嗖……嗖……」他一路前行，箭雨撲射而至，只是箭矢雖快，卻及不上他前行的速度，紛紛落在了他身後的泥土之中。

當他闖過七十尺的距離之後，他突然停住了腳步。

他不能不停，就算時間再緊，他也必須停住。

因爲在他的面前，橫著四道人影，或站或立，無論紀空手自哪個方位過去，都將遭到這四人的無情攻擊。

更可怕的是這四人身上所散發出來的氣息，肅殺無限，絕對是一流高手才擁有的殺氣。

對紀空手來說，這是一場惡戰，根本是避無可避。

既然避無可避，就只有面對——

這是紀空手做人的原則！

所以他雖驚而不亂，手中的箭矢橫出，厲喝了一聲：「讓開！」

回答他的是一陣冷笑，在冷笑聲未落之前，紀空手已然出手。

他手中的箭凜凜生寒，在勁力的催逼下，那箭鏃散射出一道摧魂奪魄的光芒，剖開這暗黑的夜空，構成了一點絕美的淒豔。

那種似流水般的光影繞行於箭鏃之上，以漩渦的形式向外飛瀉流淌，箭出虛空的每一寸過程，看起來都是那麼生動，那麼扣人心弦，讓每一個人都將神經繃得很緊很緊，幾乎達到崩潰的邊緣。

如此淒美的一箭，帶著霸烈的氣勢，殺入了這四人的中心。

「叮……」一連串的爆響此起彼伏，聲響各有不同，顯示出紀空手的身形之快，已在瞬息之間與每一個敵人都有交手。緊接著一聲高亢的厲嘯劃破這寧靜的夜空，紀空手隨著這嘯聲而起，以螺旋般的形式躍上虛空。

那道寒芒隨之而動，動得極慢，總在眨眼間又幻成道道亮光，橫斜在虛空之中，猶如海市蜃樓般的玄奇。

沒有人可以形容得出這幅圖畫的美麗，也沒有人可以不被這淒美的一幕所震撼，就在這四人都爲這難忘的一刻而癡迷時，「呀……」紀空手發出一聲低嘯，就像魚鷹入水般倒掠而回，將這寒芒盡化成千萬道密不可分的殺氣，席捲而來。

他在這一刻間爆發，爆發出自己身體的全部潛能。當時間的限制與空間的限制禁錮著他的神經時，他在這一刻間反而讓思想得到了自由的放飛，有一種突破模式的快意。當這放飛的思想完全融入了這箭勢之中時，他彷彿進入了一個從未有過的境界，難以解釋，難以明瞭，卻讓心靈一片清明。

這已是真正的忘我境界，唯有忘我，才能做到刀無處不在。

「呀……」四張扭曲變形的臉上同時露出了絕望的眼神，一聲慘呼之後，只有三人在退。

還有一人的咽喉上已赫然多出了一個洞，血洞！

紀空手穩穩地落在地上，臉上似有一種高僧得道般的感悟，又顯得是那麼地輕鬆愜意。他沒有想到自己可以使出如此精妙的一式，這一箭的氣勢完全讓人感到了一種意外之喜，也許他再也使不出如此霸烈的一式，但，這一式所闡釋的意境已刻入了他的記憶之中。

他只回頭看了一眼，便迅即消失在夜色之中，他甚至沒有一絲的提防。

因爲他知道，那一箭的氣勢已足以讓敵人魂飛膽喪。

就在他縱上花園高牆的刹那，十數匹快馬在牆下疾奔而來，「啪啪……」鞭響在半空中迴盪開來，跟在這十數騎之後的龍賡吹起了一聲清脆而響亮的口哨，引起了紀空手的一聲輕笑。

紀空手縱身跳上馬背，一路狂奔，轉眼間到了一處十字路口，兩人同時從馬背上縱起，在空中一翻，已經躍上了街邊的屋脊。

當他們悄然回到府第時，宅院裡依然是一片寧靜，就像是什麼事情都沒有發生過一般。

紀空手燃起了密室中的燭火，與龍賡相對而坐，在靜默中沈吟了半晌，紀空手才輕輕地歎息一聲，然後臉上流露出一絲不經意間的落寞。

「樓中的確有一個女人，卻不是虞姬。」紀空手在龍賡的注目下，緩緩說道。

「不是虞姬，那會是誰？」龍賡的臉上顯現出一片訝然。

紀空手的眼神深邃而空洞，閃動著一絲微不可察的光芒，一臉肅然道：「如果我所料不錯，她應該就是韓信的女人鳳影。」

他的思緒彷彿又回到了從前的那段歲月，緩緩接道：「我從來沒有見過這個女人，但是當年在趙高的相府裡，韓信曾經對我說起過她，他向我描述得非常詳盡，彷彿要將他心中的喜悅與我共同分享。在那個時候，他是多麼地真誠，以至於我從來就沒有懷疑過他。」

「既然你沒有見過她，又怎能肯定她就是鳳影？」龍賡心中有些狐疑地道。

「這是一種直覺，當我第一眼看到她時，我就感覺到有一種似曾相識的味道，可是我又確定，自己的確是從來沒有見過這個女人。為什麼會這樣呢？於是我就想到了也許是韓信的描述中給我留下了太深的印象，這才出現了這種情況。」紀空手笑了笑道：「而最主要的原因是這個女人的確是韓信最喜歡的那種類型，否則韓信也不會如此癡情，相守至今了。」

紀空手看著桌上的燭火爆了一下，閃出幾點火星，看著這點點星火一瞬即滅，他忽然間想到了什麼，臉色霍然一變道：「我明白了，明白了，怪不得我看他的身形動作，怎麼會這麼眼熟！」

他突兀地一句話冒出來，倒把龍賡弄糊塗了，不解地道：「你明白了什麼？」

紀空手精神一振，沈聲道：「剛才我進入花園之後，曾經遇到了一個人，他也和我一樣，是為了樓中人而去的。我沒看到他的臉，卻覺得他的身形動作十分熟悉，當時來不及細細琢磨，現在回想起來，十之八九他就是我們的老冤家李秀樹。」

「他怎麼會跑到南鄭來？」龍賡一問之下，似乎想到了什麼：「莫非他是為鳳影而來？」

紀空手道：「應該如此，這也證明那樓中的人必是鳳影無疑。據我估計，自田榮在齊地舉起抗楚大旗之後，韓信人在淮陰，恐怕也想蠢蠢欲動，只是他若加入到爭霸天下的行列，早晚有一天會與劉邦爲敵，到了那個時候，鳳影無疑就是他的心病，行事必然有所顧慮。既然如此，他當然不想受劉邦的這種挾迫，所以在動手之前，他要做的第一件事，就是救出鳳影。」

「既然此事如此重要，爲什麼李秀樹要單身前來呢？多一個人豈不是多一分把握？若是他傾力而出，也許真能將鳳影救出也未可知。」龍賡所言並非沒有道理，但紀空手卻不這麼認爲，他有他的理由。

「李秀樹要想從花園中救出鳳影，只有一個辦法，那就是突然、隱蔽，就算李秀樹將門下弟子傾巢而出，以花園裡現有的實力，完全可以抵禦，更別說李秀樹還要投鼠忌器。」他說到這裡，忽然間頭腦一個機伶，似乎想到了一件可怕的事情。

「不對！」紀空手搖起頭來，望向龍賡道：「以李秀樹的智慧與閱歷，應該想到從花園中救出一個人完全是不可能的事情。明知不可爲而爲之，李秀樹恐怕不會做出這樣的傻事吧？」

龍賡的眼神陡然一亮，沈吟片刻，叫了起來道：「他潛入花園也許並不是救人，而是殺人！」

這看上去的確是一個匪夷所思的答案，但仔細推敲，無疑是最合乎情理的答案。

鳳影既然是韓信的心病，那麼要去掉這塊心病，就只有兩個辦法，一是救出鳳影，二是鳳影死去。既然救出鳳影是不可能完成的任務，那麼相對來說，讓鳳影死就成了比較輕鬆而簡單的事情。

以李秀樹爲達目的、不擇手段的行事作風，如果讓他選擇，他當然會選擇第二種方法。只要他暗中殺了鳳影，然後再嫁禍給劉邦，這不失爲兩全其美的辦法。第一，他幫韓信去掉了這塊心病；第二，他讓韓信因爲鳳影的死而與劉邦結下不共戴天之仇。而至於韓信失去了鳳影將會如何痛苦，那可不是他要考慮的事情。

紀空手點了點頭道：「不是也許，而是肯定！李秀樹一向做事心狠手辣，這一次也不會例外。」

「那麼虞姬和孩子怎麼辦？她們既不在花園，又會在哪裡？」龍賡不無擔憂地道。

紀空手看了他一眼，心存感激地道：「不管她們現在哪裡，我們也無力解救，最好的辦法就是加快我們的行動步伐，只要計畫成功，她們自然平安。我們現在要考慮的，應該是明天的事情。」

「我已經打聽清楚了，劉邦之所以要把這個殺局安排到明天，是因爲明天是南鄭百姓祭祀河神的日子。到那個時候，城郊東門碼頭上一定非常熱鬧。」龍賡道。

「那麼，劉邦要殺的人究竟是誰呢？」紀空手提出了一個問題，這個問題也許只有劉邦才可以解答。

第四章　王道無常

「是項羽。」這三字從劉邦的口中說出，就像是晴空的一記炸雷，不僅突然，更具震撼力。

這是在漢王府中的一間密室裡，此時已過了午時，劉邦的情緒並未因昨夜花園中發生的變故而受影響，而是將鋒銳的眼芒從紀、龍二人的臉上緩緩掃過。

無論紀空手有多麼的冷靜，聽到這個消息，他的心裡都感覺到了不可思議。他甚至認爲，這只是劉邦的危言聳聽。

他有這樣的認爲不足爲奇，因爲誰都知道，就在一兩月前，齊王田榮率數十萬大軍在城陽與項羽的西楚軍一戰，雖然最終以西楚軍的大勝而告終，但田榮的餘黨重新糾集，在齊國各地紛紛豎起抗楚的旗幟。其中，以田榮之弟田橫爲首的義軍更是攻城掠地，頗具氣候。在這種情況下，項羽是很難脫身來到南鄭的。

而且，此時的項羽，已是今非昔比，貴爲西楚霸王，轄九郡，統兵百萬，地位是何等的尊崇，他又怎會甘冒風險，來到大敵的地盤上呢？

劉邦顯然從紀空手的臉上看到了狐疑，微微一笑道：「其實別說是你們，就是本王，在得知項羽前來南鄭的消息時也大吃了一驚。這雖然不可思議，但是本王可以告訴你們，這個消息絕對可靠，因爲他來南鄭的目的，就是要將本王置於死地！」

紀空手眼見劉邦如此自信，驀然想到了他在花園時劉邦當他之面撕掉的那張信箋，心中一動：「敢情這是卓小圓送來的消息，怪不得你如此相信。」

既然這個消息的真實性已毋庸置疑，那麼劉邦又想怎樣來對付項羽呢？紀空手很想知道這個答案，於是一臉肅然道：「就算我們明知道項羽到了南鄭，可南鄭這麼大，人海茫茫，我們又到哪裡去找出他來？」

「這好像不該是你這種聰明人提出的問題。」劉邦笑了笑道：「你釣過魚沒有？」

紀空手佯裝糊塗道：「這與釣魚有什麼關係？」

「當然大有關係。」劉邦道：「南鄭之大，可以將它比作廣闊的水域，而項羽，就是在水域中自由游動的魚，要想讓他上勾，只有先放魚餌，他便會自己搖著尾巴過來了。」

「誰是魚餌？」紀空手問得更絕。

「當然是本王親自作餌，才能釣到項羽這條大魚！」劉邦斷然答道。

「可是我聽人說，這河裡有一種魚，狡猾至極，總是會吞掉魚餌卻老不上勾，漢王難道一點也不擔心嗎？」紀空手不得不提醒劉邦，因爲他雖然很想劉邦死，卻不是現在，他需要一個最好的時機，讓劉邦照著他的安排死去。

「本王才不擔心，一點都不擔心。項羽雖然武功高強，又有流雲道真氣護體，但是自從本王得到了二位，這項羽便不足爲懼了。」劉邦露出欣賞之意，望向紀空手道。

「只怕是漢王高看了我們。」紀空手與龍賡相望一眼，同時說道。

劉邦淡淡笑道：「本王出道江湖，閱人無數，是龍是蛇，可以一眼判定，所以絕不會看錯人。何況本王和你們還有過命的交情，更有一樁大交易，相信你們一定會盡心盡力。」

他似是無意地提到了助陳平登上夜郎王一事，這無疑是在提醒紀空手，只有他好，你才能好。這種提醒的確非常高明，可惜的是，此陳平非彼陳平，這種誘惑的吸引力也就降到了最低。

「這是當然，既然漢王如此看得起我們，敢不盡力？」紀空手適當地表明了一下自己的忠心，繼而問道：「可是，我們該如何做呢？」

劉邦顯然已是胸有成竹，是以非常自信，緩緩而道：「本王昔日起事之初，曾與項羽同一軍營，所以對本王和本王身邊的人，項羽大致都了解一些。只有二位，在項羽的眼中還是完全陌生的，所以在本王佈下的這個殺局中，成敗的關鍵就在你二人身上。」

紀空手與龍賡一臉肅然道：「願聞其詳。」

劉邦微微笑道：「本王已經想過了，無論此次項羽帶了多少人到南鄭，以他的性格，最終出手取本王性命的，一定是他！所以你們化裝成本王的貼身侍衛，不管打得多麼熱鬧，你們都不要出手，等到項羽現身的那一刻，你我三人聯手出擊。到時候，就算項羽有九條性命，有蓋世的武功，只怕也在劫難逃。」

紀空手不得不承認，劉邦的這個殺局十分完美，最重要的一點是他看透了項羽。如果沒有什麼意外發生的話，只要項羽現身，就必然是凶多吉少。

時交未申，南鄭城大部分的百姓人人興高采烈，如同趕集，似潮水般向城郊東門碼頭湧去。

一年一度的河神大祭即將舉行，這是南鄭百姓約定俗成的一樁大事，今天的大祭因爲有了漢王劉邦親臨主持，使得整個場面更加盛大隆重。

沿途長街之上，人流絡繹不絕，在官兵的維持之下，顯得井然有序。

劉邦一行車隊在重兵保護下，終於到了東門碼頭，河水流動的聲音，在前方隱隱傳來，而新近搭建的主祭台，架設在河岸的一方，披紅掛彩，紅毯鋪地，極盡奢華，顯得十分氣派。

碼頭之上早已是萬人湧動，翹首以盼，劉邦登上主祭台，台下早已是一片歡呼，氣氛熱烈。

當蕭何、曹參、張良、樊噲等一干人等緊隨劉邦登上主祭台時，鼓樂喧天而起。

紀空手的目光望向張良時，不覺心中平生幾分感慨。此時的張良，比及在霸上時紀空手所見的張良，明顯多了一份老成，雙鬢微白，更令他多了幾分滄桑感。

而身爲漢王朝中丞相的蕭何，卻是眉飛色舞，意氣風發，顯得極是得意。若非紀空手親眼所見，又怎知今日之丞相不過是當年郡令手下的一名小吏?

一陣高亢悠遠的號角響起，拉開了祭祀的序幕，全場肅靜無聲，劉邦昂然而立，氣度沈凝，站在主祭台中央，展開祭文大聲朗讀起來。

紀空手低下眉來，以束音成線的功夫向龍賡道：「劉邦果然膽識過人，竟然給了項羽這樣一個機會，如果我是項羽，只怕也不會放過這樣一個大好時機。」

龍賡卻用腹語與之交流：「不錯，以人來作掩護，無疑是最好的掩護。一旦動手，平白有了這樣絕妙的退路，膽氣也就十足了。」

「如果你是項羽，你會選擇在哪段路上動手？」紀空手問了一個非常實質的問題。

「至少不會選擇這裡。」龍賡沈吟片刻道：「如果我所料不差，項羽之所以到現在還沒有動手，是因爲他在知道了我們的來路之後，才可以選擇一個有利於伏擊的地段來佈署，當我們沿來路而回時，正好步入他的陷阱之中。」

「你說得很有道理。」紀空手的眉間一跳道：「不知爲什麼，我的心裡突然有一種預感：項羽此次帶來的人絕對不多，但肯定都是高手中高手，如果我們稍有不慎，很有可能會被他得手。」

「你怎麼會有這樣的預感？」龍賡的眉頭一皺道。

「這從項羽此次來到南鄭的行動就可看出，他對這次刺殺顯然是勢在必得，而要成功擊殺劉邦，就必須突然、快捷，在劉邦沒有防範的情況下出手，爭取一擊必中！而要做到這些，就必須做到對自己的行蹤保持高度機密，是以項羽絕對不會帶太多的人來到南鄭。」紀空手說出了自己的推斷。

便在這時，台下又響起雷鳴般的歡呼，紀空手重新抬起頭來，才知道劉邦已經念完了祭文。

接下來便是大祭儀式開始，當一隊隊的士兵抬著整頭整隻豬、牛、羊等物拋向大河時，東門碼頭被人們的歡呼聲幾乎淹沒。

此刻劉邦已經退到了紀空手的身邊，壓低聲音道：「如果我是項羽，就一定會選擇在五馬大街的十字路口動手！」

他說得這麼肯定，倒讓紀空手感到驚奇：「漢王從何處得來的消息？」

「這不是別人送來的消息，而是本王的直覺。其實剛才在車上的時候，本王留心觀察了沿途的地形，發現唯有在那個地點方可攻可退。」劉邦搖了搖頭道。

看到紀空手沈默不言，他繼而又道：「要想推斷項羽會在何處動手，就要了解項羽此人的個性。他雖然很想置我於死地，但有一個前提，那就是要在能夠保證他全身而退的情況下他才會出手，否則他寧可放棄這個機會。這樣一來，他肯定會先考慮好退路再選擇攻擊，而五馬大街正好合乎他的要求。」

紀空手突然笑了起來道：「如果漢王真的認定項羽會在五馬大街動手，恐怕你發現這個地點並不是在剛才的車上，而是早有留意吧？」

「聰明！」劉邦也忍不住得意地一笑道：「不錯，事實上我早已看到了五馬大街是最適合項羽動手的地方，所以才會刻意從這條大街上經過。」

「漢王敢於如此安排，顯然已是成竹在胸。看來，我和龍兄不過是漢王身邊的一個擺設，未必就真能派上用場。」紀空手顯得很是輕鬆。

「不！」劉邦正色道：「你若是這麼想，就低估了項羽。項羽自從踏入江湖，到今天的統兵百萬，從來未敗，可謂是百年不遇的奇才。只要是與他爲敵，不到打倒他的最後一刻，你就不能輕易言勝，這只因爲他若不死，就永遠充滿變數！」

說到這裡，劉邦的臉上已然流露出一絲緊張，更有一絲迷茫。

對於這一點，連他也無法預測輸贏。

劉邦的確非常了解項羽，所以他才算得很準，幾乎是分毫不差。

項羽真的到了五馬大街，與他一起的，還有拳聖、棍聖和腿聖。

四人分佈在四個點上，看似雜亂無章，不成犄角之勢，但只有身經百戰的人才可以看出，當這四個點同時起動時，它所運行的線路正好構成了一個完美的殺局。

但，有一點是劉邦萬萬沒有想到的，那就項羽的修爲之高，大大超出了他的想像！

◆

河神大祭已經結束，當劉邦的車隊踏上五馬大街時，正是華燈初上時分。

熱鬧的長街人流如織，在數百鐵騎的開道之下，車隊所到之處，人流若潮水兩分，紛紛站在街邊駐足觀望，無不豔羨貴爲王侯的無上威儀。

本是熱鬧的長街，陡然變得靜寂起來，除了「得得」的馬蹄聲與車輪摩擦地面的聲音之外，成千上萬的人站滿大街兩邊，竟然不聞一絲吵鬧聲。

紀空手與龍賡雙騎兩分，守護在劉邦的車駕左右，凝神以對，如臨大敵。

他們的神經已經繃至極限，無時無刻都讓自已處於一種高度緊張的狀態中。車馬每向前一步，他們的心便提起一分，因爲他們根本無法預料項羽會在何時動手。

那種風暴來臨前所帶出的壓力，使每一個人都有呼吸不暢的感覺。

在五馬大街中段的十字路口上，有六七個人正圍著一副餛飩擔子埋頭吃著餛飩；賣餛飩的老頭正忙得頭上冒汗；一個沿街乞討的老乞丐，正牽著一個哭哭啼啼的小丐童在街邊的石階上歇腳；街口上的一個雜貨鋪裡，坐著一個擦脂抹粉、扮相嬌冶的老闆娘；鋪子前有個挑夫挑了一擔石灰，正停在那裡歇腳擦汗；而一個胖賈模樣的老者騎在一匹馬上，正從這條路口經過……

一切都顯得那麼平靜，根本看不出有什麼異樣。當紀空手還在百步之外看到這街口上的一切時，彷彿又回到了淮陰的市井中，倍感親切，他甚至在想：「也許項羽根本不在南鄭，一切都只是猜想而已。」

離十字街口愈來愈近，十丈、九丈……

前面開道的鐵騎已經穿過了路口，就在劉邦的車駕到了街口的中心時，突然一聲「希聿聿……」的馬嘶聲響起在另一個街口，一匹驚馬狂奔而來。

「護住王駕！」負責車駕安全的親兵統領疾呼起來，同時拍馬上前。

驚馬來得迅猛，馬鞍上卻空無一人，那統領稍稍放了心，卻聽到背後有人叫道：「小心！」

那統領還未回過神來，突然自馬腹下竄起一道胖大的人影，殺氣迫至，竟然將他一腳踹入半空，直飛上高樓的屋脊。

與此同時，原本平靜的街口突然變得肅殺無限。那挑夫首先發難，飛腿踢出，將一擔石灰全都揚灑空中，瀰漫了整個街口。而賣餛飩的老頭提起扁擔，手臂一振間，整條扁擔若遊龍撲出，直奔劉邦的車駕。

這三人出手雖有先後，但配合精妙，更是突然，猶如平地炸響的一道驚雷，說來就來，如行雲流水般流暢。

他們出手時與劉邦車駕的距離都不甚遠，最多不超過五丈。以他們的速度，完全可以在一息時間內逼近車駕，可是，就在他們全力出擊時，只感到眼前一花，在他們每個人的周圍陡然間多出了幾道人影，就像鬼影般飄忽迅捷。

不是像，其實這些人本身就是影子——他們正是衛三少爺的「影子軍團」。

他們的出現既在紀空手的意料之外，又像是在他的意料之中，更讓紀空手感到驚奇的是，衛三少爺竟然親自出馬了。

看來，劉邦的確將這一戰看得極重。他不僅以權勢爲餌，讓紀空手與龍賡助拳，甚至不惜請出了問天樓最精銳的影子軍團，希望這一戰能夠將項羽葬身於南鄭。

三名刺客同時間剎住了身形，沒有人再向前踏出半步，不是不想，而是不能。當一個人的身邊同時冒出三五個如影隨形的高手對你構成威脅時，沒有人會輕舉妄動。

更何況在這些影子的背後，還站著一個人，雖然沒有人看到他的出手，但他不經意地在人前一站，就像一座將傾的大山給人以強大的壓迫之感。

無論你怎麼估量，衛三少爺都絕對是一個超級高手，對於這一點，毋庸置疑，是一個鐵一般的事實。

「敢到南鄭撒野的人，實在不多，而且選擇撒野的對象是漢王，他的膽子未免也太大了，簡直可以包天！我一向喜歡膽大的人，不知三位怎麼稱呼？」衛三少爺說話的時候總是帶著微笑，讓人感覺到他始終從容面對一切，大有王者之風。

那胖賈模樣的人顯然沒有料到自己的行動竟然在別人算計之中，一驚之下，倒也不顯慌亂，冷然而道：「聽說過腿聖嗎？在下便是！」

「久仰，久仰。」衛三少爺不由得肅然起敬，目光望向另兩位道：「如果我沒猜錯，這兩位想必就是拳聖與棍聖嘍？」

「不錯！」那賣餛飩的老頭正是棍聖，他把扁擔當棍使，絲毫不減氣勢。

「三聖之名，名動天下，今日相見——」衛三少爺故意拖了一下，方道：「不過爾爾。」

他用的是激將法，旨在激怒對手，只要對方心神略分，便是他下手的機會。可是三聖久走江湖，閱歷豐富，根本不吃他這一套。

「你說對了，我們的確不過爾爾，而且還自不量力，若是你有興趣，我們不妨來玩上兩招！」腿聖傲然而道。

「我真的很想向你們討教，可惜的是，我有一個規矩。」衛三少爺淡淡而道。

「什麼規矩？」腿聖奇道。

「那就是我從來不向死人討教！」衛三少爺的聲音陡然一冷，變得殺氣騰騰，使得在場的每一個人都感覺到了這空氣中的寒意。

長街瞬間變得一片死寂，殺意彷彿充斥了整個空間，每一個人都屏住呼吸，似乎在醞釀著一場風暴的到來。

紀空手勒馬駐足，立於車駕之邊，他完全不爲眼前的一切所動，而是將目光盯上了那兀自悠閒地坐在石階上休息的老丐。

他之所以盯上這個老丐，是因爲他覺得這個老丐很有趣。乞丐是最喜歡湊熱鬧的，總是哪裡有熱鬧往哪裡跑，可這個老丐卻不同，偏偏是坐在一邊，對這邊的熱鬧不僅不湊，而且連看都不看一眼，好像生怕引火燒身一般。更讓紀空手感到奇怪的是，這老丐身邊的孩子一直哭啼個不停，老丐竟然連哄都不哄一下，這也未免太無情了。

「難道他就是項羽？」紀空手的心裡突然閃出了這麼一個念頭，連他自己都大吃一驚。

就在紀空手暗自揣摩之際，衛三少爺手下的影子戰士緩緩地移動腳步，每一個人的手都已按住了自己的兵器。

「殺！」衛三少爺冷冷地吐出了一個字，那醞釀已久的殺機在頃刻之間爆發了。

三聖更在衛三少爺話音未落之際搶先出手！

對三聖來說，他們都已退隱江湖多年，很久沒有沾染過血腥之氣了，心中似有一種期盼，更希望能痛痛快快地惡戰一場。面對如雲的高手，還有數百名嚴陣以待的鐵騎，他們非但絲毫不懼，反而燃起了心中熊熊的戰意。

「呼……」拳聖不愧是拳聖，他只憑一雙肉拳，出手間便力敵五名影子戰士。拳風如風雷響動，絲毫不落下風。

他出拳的姿勢很怪，總是要雙手抱一抱拳，這才出手。可是他每出一拳，帶出的勁風便增強一分，七拳過後，竟然逼得那五名影子戰士連退七步。

他的動作簡單迅快，並沒有繁瑣的過程，也沒有花俏的動作，以一種最原始的出拳方式，向對手展示著拳理中高深的境界。

當他的第八拳擊出時，伴著他的一聲暴喝，以一隻肉拳迎向了一名揮矛而上的敵人。

「砰……」拳擊矛上，竟然將精鋼所鑄的長矛震成兩段。

「轟……」同時間他的另一隻拳自一個看似匪夷所思的角度出擊，重重地砸在了敵人的小腹之上。

「呀……」敵人慘呼一聲，立被震飛，眼看活不成了。其他四人一時膽寒，卻見拳聖的拳頭已然貫滿真力，一晃而出，直撲他們面門而來。

腿聖在拳聖的左方，遇到的敵人絲毫不弱，但他的腿卻在刀劍中縱橫翻飛，神腿所到之處，無不生起一股強烈的狂飆式的殺氣，被他擊中的敵人，都是全身骨骼碎裂而斃。

而棍聖將一根扁擔舞得虎虎生風，棍刀相交，發出清脆的金屬響音，顯見他這扁擔竟是以金屬所鑄。他的招式一出，一時間攻勢如長江大河，掀起一波又一波洶湧的巨浪，襲向敵人，大有淹沒之勢。

衛三少爺站在局外，眼見這亂局的發生，似乎並不感到驚訝。他雖然身為影子軍團的首領，很少在江湖中走動，但對江湖中稍有名氣的人物卻瞭若指掌，又何況是曾經名動天下的三聖？

能在某種兵器上稱聖的人，當然都不會是無名之輩，即使他不想出名，也有人會找上他讓其出名。據說在這三聖稱雄江湖的日子裡，平均每月至少要接受三個高手的挑戰，可是他們依然能在各自的領域中稱王，這不得不讓人刮目相看。

不過，這種風光的日子並沒有延續太久，不知出於什麼原因，他們三人在不到一年的時間內都相繼歸隱，引起江湖上眾多猜測。有人說他們是淡泊名利，有人說他們已厭倦江湖，但衛三少爺卻知道這些原因都是扯蛋。當一個人登上他事業巔峰之際，是沒有人會想到激流勇退的，除非他有迫不得已的苦衷。

所以當三聖現身在這長街之際，衛三少爺明白當年三聖的隱退必定與當時的流雲齋有關，否則以三聖的武功與個性，是絕不可能甘心爲項羽賣命的。

戰局一開始，衛三少爺就已經看出了自己的影子戰士絕不是三聖的對手，他們能夠做到的，就是用自己的生命去消耗三聖的一部分體力。同時他的心裡也暗暗吃驚，這三聖雖然退隱江湖多年，但手底下的功夫依然還是那麼厲害。

三聖固然可怕，衛三少爺覺得還不是太難應付。他早已針對這眼前的局勢有所安排，事態的發展並沒有出乎他的意料之外。

他心裡所擔心的是項羽。項羽遲遲沒有現身，這就讓衛三少爺的心裡總是懸著，好像頭頂上方頂著一塊大石，說不準什麼時候突然砸下。而且他還得考慮，項羽此行除了這三聖之外，還帶來了多少高手？他們沒有動手，是不是還在等待機會？

思及此處，衛三少爺的目光看似不經意地瞟了一眼劉邦的車駕，那豪華氣派的車駕在眾人護衛之下，遮得嚴嚴實實，竟然沒有一點動靜。

「這是怎麼回事？」衛三少爺忍不住在心裡嘀咕了一句。

他心中雖然有幾分詫異，但在這種局勢下劉邦尚能穩坐車中，說明其必然是胸有成竹。衛三少爺的眼芒望去，平生一股難言的表情。

在衛三公子死後的一段時間裡，衛三少爺的心理並不平衡。他作爲衛三公子的影子隱匿江湖數十年，對他這種擁有大智大勇的一代梟雄來說，著實不易。他原想，衛三公子一死，正是自己的出頭之日，可是他萬萬沒有想到，衛三公子竟然將問天樓閥主之位傳給了劉邦，並且要他全力輔助。

這殘酷的事實讓他一下子很難接受，如果不是要遵從祖訓，服從問天樓歷來所立下的規矩，他大可真正退隱江湖，一走了之，落個清靜。但是，當他真正接觸了這位自小離開家族的後輩之後，不得不承認，當初衛三公子的選擇並沒有錯。

「呀……」又一聲慘呼聲驚醒了尚在沈思之中的衛三少爺，循聲望去，只見拳聖的一隻拳頭擊中了一名影子戰士的肚腹，那名戰士便若斷線的紙鳶飛上了半空。

就在那名戰士下墜之際，突然從人群之中飄飛出一條人影，身姿曼妙，袒腹露背，白晃晃的肉色引起一陣驚呼，她單手抄住那名戰士，將之當作一塊大石砸向拳聖。

此女正是色使者，她看上去嫵媚迷人，出手卻又是那般狠毒無情，便是同夥的生命也不顧惜，隨手將那名戰士當作了攻擊的武器。

「轟……」眼見軀體即將砸上拳聖的胸口時，拳聖暴喝一聲，勁拳出擊，直直地撞上那名戰士的頭顱。

臂。

「喀……」地一響，那頭骨蓋隨之迸裂，腦漿濺飛，紅白相間，煞是好看。腦漿濺射空中，飄灑而下，就像下了一場桃花雨，讓人備感淒美之下，心生悸動。

圍觀的人驚呼聲起，紛紛後退，色使者卻迎著這血雨直進，綢帶飄起，如靈蛇般纏向拳聖的手

拳聖微微一怔，似乎沒想到這女人的出手會是如此快捷。他剛剛雙手抱在一起，那堅韌的綢帶便猶如鐵箍般緊緊地裹住了他的腕骨，並在一點一點地收緊。

色使者的臉上露出一絲不可思議的神情，驚訝自己竟能如此輕易地得手。不過，她絲毫不覺得拳聖會如此不堪一擊，反而心驚之下，勁力直吐，企圖束縛住拳聖藉以成名的那一對鐵拳。

「開——呀……」拳聖在陡然間發力，雙拳朝兩邊一分，在瞬息間爆發的勁力就像火山噴發，將緊縛在手腕上的綢帶震得寸寸斷裂，隨氣流湧上空中，宛若翻飛的蝴蝶。

色使者悶哼一聲，踉蹌著向後疾退，同時雙手微分，本就沒有多少的衣裙竟然飄舞起來，那誘人的隱密私處恰似春光乍現，展露在拳聖的面前。

該凸的凸，該凹的凹，優美的形體帶著傲人的曲線，突然在長街陡現。如此奇豔的一幕，出現在任何男人的面前，只怕都會怦然心動，爲之噴血。

這是每一個正常男人都該起的反應，色使者正因爲深深地揣摩到了男人的這種心理，是以總是能在最危險的時刻化險爲夷，她堅信，這一次也不例外。

拳聖的眼睛果然爲之一亮，但讓色使者心驚的是，那眸子裡所綻現的，並不是她熟悉的那種色迷

迷的神情，而是一股來自內心的濃濃殺意，殺意之冷，讓人寒徹心底。

就在色使者感到有些不可思議的剎那，拳聖出手了。

拳出，如電芒快疾，一入虛空，那拳勢便如洪水流瀉，轟然而至。

這一拳的勁道之大，無可匹禦，雖然沒有人知道它的力量的精準程度，但單聽那拳頭發出的「喀喀」暴響，就足以讓人相信這是可以與驚雷相媲美的一拳！

這一拳沒有絲毫的憐香惜玉，更帶有一種毀滅性的無情。它一出現，就徹底摧毀了色使者作為女人的全部自信。

色使者萬萬沒有料到，自己這足以迷倒萬千男子的舉止，竟然激起了拳聖心中無限的恨意，這只因為，拳聖雖是男人，卻是一個——天閹！

身為男人卻無法釋放男人的本能，這也許是拳聖今生最大的悲哀，正因如此，才造就了他變態和畸形的心理，從而仇恨天下所有的女人，甚至恨上了自己的母親，並且偏激地認為，給自己帶來痛苦的生理缺陷只是父母強加於他身上的，讓他永遠不能具有男人應有的尊嚴。是以，他完全有理由去仇視一切。

色使者的舉動雖然風情萬種，風騷入骨，但對拳聖來說，這更像是一種挑釁。他不容有任何一個女人嘲笑自己的無能，是以他要做的，就是用自己的拳頭去維護自己的尊嚴。

「呀……」拳聖在暴喝聲中出拳，以驚人的氣勢衝向色使者，拳尚在三尺之外，但拳風所帶出的沈沈壓力，已讓色使者為之色變。

色使者只有飛退，退向街邊的人群。

倉促間，她似乎忘記了一點，那就是她所退的方向不對。人群雖然可以掩護她的身形，卻也同樣可以阻緩她的去勢，只要她的身形稍微減速，就有可能香消玉殞，死於非命。

拳聖當然看出了這一點，所以眼中更是露出亢奮的神情。色使者惹眼跳動的雙峰，但在拳聖的眼裡，那只是兩個禍根，他要一拳將之擊爆，讓它再也不能傲然挺立。

三尺、兩尺、一尺……

拳聖的鐵拳眼見就要擊上色使者的一剎那，他陡然心中一緊，感到自腰間兩側有兩股殺氣疾襲而來。

此時色使者剛剛退到人群之中，而殺氣正是來自於人群。當拳聖感覺到這兩股殺氣之時，他忽然覺得這更像是色使者他們佈好的一個殺局。

這的確是一個刻意爲之的殺局，「聲色犬馬」雖然在江湖上的名氣不大，卻無疑是最具殺傷力的殺手組合之一。以聲色惑敵之耳目，用犬的靈敏和直覺，奔馬的速度與氣勢，構成一個十分完美的全新組合，這就是「聲色犬馬」能夠崛起江湖的最大祕密。

這迫向拳聖腰間的兩道殺氣正是來自於犬使者的鐵爪與馬使者的銅勾，這兩件看似普通的兵器，在兩人充滿力度的手中演繹出來，簡直成了閻王判官拿著的催命權杖。

任何意外都可能在關鍵時刻造成意想不到的結果，尤其是在高手之間。

「聲色犬馬」絕對算得上江湖上第一流的高手，所以他們適時的出現的確給拳聖心理上造成了震撼的效果。當鐵爪銅勾在虛空中閃動著各自絢爛的光弧時，飛退中的色使者突然從飛舞的裙裾裡踢出了那條豐滿而滑膩的腿。

腿是踢向拳聖的襠底，那裡從來都是致命的部位，男人藉此可以讓女人在床第之間欲仙欲死，女人同樣可以針對這個部位對男人展開最旖旎的謀殺。色使者一改其一慣的柔情作風，以最直接而有效的方式去攻擊。

如此美麗迷人的大腿，帶出的不是柔情，不是蜜意，面對色使者這近乎瘋狂的一踢，拳聖所需要的，是一種臨危不亂的冷靜。

虛空中，三道殺氣同時襲來，令拳聖避無可避，他唯一能做的，便是硬拚！

「轟……轟……」他左右拳幾乎在同一時間爆發而出，雙拳若開合的山嶽，向犬馬二位使者發出了驚人的反擊。

可惜的是，他只有一雙手。他能擋得住犬使者的鐵爪，擋得住馬使者的銅勾，卻無法擋住色使者這溫柔卻無情的美腿。

人在花下死，做鬼亦風流，男人通常用這句話來作爲自己尋花問柳的藉口，只有拳聖或許是一個例外。

「砰……」色使者的腿居然踢到了拳聖的襠底，如此容易地踢中目標，這讓色使者感到了幾分詫異，然而便在這時，拳聖的雙腿突然交叉一剪，竟然夾住了色使者的這條美腿。

拳聖不僅沒有受到重創，而且展開了反擊，這種結果顯然與色使者心中所期望的結果相差甚遠。

色使者花容失色，臉色變得煞白。她沒有料到拳聖能棋險一招，敢於硬受自己的一腿，不由得怒叱一聲，手從鬢邊輕輕滑過，泛出一道凌厲的光弧。

她的秀髮很長，挽成一個髻後，總會斜插上一根長長的髮釵，顯得特別俏麗。但此時的髮釵到了她的手中，卻平空生出一股如利刃般的殺氣，以最快的速度刺向拳聖的眼睛。

她無法不快，因爲她已經承受不住拳聖雙腿一夾所產生的巨力。她的玉體滲出絲絲冷汗，腿上的關節「喀喀……」直響，原本俏麗嫵媚的臉形甚至扭曲得有幾分變形。

但拳聖的臉比她那變形的臉顯得更加猙獰，更加恐怖，乍一看去，就像是一頭處在發情期的大猩猩。那赤紅的眼睛活像兔子，一道道顫抖的皺紋若雞紋般讓人噁心，若非此刻是在生死關頭，色使者幾欲嘔吐。

他的眸子裡射出瘋狂的殺意，緊緊地盯住那飛行正疾的髮釵。雖然他雙拳擊退了犬馬使者的攻勢，但這只是暫時的，也就爲他贏得了一瞬的時間，他必須充分利用這點時間先行將眼前這讓他噁心的女人解決掉。

「嗤……」眼見髮釵直逼面門而來，拳聖數十年來經歷大小戰役所積累的經驗在這緊要關頭見到奇效，時間上已不容許他有任何的遲疑，或是畏手畏腳。他一直在算計著髮釵在空中的攻擊角度與後續變化，等到髮釵只距面門七寸處時，他才運力將身體一閃。

「噗……」髮釵刺中了拳聖的左肩，還沒等色使者露出驚喜的表情，拳聖的頭由下而上，頂中了色使者的下巴。

「呼……」色使者慘呼不及，口中鮮血直噴，幾顆牙齒生生撞裂，如暗器般射向拳聖。

拳聖狂嚎一聲，雙腿一分，同時雙拳出擊，向犬馬二位使者展開了攻擊。

可是他的拳只出到一半，速度明顯有所減緩。而跌飛地上的色使者，雖然承受著劇烈的疼痛，但臉上卻露出了一絲詭異的笑意。

她之所以笑，是因爲她知道這個近乎變態的男人完了。在她的髮釵尖上，淬有一種劇毒，當它進入到人的神經中樞時，可以產生一種麻醉的作用，讓中毒者的生理機能在瞬息間銳減。

「呀……」所以就在拳聖還沒有攻到能夠給對方一定威脅的範圍之內時，犬馬二使者的兵器同時刺入了拳聖的身體。一代拳聖慘呼著飛上半空，竟然在空中爆炸開來。

碎肉和血濺飛，噴灑一地。拳聖死也沒有明白，自己何以會在剛過險境時就被人推入了萬劫不復的深淵，假如這世上真有輪迴，他希望自己再死之時不會是這樣的糊塗。

然而衛三少爺的臉上並沒有露出勝利者的微笑，一個拳聖已讓己方人馬煞費苦力，筋疲力盡，這種局面是衛三少爺當初並沒有想到的，何況對方除了已經現身的棍聖與腿聖之外，還有多少人馬在虎視眈眈？這種未知的變數令衛三少爺感到心理愈發沈重起來。

他決定親自出手，而目標就是這棍聖和腿聖中的一個。

他的意念一動，棍聖就明顯地感受到了來自衛三少爺身上的那股殺意。他一棍擊飛了緊纏著自己的最後一名影子戰士之後，緩緩地持棍上抬，以一道極爲優雅、極爲玄奇的軌跡前伸，遙點向衛三少爺的眉心。

一個簡單的起手式，卻生出了無比狂野的氣勢，就連紀空手也感到了一股令人窒息的壓力。
他心裡暗忖道：「三聖之中，以這棍聖的武功最高，衛三少爺選擇他爲自己下手的目標，不僅很有自信，而且有速戰速決的意圖。只是，這場面對三聖的形勢愈來愈不利，何以項羽還不動手？」
他的目光再一次瞟向那坐臥在街邊的老丐，不由怔了一下，那哭哭啼啼的小丐居然不見了，只剩下那個老丐兀自悠然地微笑著，彷佛周圍的一切與他都沒有太大的關係。
紀空手之所以認定這老丐就是項羽，並非是空穴來風。這兩人放在一起比較，除了相貌上略有不同之外，身材的大小與高度幾乎完全一樣，更讓紀空手感到吃驚的是，這老丐表現出來的那份冷靜，完全有泰山崩於前而色不變的風範。
王者之所以能成爲王者，就在於擁有非凡的氣度，這就是紀空手懷疑這位老丐的根據。因此，紀空手將自己的目光緊緊地鎖定住此人，絕不容自己有任何分神的舉措。
而犬馬二使者已經纏上了腿聖，雙方展開了最激烈的力拚。倒是衛三少爺和棍聖之間，雙方在靜默中形成了僵持之局。
雙方都心知對方是高手，所以都沒有採取冒進的策略，只是一點一點地提聚著自己的內力，等待著一個爆發的時機。
「三聖，已去其一，看來你們這次的行動註定要以失敗告終！」衛三少爺的聲音極冷，就像他的人和他所表現出來的氣質一樣，非常的冷靜。他將一件沒有結束的事情說得如此斬釘截鐵，彷佛是在講述一個事實，對自己顯然極具自信。

「這件事情遠遠還沒有到結束的時候，你就敢如此斷言，未免太狂妄了。」棍聖的神情肅穆，似乎已經意識到了站在自己面前的敵人是何等可怕的人物。

「我從來不做沒有把握的事情，既然我敢這麼說，當然就有這個自信。」衛三少爺淡淡而道。

「幸好用嘴是說不死人的，否則我真的有點害怕。」棍聖不屑地笑了。

「嘴的確說不死人，卻可以咬死人。」衛三少爺並不爲棍聖傲慢的神情而發怒，依然保持著一慣的說話頻率。

「難道嘴就是你殺人的武器？」棍聖那形似扁擔的長棍在虛空中震顫了一下，連空氣也爲之顫慄。

「不，它只是其中的一種。對我來說，我身上的每一個部位都是武器。」衛三少爺冷冷地道。

「那麼，你爲何還不動手呢？」棍聖冷哼一聲道。

「我已經出手，在我說第一句話的時候，我就出手了，難道你沒有感覺到？」衛三少爺終於露出了一絲微笑，毫無疑問，他在這僵持之局中已經占到了一點先機。

說話之間，棍聖果然感到了一股濃濃的殺意緊逼而至，正如衛三少爺所說，他已經出手了。只不過，這是一隻無形的手，是用氣機凝成的鋒銳之手。

「呼啦啦……」棍聖不再猶豫，也無法再等待下去，手中的棍一抖之間，破開數丈空間瘋狂地出擊，如點點繁星沒於虛空，逼向衛三少爺的面門。

衛三少爺的眼中露出一絲驚詫的神情，一閃即沒，同時十分優雅地揚起了自己的手，雙指緊靠，如拈花般彈向空中。

圍觀的人群雖然站得很遠，被數百軍士隔阻在數丈之外，但仍然感到四溢的勁氣所帶來的壓力，無不在這冰寒的殺氣中體會到了那最爲殘酷的無情！

衛三少爺的手，修長而素白，乍眼看去，彷如少女的柔荑。正當眾人懷疑這看似柔弱的手怎會有與人抗衡之力時，那手在虛空中輕輕一抓，竟然平空多出了一把長劍。

衛三少爺當然不會狂妄到用空手應戰棍聖長棍的地步，他也從來不輕視自己的任何一個對手。他始終認爲，對敵人的輕視，往往就是對自己的無情，他可不想讓自己一世的英名就此付諸流水。

「哧……」長劍以無比精確的準度觸在棍尖之上，激起一溜耀眼的火花。棍聖手中的長棍竟然是用精鋼鑄就，若非衛三少爺目力驚人，也以爲它只是外表古樸的一根木棍。

如此駭人的準度讓棍聖感到吃驚，直到這時，他才知道，眼前的敵人的確有狂妄的本錢，容不得自己有半點失誤。

長劍如一顆殞落的流星，劃出一道玄奇而深邃的弧線，在劍與棍一觸之時，彈向了棍聖的咽喉。那流瀉於劍鋒之上的殺氣，給這靜寂的長街帶來了一片肅殺，沒有生機，沒有活力，空氣中湧動的，是沈沈的死氣。

衛三少爺的劍招固然集精、準、狠於一體，有著極具創造性的想像和精確的計算，但棍聖的身法同樣快得讓人不可思議，他也趁著棍劍一觸的刹那，身體呈三百六十度地四旋，滑至衛三少爺的身後。

長劍不可避免地落空，刺中的，只是棍聖留在虛空中的幻影。

但衛三少爺並不驚訝，身形前衝之際，反手撩出一劍，竟從一個不可思議的角度擋住了棍聖襲來勢在必得的一棍，同時借力旋過身體，又與棍聖面對。

「好！」兩人似乎互爲對方精彩的表現喝了聲彩，並且戰意勃發，無不想著將用何等招式把對方置於死地。

棍聖口中說著，手底下可絲毫不慢，整個人突然滑退數步，棍尖在街面上拖出了一道深達數寸的青痕。

青痕有跡，但棍中所帶出的勁氣卻是無形的。他這一拖之勢看似是怯陣而逃，可衛三少爺卻已感到了那先抑後發的攻勢。

衛三少爺駭然之下，竟不追擊，只是將劍點地，竟在身體的四周劃了一個圓弧，而他的目光正捕捉著那深藏於幻影之中的那雙眼睛！

無論是棍聖，還是衛三少爺，他們無疑都是當世之中少有的高手，所以直覺告訴他們，決定勝負的一刻已經到了，他們沒有理由不去全力以赴。

「呀……」棍聖剎住後退的身形，陡然一聲暴喝，驚震四野。他這一退，只是想拉開一段距離，以利於自己的衝刺。當他完成了自己的意圖之後，陡然發力，身形甫動，手中的長棍拖起一道風雷之勢，沿著青痕的軌跡爆射而出。

棍若長龍，迅即在地面疾衝，剛猛的氣勁沖激著青痕兩邊的塵埃，揚上半空，攪出一團亂竄的暗影，而棍鋒過處，厚厚的青石板「軋軋」而裂，在街面上留下了一道道如龜紋般的裂縫。

一棍之威，竟如此霸烈，顯見棍聖出手，已盡全力。

衛三少爺的臉色驟變，長劍急旋，每旋上一圈，就有一道無形的勁力如浪潮般向四方急湧而出，那劍氣便若產生電流的漩渦，一浪緊接一浪地向周邊輻射。

兩人的臉都變得一片鐵青，彷彿都感受到了沈沈的死亡氣息。衣袂向後飄飛，就像是迎頭面對著一股強勢的颶風，呼呼作響。

「轟……」兩股氣流同時以無匹之勢撞擊一起，震出一聲驚天暴響，緊跟著交匯成一股更大的氣流沖天而起，碎石、沙塵齊齊揚上半空，一時間昏亂一片。

「希聿聿……」數百匹戰馬不堪氣浪的衝擊，嘶叫起來，更爲這亂局平添無數聲勢。

紀空手不由自主地回過頭來瞟了一眼，只見煙塵之中，兩條人影佇立不動，但在他們的四周，無數股氣流瘋狂竄行，到處都是晃動的光影。

當他再回頭時，渾身陡然一震，只這一瞬功夫，那老丐竟然不見了！

「小心——」紀空手近乎是出於本能地驚叫了一聲，話音未落，他已感到了一股濃烈無比的殺機突然驚現於虛空。

在瀰漫的煙塵之中，一道修長的身影在光影的晃動下若隱若現，如霧淒迷，卻又是那般清晰。一點寒芒就像是天空深處墜下的一顆流星，由小到大，最終幻成了一團暗雲，逼向了劉邦的王者車駕。

如此飄忽而從容的身影，就像是紀空手剛才在老丐臉上看到的那種神情，或者，這兩者之間原本就有必然的聯繫。

但對紀空手來說，已經沒有時間去考慮這些問題，他只能在最快的時間內作出反應，同時選擇一個最好的方式實施狙擊。

他絕不能讓劉邦在這個時候死去，不能，絕不能！此時此刻，劉邦的生命在他看來彌足珍貴。

要想讓這個願望成爲現實，他必須集中精力，凝神以對，如果這老丐真的如他所料，是由項羽易容而成，那麼他將面對的是一場今生最大的挑戰。

「呼……」暗雲愈來愈大，也愈來愈清晰，就彷若一團飄忽不定的影像，突然間定格虛空，旋即拉近放大。隨著這暗雲的每一點變化，那呼嘯空中的氣流亦增強一分，當它與車駕不過七尺之距時，彷佛這車駕四周的範圍全在他的籠罩之下。

便在這時，紀空手出手了，龍賡也在同一時間內出劍，兩人近乎天衣無縫的配合，證明劉邦確實有獨到的眼光。

他們的配合十分默契，這種默契不是經過訓練而成的，而是基於他們對武道的深刻理解，達到了相同的境界所產生的一種相通的意念。當驚變發生的刹那，相同的形勢與環境讓他們兩人不約而同地作出了相同的判斷。

這也說明，他們出手的時機，無疑是最恰當而及時的。只有在這個時候出手，他們才有一定的把握讓對方陷入一個無法脫身的絕境。

可是，對方既然是身爲流雲齋閥主的項羽，其一身武學幾乎可以說已達到了武道的巔峰，憑紀空手與龍賡的聯手一擊，就真的能化去他這勢在必得的一擊嗎？

這是一個無法預測的結果，就像誰也不能預測自己的未來一般，充滿了無盡的懸念。只有當這一切都發生之後，別人才會說：「哦，原來是這樣的結果。」如此而已。

不過，即使這是無法預測的東西，紀空手也並不認爲就不可把握，他不信命，只信自己。他能走到今天的這一步，不可否認，的確有機遇和運氣的成分夾雜其中，但若是沒有個人的努力和非凡的智慧，他也許早已不在人世了，已經埋身黃土，化作一堆白骨。

所以他的出手，如掌，更形同一把鋒銳的刀鋒，橫亙於虛空，猶如一道山樑，封鎖住暗雲前行的去路。

他出手的角度之妙，與龍賡的劍形成了一個夾角。這種夾角的形成，蘊含了至少一百三十一種變化，可以在任何形勢下構成一個完美的絕殺。

絕殺的把握到底有多大？這是不可預料的，但紀空手這一次出手，並沒有用自己身上原有的飛刀，這足以證明他已全力以赴。

自從在夜郎捨棄了離別刀之後，他甚至連原有的飛刀也一併捨棄，而是重新選用了三把由陳平提供的飛刀。世間的事總是充滿了太多的巧合，紀空手之所以敢在劉邦的眼前使用飛刀，而不怕遭受劉邦的疑忌，只因爲夜郎陳家本就是江湖上赫赫有名的暗器世家。

從來沒人看過陳平的出手，但只要是真正的高手，當他看到陳平手拈棋子的那份從容，那種充滿力度的感覺，就應該可以看出陳平的可怕之處。

劉邦當然是真正的高手，所以他並不因此對紀空手有任何的懷疑。他相信紀空手還有一個重要的因素，那就是他始終認爲，如果紀空手想在他的面前化裝成另外一個人，就絕不敢再用飛刀。既然敢用飛刀，就不會是紀空手，就算有人想到了這麼去做，也絕不可能擁有這樣的勇氣。

這無疑是非常聰明的一種邏輯，通常只有聰明人才會想到，但劉邦萬萬沒有料到，紀空手設的這個局，本就是針對聰明的人所設，因爲他遠比一般的聰明人更聰明。

不過此時此刻，紀空手面對項羽這等絕世高手，卻無法使出自己的飛刀。因爲他十分清楚，對付項羽，他就必須全力以赴，一旦全力以赴，他就只能毫無保留，在這種情況下，以劉邦的聰明，當然不會看不出他的飛刀絕技來源於何處。

而且樊噲就在身邊。

紀空手只能以掌代刀，幸好在他的眼裡，有刀與無刀的區別並不大，卻可以讓他在這種緊要的關頭全力施爲，而不露絲毫破綻。

龍賡的劍，躍入虛空。當他看到這一團暗雲之時，渾身上下便湧動出一股劍的活力，更賦予劍以強大的生命力，使得劍與人在刹那間構成一個整體，不分彼此，人劍合一。

劍道者，人道也。劍道的修行，往往是人與自己心魔的鬥爭，龍賡已是劍道中寥寥可數的幾個頂級人物之一，自身便擁有可以征服一切的銳氣和殺機，所以他的劍一入虛空，便詮釋出一種高深莫測的意境。

「嘶……」一劍一掌，同時擠入了暗雲，震顫中發出如裂帛般的驚響，彷如兩條遊龍攪動著這沈寂如死的空氣。

出。

暗雲分而又合，合而又分，突然霹靂一聲，一道形若閃電的光芒破開暗雲，從暗雲深處跳躍而出。

是刀芒，一道耀眼奪目的刀芒。當刀芒亮起的剎那，這一刀的風情，足以讓人魂飛魄散。

紀空手的臉在這光芒的映照之下，整張臉已變形扭曲。他無畏於這一刀的殺勢，可是當他看到這一刀殺出之時，心裡陡然間生出了一股強烈的不安。

這是怎麼回事？紀空手無法找到答案，他只知道自己很少有過這種不安的感覺。

刀鋒凜凜，帶起暗雲在疾速地旋動，「叮……」龍賡的劍沒入到暗雲之中，在無法揣度的情況下竟然觸到了對方的刀身。

「蓬……」一團火星平空而生，爆裂開來，暗雲隨之而散，一條人影連退兩步，竟似經不住龍賡這驚人的一劍。

「哎呀……」紀空手的手掌本在直進之中，卻倏然一停，心中「咯噔」了一下。

他的靈覺爲之一亮，終於找到了自己何以會感到不安的答案。

這只因爲，他曾經在樊陰的大江之上，領教過項羽那霸絕天下的流雲道真氣。那種在不經意間震傷自己心脈的從容，那份霸氣，給他留下了太深的印象，今生今世，他都難以忘記。

可是，當他看到這團暗影驟起，感受著這凜冽的殺氣之時，雖然這殺氣洶湧如潮，卻少了一份他所熟悉的那種君臨天下的王者霸氣。等到他看到暗雲中的人影竟然被一劍逼退時，他已然驚覺，此人絕不是項羽！

因爲項羽絕不可能被龍賡一劍逼退，就算龍賡的劍術達到了劍道的極致，就算項羽技不如人，流雲道真氣賦予他的霸道作風都註定了他寧折不彎的個性。

既然此人不是項羽，那麼項羽呢？

想到這裡，紀空手已霍然色變，棄眼前的敵人而不顧，陡然轉身，撲向了劉邦的車駕。

可惜的是，他依然還是慢了半拍，就在他轉身的刹那，一條穿著一襲女人服飾的人影自人群中閃出，帶著一股沛然不可禦之的氣勢揮刀而進，直劈向劉邦的車駕。

一刀既出，氣流竄動，幻生出一片浮雲，悠然而至，刀鋒所向，街石爲之而裂，便連這廣袤的虛空也被一分兩斷。

「轟……」刀光一閃間，說不出的迅捷，勁風席捲上車駕，堅硬的車廂裂成碎片，碎木橫飛，一顆頭顱突然跳出，旋上了半空。

這如此驚人的一幕，就在千百人眼皮底下發生，誰也沒有想到，一代漢王，又是問天樓閥主的劉邦，竟然不敵別人的一刀，就此殞命。

這名刺客究竟是誰？何以會這般神勇？又何以能如此的霸烈？他莫非才是真正的霸王項羽？

這一串串的問題才湧上眾人的心頭，甚至還沒有來得及回過神來，這條平空現身的人影突然冷笑一聲，如風般自眾人頭頂之上掠過，飛上了長街邊上的高樓。

他來去之快，彷若驚雷，甚至不管其他同夥的死活，翩然逸去。如此乾脆瀟灑，宛若神龍見首不見尾，引起眾人一陣驚呼。

紀空手再想追時，已是不及，只得緩緩回過頭來，再看劉邦的那顆頭顱，已然滾在長街之上，而那裂開的車駕裡，一具無頭軀體硬直地挺立著，股股鮮血正從顱腔中「咕嚕咕嚕……」地往外直冒。

紀空手的心裡頓時一陣失落，彷彿變得空蕩蕩的，一種說不清、道不明的複雜之情湧上心頭，讓他有無所適從之感。

劉邦居然死了！

第五章　亂世之主

劉邦死了！

這絕不是紀空手想要的結果。劉邦在這個時候以這種方式死，也宣告了紀空手精心佈置的計劃就此失敗。

他只能怪自己，千算萬算，還是算漏了一點，就是沒有想到堂堂西楚霸王竟會喬裝成一個村婦，以至於讓項羽偷襲得手，導致了自己這數月以來的心血付諸東流。

劉邦肯定也沒有想到這一點，所以才會在毫無反應的情況下遭到這致命的一擊。他甚至比紀空手還冤，這只因爲他和紀空手都犯了一個相同的錯誤，那就是低估了項羽！

紀空手看著棍聖等人一個個地死在自己的面前，心裡並沒有一絲亢奮，彷彿失了魂一般，只是靜靜地盯著劉邦那躺在地上的頭顱。

他的四周早已亂成了一片，衛三少爺和龍賡也快步趕來。突然，紀空手聽到耳邊有一個熟悉的聲音響起：「別回頭，就當我死了！」

紀空手只覺自己的腦袋「嗡」地一聲，不知道這是真實的，還是自己的幻覺。

「其實，這一切都在我的預料之中。」說這句話的人，雙手背負，背對著燈影而立。而在他的身後，除了紀空手與龍賡之外，還有張良與衛三少爺。

這裡已是花園重地，整個漢王府，都被一種悲哀的氣息所籠罩，只有這裡例外。

「我之所以這樣做，是因爲我知道項羽此人的可怕。很多人對他都有這樣的誤解，認爲他神勇有餘，心智不足，但我卻並不這麼認爲。一個自出道江湖以來就未逢敗績的人，他的智慧又怎會低於任何人？如果他真的如傳聞中所說的那樣有勇無謀，只怕早已死於非命，又怎能登上今日霸王的寶座？」說話者緩緩回過頭來，在泛紅的燈光下，一張剛毅而不失狡詐的臉現了出來，竟然是剛才還是頭身異處的劉邦。

死去的人當然不能復活，那麼，剛才坐在王者車駕上的人難道不是劉邦？這究竟又是怎麼一回事？

沒有人說話，每一個人都將目光盯在劉邦的身上。

「所以，我並不認爲我們所布下的殺局就可以置項羽於死地。爲了保險起見，我就安排了一個替身化裝成我的模樣，在河神大祭之後，替我上了車駕。同時爲了能夠瞞過項羽，這件事我沒有告訴任何人，只是想得到逼真的效果，讓項羽誤認爲他所殺的人正是本王！」劉邦顯然爲自己的計劃感到滿意，不由得意地一笑。

「我敢肯定，項羽必定中計，因爲在那個時候，連我也被漢王瞞過了。」紀空手拍掌笑了起來，他笑得很是開心，因爲他的確不想劉邦此刻死去。

劉邦拍了拍他的肩頭道：「你對本王的忠心，本王已經見識了。在那一刻，本王已經感受到了你對我的至誠之心。」

紀空手微微一笑道：「我當然不願意漢王就此而死，畢竟，在你我之間還有那麼一樁交易。」

「痛快！這才是你的心裡話。」劉邦哈哈笑了起來，半晌方停道：「其實，本王如此安排，還有一層用意，不知你們看出來沒有？」

張良微微一笑，並不言語。

「子房莫非有了答案？」劉邦眼中露出一絲驚詫道。

「答案是有，卻未必正確。」張良道：「如果我所料不差，應該與東征有關。」

「不錯！」劉邦點頭道：「知我者子房也，這句話可半點不假。」

劉邦的眼芒從在場每一個人的臉上一一掃過，這才臉現得色道：「本王之所以如此安排，是因爲只有讓項羽確信本王已死，他才會將注意力轉移到齊國戰場，從而忽視我們漢軍。這樣一來，一旦我們東進，就可事半功倍，收到意想不到的奇效。」

紀空手心中一動，道：「但是以現在打造兵器的速度，要想在一年之內出兵，似乎很難，而有這一年的時間，只怕項羽早已平定了齊國戰事。到那時，良機已失，再談東進，恐怕晚了。」

劉邦哈哈笑將起來，很是自信地道：「誰說在一年之內出兵？元宵一過，本王便要親率大軍東進，與項羽一爭高下！」

他言語敢如此肯定，必定是有所依憑，紀空手心知肚明，卻佯裝糊塗道：「這我就不懂了，且不說這兵器不夠，就是棧道的修復也要時間，豈能在這短短的數十天裡完成東進的準備？」

「修復棧道不過是本王所用的障眼法而已，與這購買銅鐵打造兵器有異曲同工之妙，其目的就是要讓駐守關中的三秦守軍誤認爲我軍東進的日期尚早，從而放鬆警戒。其實本王手中不僅握有百萬兵器，更有一筆天下最大的財富，一旦得之，便是項羽轄九郡之財力，也不能與本王相比。」劉邦毫無顧忌地道。

他竟然當著紀、龍二人說出如此機密之事，顯然已不將二人當作外人看待，這使得紀空手又朝成功的方向大大地邁進了一步。

然而紀空手深知，要想取得成功，就要不斷努力，更要謹慎小心。世上功虧一簣的事例實在不少，這足以讓他引以爲戒，絲毫不敢掉以輕心。

「那我可要恭喜漢王了。」紀空手拱手道。

「且慢恭喜！」劉邦的臉上變得十分凝重：「這一筆財富與兵器能否到手，關鍵還得看你的本事。」

「我？」紀空手驚道，其實他早已明白，這才是劉邦親赴夜郎的真正目的。

「對，就是你！」劉邦微微一笑道：「若沒有你的幫助，本王身入寶山也只能空手而歸。」

紀空手道：「我不過是夜郎世家的一名子弟，焉能有這等能耐？只怕漢王看走了眼吧？」

劉邦看了他一眼道：「夜郎陳家，以勘探礦產聞名於世，你既身爲家主，當對這門技藝並不陌生。」

「這和那筆財富有何關係？」紀空手道。

「大有關係，你可曾聽說過大秦始皇生前留下登龍圖寶藏一事？」劉邦的眼中明顯多了一絲亢奮之情。

紀空手佯裝不知，待劉邦細細向他講了來龍去脈之後，這才咋舌道：「竟有這等事情？」

「此乃千真萬確之事。」劉邦正色道：「本王已然決定，三日之後，將率十萬大軍趕到上庸，能否取得寶藏，就全靠你了。」

◆

又到上庸，又到大鐘寺。

紀空手故地重遊，感慨頗多。五音先生便是死於此地，令紀空手心情沈重之餘，更感到了肩上責任之重大。

十萬大軍駐紮於上庸城內外，連營十里，旌旗獵獵，而在大鐘寺附近，更是戒備森嚴，由劉邦的親衛營三千將士擔負守衛的職責。

而劉邦一行進入了大鐘寺後，坐到了偏殿旁的一間禪房裡。此次來到上庸的，除了劉邦與紀空手、龍賡外，張良、樊噲、周勃等人也在其列，對這一次的掘寶行動，劉邦顯然是勢在必得。

當眾人紛紛坐下之後，三名信使早已在門外等候。他們都是在到了南鄭之後，得知劉邦來到上庸的消息，又從南鄭趕來的，一路行色匆匆，顯是軍情緊急。

「喚他們進來吧！」劉邦從侍婢的手中接過香巾，洗了洗臉，連茶也沒顧得上喝，便道。

三名信使大步踏入，都是一臉風塵。每人皆雙手呈上一封用火漆密封好的書函，然後才依次退下。

劉邦隨手拆開一封，轉眼間看完，淡淡而道：「果然不出本王所料，本王設了三道防線，派出七十四名高手，仍然沒有留住項羽。此人若非太過殘暴，不得民心，天下還有誰可以與之爭霸天下，一決高低？」

紀空手這才知道，劉邦除了在長街上布下殺局之外，還另有安排，可見此人心計之深，太過恐怖。

「他能逃脫，未必就是本事，也許只是運氣好罷了。漢王何必滅自己的志氣，長他人的威風呢？」周勃是劉邦手下的一員虎將，作戰驍勇，說話更是直來直往。

「如果這一切都歸結於運氣，那麼項羽的運氣未免也太好了吧？」劉邦冷哼一聲，隨手又拆開第二封書函，一看之下，卻半晌沒有做聲。

「漢王何以如此？莫非發生了什麼大事？」張良一臉肅然，問道。

「的確發生了一樁大事。」劉邦的眼中閃出一股複雜的神情，道：「田橫在齊糾集了十數萬人，已經攻下了一郡八縣，聲勢之大，逼得西楚軍不能從齊國撤軍。」

「這乃可喜可賀之事，漢王何以一臉不悅？」張良感到奇怪道。

「你可知道，在田橫的背後又是誰在撐腰嗎？」劉邦道。

「誰？」眾人齊聲問道。

「紀空手！」劉邦此話一出，室內頓時一片靜寂。

劉邦離座起身，在禪房中負手踱步，緩緩接道：「自霸上一別之後，他便杳無音訊，本王以為他已歸隱江湖之時，他便在這上庸出現，旋即又玩起失蹤的遊戲，跑到了齊國。此人智勇雙全，與項羽相比，唯一欠缺的就是沒有自己的軍隊，一旦讓他借殼生蛋，擁有了十數萬人馬，那麼此人之可怕，比及項羽恐怕是有過之而無不及。」

「就算他擁有了十數萬軍隊，也不足為懼。」紀空手似笑非笑道：「漢王只怕太抬舉他了，放眼天下，無論是漢王，還是項羽、韓信，都已擁兵在五十萬以上，項羽的西楚軍更是號稱百萬。區區十數萬人馬，根本不足以撼動這三足鼎立之勢。」

劉邦的眉頭一皺，搖了搖頭道：「這不是本王抬舉他，而是陳爺未知其人之厲害，是以才有小視之心。你可知道，本王這一生中，唯一做錯的一件事是什麼？」

紀空手望向他，並沒有說話。

劉邦沈聲道：「那就是低估了紀空手！本王一直以為，他只是一個有著小聰明，又得到了一些奇遇的小混混而已，就算風光，也不過是曇花一現。可事實卻證明，他能從市井中的小混混爬到今天這樣的地位，絕不是憑著一些小聰明就能夠完成的。在這強者如林的亂世中，單憑一些奇遇得到的武功也難以應付一切的危險，這只能說明，他有過人的長處。只憑這一點，已足以讓他躋身爭霸天下的行列！」

「如果紀空手真的有這麼厲害，那豈非正遂了漢王的心願嗎？兩虎相爭，必有一傷，就只怕紀空手未必是頭猛虎，根本不堪一擊，不是項羽的對手。」紀空手淡淡而道。

劉邦不以為然，因為他的心裡非常清楚，只要有紀空手的地方，那裡總會有奇蹟發生，這似乎已成了一個不變的定理。

他拆開了第三封書函，一看之下，臉色陡然變了，彷彿罩上了一層嚴霜。

張良心中一驚，似乎還從來沒有見過劉邦居然這麼嚴肅的表情，關切地問道：「漢王，有事嗎？」

劉邦側過頭來，與張良相望良久，這才心情沈重地道：「子房，你所料的絲毫不差，匈奴果然派出了以蒙爾赤親王為首的一幫人出訪高麗，照行程來算，在下個月的今天，應該就會到達高麗。」

張良的臉色一變，驚道：「這麼說來，匈奴王冒頓果然對中原已生覬覦之心！」

「事實應該如此，否則冒頓也不會派蒙爾赤親王不遠萬里，出使高麗。他顯然已經看到中原局勢紊亂，正是他南下的最佳時機，假如與高麗約定同日出兵，以中原目前的形勢，只怕很難與之抗衡。」劉邦的眼中多出了一股憂慮，在他看來，一旦匈奴與高麗聯合出兵，無論是項羽還是自己，都不可能擁有兩線作戰的能力。

紀空手顯然對冒頓之名並不陌生，事實上當五音先生一死，他就開始留心天下大勢，其中就包括了對匈奴的了解。

據他所知，自有匈奴以來，便與中原經常發生矛盾，有時甚至直接導致戰爭。到戰國時期，毗鄰匈奴的燕、趙、秦三國修築長城以防範匈奴，為了抵禦匈奴的不斷南下侵擾，無不付出了巨大的代價。

到了秦始皇時期，當始皇統一六國、威震天下時，匈奴單于頭曼在位，勢力亦甚為強大，便連以戰力著名的大秦軍隊屢次討伐，也奈何不得，可見匈奴當時已經擁有了與中原抗衡的強大實力。

而冒頓是頭曼單于的兒子，稟性兇狠殘暴，擅於帶兵打仗，其所屬將士在他的精心調教下，養成了絕對服從的軍紀，因與其弟爭奪這繼承人之位，在秦二世元年，他趁父王狩獵之際，竟然率親衛將父王頭曼單于亂箭射死，隨即殺其後母與胞弟，以及大臣將軍中膽敢不服者，自立爲單于。

在冒頓的鐵腕統治之下，匈奴軍威大震，在短短的兩三年中，一連擊敗東胡、樓蘭、白洋、月氏等勢力，第一次統一了大漠南北，建立起一個強大的奴隸制國家。

同時他目睹中原此際正値多事之秋，無暇北顧之際，不斷地派兵南下侵擾。而這一次他竟然想與高麗王國聯合出兵，可見其已生吞併中原之心。

張良沈吟半晌，其實匈奴與高麗聯合一事，他早有預見，同時也想到了對應之策，可是他卻沒有料到他們的動作會如此迅速，竟選擇了一個這樣的時機。

「如果我們要不讓匈奴與高麗聯手出兵，並非全無辦法。」張良似乎拿定了主意，斷然道：「那就是在半路阻擊蒙爾赤親王的出訪使團，讓其全軍覆滅。唯有這樣，至少在一年之內，匈奴與高麗無法達成聯合出兵的意向。」

「這可行嗎？」劉邦顯然也想到了採用這種手段，卻又覺得沒有太大的說服力。

「應該可行。」張良一說起話來，眼睛總是那麼炯然有神，顯示出那種超越於常人的莫大自信：「匈奴與高麗相距何止萬里？一路地勢險惡，路途艱難。按照正常的速度，走一個來回需要五個月的時間，如果加上氣候的變化以及一些人爲因素，時間只會更長。只要我們能夠將蒙爾赤親王的出訪使團截殺，那麼即使冒頓得知消息再派人出使高麗，也應在一年之後了。」

劉邦濃眉一揚，頓時來了精神，道：「對呀，有了這一年的時間，只怕中原大局早已安定下來，到了那時，冒頓縱想出兵，恐怕還得三思而行了。」

「不過，蒙爾赤親王一向有匈奴第一高手之稱，旗下子弟中更是不乏高手，再加上數百匈奴鐵騎，要想將這一幫人一網打擊，絕非易事。」張良皺了皺眉道，他之所以猶豫，就是擔心這一點。

劉邦吃了一驚道：「子房何以這麼清楚對方的底細？」他手中的書函中所傳來的消息與張良所言大致不差，若非他一直拿在手裡，還以爲是張良偷看了其中的內容呢。

張良淡淡而道：「兵者，詭道也，要想百戰百勝，就必須知己知彼。我在出山之前曾經花費了十年時間研究天下各方的勢力，最終選定漢王作爲自己的明君加以輔佐，若是連蒙爾赤親王這等人物都不曾了解，又怎能談得上運籌帷幄之中，決勝於千里之外？」

紀空手一聽之下，大吃一驚，他與張良雖然只有一面之緣，卻對其素有好感，隱然有引爲知己之意。他卻始終不明白張良何以會對劉邦如此推崇，難道說張良能知測人之術，算定劉邦日後必成這亂世之主？

「那麼照子房的意思，本王該派何人才能擔負起此項重任？」劉邦毫不掩飾自己對張良的倚重之情，虛心請教道。

「用衛三少爺的影子軍團，只能對付蒙爾赤身邊的高手，而真正能夠將蒙爾赤置於死地的人，不能說沒有，但當世之中，最多不會超過十人。」張良肅然道。

劉邦沒有料到蒙爾赤竟然有這麼厲害，不由倒吸了一口冷氣道：「這蒙爾赤師出何門？他怎麼會這般厲害？」

「他出自魔門，是魔門創立以來，公認的第一高手。冒頓顯然料到了這一路上必有兇險，所以才會請他出山，讓其作爲出訪使團的使者。」張良冷冰冰的聲音不帶絲毫感情，就像是在說一個鐵一般的事實。

魔門自創立以來，已有兩三百年的歷史，它的發源地在大漠以北，一向不爲世人所知，直到近些年來，一些魔門子弟加入到匈奴軍隊，隨軍南侵，才漸漸爲中原武林所知。劉邦身爲問天樓閥主，對魔門也並非一無所知，但缺乏更深入的了解，是以一聽到蒙爾赤的姓名，自然感到十分的陌生。

他對張良如此推崇蒙爾赤有幾分詫異，不過自霸上認識張良之後，他就一直非常信任張良的忠誠，更爲其深謀遠慮的軍事才華所傾倒。在他的心目中，雖然與張良相處的時間不長，卻已將之與自己最信任的蕭何相提並論，視爲左右臂膀，所以他相信張良並非危言聳聽。

「照子房來看，在我們這些人之中誰可與之匹敵呢？」劉邦的目光從每一個人的臉上掃過，移到紀空手與龍賡臉上時，略停了一下。

「能夠與蒙爾赤一戰者，在座中就有幾位，但是能夠有把握將之置於死地的人，只怕沒有。」張良突然微微一笑道：「不過，若是兩人聯手，蒙爾赤縱想不死，也很難了。」

劉邦的眼睛一亮，緩緩地在眾人面前掃過，道：「在座的諸君中，誰願意與衛三先生一起，去擔負這項任務？」

張良淡淡一笑道：「眼看東征在即，樊將軍、周將軍軍務纏身，要想抽身，不太可能，而陳爺又肩負掘寶重責……」

龍賡微笑而道：「這麼說來，只有我去了。」

劉邦大喜道：「你真的願意爲本王走這一趟？」

「就算不願意，也只能硬著頭皮上了。」龍賡笑了起來道：「漢王莫非還認爲我有選擇的餘地嗎？」

劉邦哈哈大笑，轉頭望向紀空手道：「陳爺的意思呢？」

此時正是紀空手到了實施自己「夜的降臨」計劃最關鍵的時刻，一旦沒有龍賡的相助，很有可能會使自己的計劃功虧一簣，但是紀空手卻顯得非常平靜，淡淡笑道：「龍爺能爲漢王盡忠，這是他的榮幸，我替他高興還來不及呢，又怎會反對？」

劉邦道：「既然如此，那就這麼定了。」

龍賡緩緩地站將起來道：「何時出發，在哪個地點出手？」

張良指著身前的一張地圖，在一個名叫「南勒哈草原」的地方點了點道：「三日之後，你與衛三先生率人從南鄭出發，半月後可以抵達這裡。要從這草原上經過，就必須先到雙旗店，如果蒙爾赤他們一路上不出現意外，將在你們到達雙旗店的第五天後抵達。這樣一來，你們完全有充足的時間布下陷阱，以逸待勞，殺他們一個措手不及！」

◆

就在龍賡走後的第四天，忘情湖上，紀空手與劉邦、張良泛舟湖面，悠然自得地欣賞著落日餘輝下的湖光山色。

「好美的景致，若是漢王不說，誰又會想到在這平靜的湖面之底，竟然藏有世間少有的寶藏？」紀空手雙手扶住艙欄，甚是悠閒地道。

「陳爺的心情如此之好，莫非已想到了掘寶的方法？」劉邦一門心思都放在紀空手的身上，對他來說，取出登龍圖的寶藏乃是當務之急，比任何事情都重要。

紀空手並未回頭，只是抬頭望了望天道：「一連數天，我對忘情湖周邊的地形都作了詳細的了解，並對一些重要的方位也作了全面的勘探，經過一番研究之後，的確有了一些眉目。但家有家法，行有行規，不到吉日吉時，我可不敢洩漏天機，所以還請漢王耐下性子多等幾日，實在不好意思。」

「這麼說來，陳爺確已成竹在胸了。」劉邦的臉上泛起一層淡淡的紅暈，很是亢奮地道。

「不敢說萬無一失，應該八九不離十吧。」紀空手微微一笑道：「如果不是始皇在大鐘上留下了一點蛛絲馬跡，我也想不到這掘寶的方法來。」

「你所說的吉日吉時又是指哪一天呢？本王可真有些迫不及待了。」劉邦毫不掩飾自己心中的驚喜。

「大年三十，交子之時。」紀空手肅然道：「唯有在那個時辰，我才敢向漢王一一道明。」

劉邦不敢勉強於他，想到數月來藏在心裡的一塊心病就要解開了，心裡著實高興，當下吩咐侍婢擺酒相慶，推紀空手坐在上席，自己在主位相陪，張良則忝居末位。

酒過三杯，劉邦輕輕地歎息一聲，這才感慨良多道：「我已經很久沒有這麼輕鬆過了，自從沛縣起事以來，就覺得自己很累很累，真想找個機會讓自己徹底地放鬆一下。然而，這種機會實在不多，也許就僅僅限於此時此刻。」

「既然漢王力求輕鬆，我們大可談些輕鬆的話題。」紀空手淡淡而道：「其實在我的心裡，一直存有一個問題，如果漢王不嫌我冒昧，還請釋疑。」

劉邦略顯詫異地看了他一眼道：「你但問無妨，難得今天我心裡高興，只要是我知道的，一定如實告知於你。」

他的確高興，所以並不以「王者」自居，就像是朋友間的聊天，顯得非常隨意。

紀空手遲疑了一下，道：「我來漢中已有些時日了，怎麼一直不見王妃和王子、公主？莫非漢王尚未娶妻立妃？」

劉邦聞言，神情一黯，並未馬上開口，而是低下了頭，似乎又回到了自己往日的記憶之中。

不過，這種神情只在他的臉上一閃即沒，代之而來的，是一絲淡淡的笑意。他緩緩地站將起來，雙手背負，踱了幾步道：「我不但已娶妻成家，而且還有一子一女，如果我記得沒錯，他們應該有七八歲了吧。自沛縣起事之後，我就再也沒有見過他們。」

紀空手與張良相望一眼，很是詫異地道：「爲什麼漢王不將他們接到自己的身邊來呢？」

劉邦搖了搖頭道：「要想成就大事，就要懂得得失利弊，更要懂得捨棄。所謂有一得必有一失，像我這樣的人，有時候就要選擇無情，只有這樣，才可以做到無牽無掛，才可以去放手一搏。」

「漢王難道從來沒有在乎過他們，甚至無視他們的存在？」紀空手的眼中閃現出一絲不可理喻的神情，心中暗驚。

「不！」劉邦的目光射向船尾的湖面，船過處，湖水兩分，微波泛起：「正因爲我在乎他們，才不敢將之接到身邊。」

紀空手道：「我有些糊塗了。」

劉邦平靜地道：「如果我將他們接到自己的身邊，就說明我在乎他們，而我的敵人就會千方百計地打他們的主意，藉此要挾於我。而像我現在這樣，讓他們生活在沛縣，反而沒有人會去騷擾他們，因爲我的敵人都會以爲我其實一點都不在乎他們，即使用他們來向我要挾，也絲毫不會起到什麼作用。」

紀空手不由爲劉邦如此冷靜地看待問題感到由衷地佩服，至少在紀空手自己看來，他能想到，卻做不到這種無情。

「她會怎麼想呢？」紀空手輕聲問了一句，彷彿有點爲劉邦的妻子感到悲哀。

「她？」劉邦怔了一怔，回過神來，悠然而道：「她姓呂，名雉。她也許算不上一個美麗的女人，卻絕對是一個剛毅堅忍的女人，我無論對她多麼冷漠，她也絕對沒有半點怨言，更不會在乎我的無情。這只因爲，我們的婚姻只是一場交易，是問天樓與聽香榭之間的政治交易。」

他此言一出，只聽「啪……」地一聲，紀空手手中的酒杯落地，摔得粉碎。

劉邦的眼睛裡爆射出一道寒芒，緊緊地盯在紀空手的臉上。紀空手的臉上一片驚駭，並沒有刻意掩飾，緩緩而道：「這是一個驚人的消息，對我來說，至少是這樣的。」

「我也嚇了一跳，畢竟這消息太出乎人意料之外了。」張良似乎也是頭一遭聽劉邦說起，滿臉狐疑道。

劉邦的眼珠轉了幾下，突然笑了起來道：「我就知道會嚇著你們，因爲這件事非常機密，若非你們是我的左右臂膀，我也絕不會向你們提起。」

紀空手很快穩住了自己的情緒，心中有驚有喜。他喜的是劉邦當著自己的面說出如此驚人的內幕，那就證明自己已經完全取得了劉邦的信任；所驚的是，聽香榭乃江湖五閥之一，一旦與問天樓聯手，其勢力之大，根本無人可以遏制，自己的計劃只怕也充滿了無窮的變數。

◆

南勒哈草原。

過了燕北，還有三日行程，便是一望無際的大草原。此時已到隆冬時節，大雪鋪地，草樹枯黃，有一種說不出的苦寒。

在這個季節裡，遊牧的民族已經南遷，草原上並沒有春夏時那種盎然的鬧意，但也不是渺無人煙，沒有人跡。在草原深處的雙旗店裡，同樣聚集著一幫人，他們大口吃著牛肉，大碗喝著燒刀子，錢亂撒，命亂丟，大有燕趙志士那種慷慨激昂的豪俠之風。

雙旗店不是店，而是個小鎮，只有百十來戶人家，卻有著草原上最大的賭坊，最勾人的妓院，還盛產一種一口喝下去就渾身起勁的烈酒。有了這三種東西，怪不得這雙旗店的人氣總是那麼旺，那麼火，更能吸引一批浪跡天涯的亡命之徒。

亡命之徒通常是老百姓給江湖人的一個通稱，因爲這些人總是把腦袋拴在褲腰帶上，不僅對自己的生命看得很輕，且對別人的性命也不當一回事。不過，他們也有一個很好的規矩，就是絕不在雙旗店裡鬧事，更不准在這裡殺人，誰若違反了這條規矩，誰就是雙旗店的敵人。

這種規矩和「兔子不吃窩邊草」這句話的涵意有異曲同工之妙。畢竟江湖人也是人，總有身心疲累的時候，到那時，他們就會把雙旗店當作自己的家，一個可以歇腳的驛站。

誰也不願意別人在自己的家裡鬧事，這些江湖人也一樣。

當衛三少爺與龍賡帶著數百名影子戰士趕到雙旗店時，已是夜晚。爲了不引起別人的注意，衛三少爺只帶了三四名隨從與龍賡一起，進了鎮子，其餘的戰士各自隱藏身形，躲到了一處離雙旗店不遠的山谷裡。

這裡雖然已經不是問天樓的勢力範圍，但問天樓仍然安插了耳目匿藏其中，這「銷金窟」賭坊的嚴三爺便是其中之一。

龍賡最初也不明白衛三少爺爲什麼會一進鎮子就往銷金窟跑，似乎對雙旗店的地形十分熟悉，等到他看到衛三少爺與嚴三爺擦肩而過的那一刹那，兩人的手似是不經意地碰了一下，他就已經感到這嚴三爺的可疑。

出了銷金窟，龍賡的第一句話就是：「衛三少爺並不是頭一遭到這雙旗店吧？」

「不錯！」衛三少爺大踏步地走在滿地積雪的大街上：「一個對劍道有深刻理解的武者，他的目光總是異常地犀利。」其語氣中帶出一股欣賞之意。雖然衛三少爺對龍賡並不熟悉，但劉邦既然派他來當自己的副手，那麼這年輕人想必就有驚人的技藝，否則也不會讓他與自己聯手對付蒙爾赤了。

「先生過獎了。」龍賡並沒有因此而得意，而是淡淡一笑道：「我只是剛巧看到了你從那賭坊老闆的手裡拿了個東西，如果我所料不差，他應該是你們問天樓派到這裡的耳目。」

「噓！」衛三少爺做了個噤聲的動作，小心謹慎地看看四周的動靜，這才壓低聲音道：「你猜得一點都沒錯，他的確是我們的人。我之所以這麼做，是不想暴露他的身分。要知道，要經營這樣一個據點，不僅需要大量的財力，還需要至少十年的時間，方可讓他在這裡紮根下去，混入本不屬於他的那個圈子裡。」

「我明白。」龍賡點了點頭，隨即跟著衛三少爺到了一家小酒鋪裡，在一個最不顯眼的角落坐下。

「這裡的每一家店鋪都不打烊，所以你隨時都可以把自己口袋裡的銀子花出去。而且你千萬不要以貌取人，不管是人，還是店鋪。就拿這家店鋪來說，雖然簡陋，卻是一家老字型大小，它所賣出來的酒，據說是南勒哈草原上最烈的，只要我們到了雙旗店，總會來這裡坐坐。」衛三少爺邊說邊打開了手心的一個布團，飛快地掃了幾眼，然後在手心裡一搓，將布團搓成碎末。

龍賡端過酒碗喝了一口，贊道：「好酒，好酒，只要喝這麼一口，渾身上下都暖和了。」

衛三少爺哈哈笑了起來，似乎驚動了這鋪子裡的另外一夥人。這夥人有四五個，山羊皮襖皮靴，一色土著人的打扮，齊刷刷地扭頭瞪了衛三少爺一眼，隨即轉過頭又靜靜地品著自己手中的酒。

他們像是在等人，但衛三少爺卻從他們鋒銳的眼神中看出這幾人的身分有點與眾不同。至少，一些活躍在雙旗店附近的土匪騎子絕不可能有這樣的眼神。

這種眼神精光內斂，犀利無比，若非是內功精深人士，哪來的這等眼神？

衛三少爺的心裡「咯噔」了一下，頓時對這幾人來了興趣，因爲他知道這雙旗店雖是藏龍臥虎之地，但同時出現這樣幾位高手，實在罕見，似乎預示著有什麼大事即將發生。

他似是不經意地看了看自己身後的幾個隨從一眼，提醒著他們保持高度警覺，然後與龍賡就著桌上的幾盤冷碟，對飲起來。

他喝得很慢，目光卻不時地瞟向那幾人，注意著他們的一舉一動。

這幾人只是靜靜地品酒，靜靜地聽著門外朔風的呼號，這酒鋪裡還有幾桌人正在高談闊論，與他們保持的靜默形成一個極大的反差。

衛三少爺注意到這幾人的目光一直盯著不遠處的街口，然而此時已近二更天了，街上顯得十分的靜，根本就沒有人在長街上走動，只有斑駁陸離的燈影斜照在地面的積雪上，泛起一種滲白的光彩。

「這幾人實在有點怪。」龍賡忍不住壓低嗓音道。

衛三少爺點了點頭道：「如果我沒有看錯，這些人恐怕與蒙爾赤東來大有關係。」

兩人刻意內斂精氣，是以說起話來僅限對方可以聽到，並不擔心有第三者偷聽。

「你是怎麼看出來的？」龍賡很是詫異地道。

「因爲他們都是高麗人。」衛三少爺非常肯定地道：「雖然他們在外形上做了改扮，但我還是一眼就能看出來。」

他說了幾個只屬於高麗人才有的外形特徵，以及服飾上的細微差別，以證明自己的判斷沒有錯，同時也炫耀著自己閱人無數的眼力。

「可是南勒哈草原與高麗還有上千里的路程，他們趕到這裡來迎接蒙爾赤，莫非是聽到了風聲？」龍賡想了一想道。

「有這種可能。」衛三少爺的眉頭皺了起來，他們此次行動要想成功，貴在偷襲，如果失去了行動的隱蔽性與突然性，那麼這一戰將成爲勝負難料的惡戰，這是他最不想看到的結果。

沈吟片刻，他突然道：「嚴老三給我的消息上說，這些人也是昨天才趕到雙旗店的。如果我們的手腳夠快，在蒙爾赤到來之前先將這些高麗人解決掉，那麼等到蒙爾赤到來的時候，我們依然可以佔據主動。」

龍賡道：「現在就動手嗎？」

「再等等看，他們好像正在等人，等到他們的人全都聚齊了，我們再動手不遲。」衛三少爺顯得胸有成竹地道：「何況，我們既然到了雙旗店，就要入鄉隨俗，照這樣的規矩，一切事情只能在離開鎭子十里以外才可了斷，否則我們就會成爲雙旗店每一個人的公敵。」

龍賡傲然一笑，很是不以爲然。

衛三少爺看在眼裡，不置可否，只是叫了身邊的一個隨從，在其耳邊嘀咕了幾句，那名隨從點了點頭，出門而去。

龍賡知道衛三少爺是想召集人手，不由笑道：「衛三先生未免太謹愼了吧？就這幾個人，你我聯手，足可應付。」

衛三少爺的眉間一緊道：「我並不擔心這幾人，倒是擔心他們所等的人是我們所不知道的高手，所謂小心能使萬年船，多些人手總是沒有壞處的。」

龍賡不再說話，只是望向長街。

他希望事情能如衛三少爺所料，對方真的會來一幫高手，只有這樣，他才覺得此行不虛。

因爲，無論成敗，他都希望過程刺激，否則，他會很失望的。

第六章　墓前誓言

聽香榭不僅是五閥之中最神秘的豪閥，也是江湖上最神秘的一個組織。近十年來，江湖上已經很少有人聽說過聽香榭的名頭，更沒有人看到過有聽香榭的人在江湖上走動。

很多人都以為，聽香榭也許是發生了什麼變故，是以淡出江湖。誰也不會想到它竟然會在暗中與問天樓以姻親的方式聯手，結成了當今天下最強勢的同盟。

呂雉是聽香榭的什麼人？聽香榭為什麼要以這種方式與問天樓聯手？它的目的何在？

這一串串問題如同懸念般勾起了紀空手心中的好奇。

這些僅是從劉邦的口中說出，它的可信度究竟會有多少？

紀空手的思維轉動極快，陡然想到那一天自己夜闖花園時在鳳影的小樓裡撞上的那兩名女劍客，那種輕盈飄逸的身法，那種詭異莫測的劍式，都與五音先生描述的聽香榭武功極為類似。只是當時他根本沒有想到聽香榭與問天樓會結成同盟，所以這個念頭只在心裡一閃而過，並沒有留下多少深刻的印象。

現在想來，反而證實了劉邦所言非虛，問天樓與聽香榭的確已結成了同盟。可是，像這等機密的大事，劉邦為什麼會當著紀空手與張良的面說出來呢？

「你們一定很奇怪，爲什麼我會把如此機密的事情告訴你們，對不對？」劉邦緩緩地回過頭來，銳利的眼芒橫掃兩人的臉上。

紀空手與張良無不將自己的目光迎向劉邦的眼芒。對他們來說，這的確是此時此刻最想知道答案的問題。

「我無非是想向你們證明，站在你們面前的人雖然其貌不揚，雖然不具王者之相，但他卻是最有可能奪得這天下的霸者！無論是項羽的流雲齋，還是匈奴、高麗，在他的眼裡，通通都是狗屁，根本不能改變他一統天下的決心。當他成爲這亂世之主之際，作爲功臣，你們將封侯拜相，享受到你們以前連想都不敢想的榮華富貴，以及畢生的榮耀。」劉邦緩緩而談，他的眼芒如電，綻射出一股莫大的自信，彷彿此時的天下，已經盡在他的掌握之中。

紀空手望著劉邦眸子裡流露出來的欣賞之意，知道無論是自己，還是張良，此時在劉邦的心裡都佔據了很重要的位置。劉邦將如此機密的事情告訴他們，無非是想向他們表示一種誠意，藉此換取他們的絕對忠心。

「如果我是你，我是不會將這麼機密的事情講出來的，特別是當著我這樣的一個異國人士。」紀空手故意這麼說道。

劉邦淡淡笑道：「你以爲我會輕易地相信一個人嗎？我之所以信任你，是因爲我不僅對你的家世與身分都有著非常詳盡的了解，而且在我們相處的日子裡，我感覺到你是真心實意地待我，甚至不惜自己的生命來捍衛我的榮譽。只這一點，已經足夠證明你對我的忠誠。所以，我沒有理由再懷疑你，所謂疑人不用，用人不疑，說的就是這個道理。」

紀空手恭聲道：「多謝漢王抬舉，我實在有些愧不敢當。其實我所做的一切，都是因爲你我之間的約定，算起來只是屬於我自己的一片私心。」

劉邦哈哈笑了起來，道：「有道是無利不起早，你能爲了自己的一片私心而全力助我，這反而讓我覺得真實可信。」

三人在笑聲中同飲一杯，剛剛放下手中的酒杯，便聽到湖面上傳來一陣高亢悲涼的漁歌，頓時吸引了紀空手的注意。

「那是什麼？」吸引紀空手注意的不是那唱歌的人，而是唱歌人身後的半空裡盤旋不下的一群寒鴉，在寒鴉飛起的地方，立著一塊巨大的墓碑。

其實那不是墓碑，而是湖邊絕壁上一塊平滑如鏡的石壁，在石壁之上，寫有幾個大字，因爲距離太遠，只能隱約可見這幾個字形的輪廓。

劉邦順著紀空手的目光看去，不由身子一震，整個人肅然起敬道：「那是一個人的墓碑，在那墓碑之下，長眠著一位讓人敬仰的老人。」

紀空手的眸子裡閃過一絲詫異的眼神，道：「難道是衛前輩的墳墓？」

他有些不敢相信，畢竟霸上距上庸足有數千里之遙，劉邦要想把衛三公子的無頭屍身運到這裡安葬，實在有些困難。

但如果不是，紀空手又實在想不出還有誰可以讓劉邦如此尊敬。死者逝矣，無論他生前如何轟轟烈烈，名動一時，等他死的時候，所擁有的也就是一抔黃土而已。

劉邦搖了搖頭，眼中流露出一股複雜的表情，緩緩而道：「我之所以尊敬他，是因爲他絕對是一個值得我尊敬的對手，更是普天下人都十分敬仰的一個英雄。」

紀空手只覺自己的腦袋「轟……」地一聲。

「他就是知音亭豪閥，以六藝聞名的五音先生。」劉邦說出這個名字的時候，聲調明顯帶出了一絲顫慄。

◆

長街很靜，凜冽的寒風呼嘯著穿過長街，猶如陰風般讓人生悸。

此時已近子夜。

酒鋪外的燈籠依然高掛，那幾個高麗人依然在靜靜地品酒，只是衛三少爺的心裡，彷彿有一種不祥的預兆，令他的眉頭緊皺。

他已經派出了第三個隨從去召集人手，卻無一例外地都一去不回，就像肉包子打狗一般。

多年的江湖閱歷造就了他對危機異常敏銳的嗅覺，他已經隱隱感到了事情有些不對勁，但是他深知，愈是瀕臨危亂之際，便愈要保持鎮定。只有這樣，才可以真正度過危機。

他與龍賡交換了一下眼神之後，依然將目光留意門外的動靜。可是他的思維卻在高速轉動，尋找著這危機的來源，更思索著自己出現的紕漏之處會在哪裡？

他們是在今天才趕到雙旗店的，然後便與「銷金窟」的嚴三爺接上了頭，再然後又隨意地找到這家酒鋪，前後所用時間不過一炷香功夫。可是酒未過三巡，就好像步入了一個事先設好的局裡，這未免讓衛三少爺感到有些匪夷所思。

難道說是嚴三爺出賣了他們？

衛三少爺本來並不會這麼想，這只因爲嚴三爺能被問天樓派到雙旗店主事，和他的身世與忠心有關。衛三少爺起初根本就沒有懷疑到他，只是因爲所遇的事實在太過蹊蹺，細細推敲之下，這嚴三爺便成了最大的嫌疑。

接連三人出了門都杳無音訊，這種事在衛三少爺的記憶中，還是頭一遭遇到。在他的影子軍團裡，嚴明的軍紀使得他手下的每一名影子戰士都成了訓練有素的武者，更有著絕對忠心的信念。特別是他身邊的這幾名親衛隨從，不僅是身手不凡的高手，而且對他的忠心絕對是勿庸置疑的，若非是遇上了突發事件，不可能出現現在這種一去不回的現象。

難道說這三人無一例外地都發生了意外？

衛三少爺心中感到一陣煩躁，卻不得不讓自己重新靜下心來，因爲此時的長街上，終於響起了一串馬蹄得得之聲，非常清晰地印入了他的耳鼓。

衛三少爺抬眼看去，未見其馬，未見其人，但馬蹄聲隆隆響起，長街似乎也爲之而動，這讓衛三少爺的臉色也隨之一變。

因爲他已聽出，來人至少在十數名以上。

飛蹄揚起，灑出一片雪霧，在寒風的翻捲下，攪亂了本來平靜的燈影，幻出幢幢鬼魅似的亂影。

「希聿聿……」馬嘶驟起，隨著風雪的飛舞，一支馬隊驚現長街，十數匹極為神駿的馬上，馱載著十數位頗有聲勢的人，一身胡服，滿臉風塵之色，讓衛三少爺的眼睛一亮，露出驚詫的神情。

更讓衛三少爺感到心驚的是，這支馬隊眼看快到酒鋪門口時，竟然帶住馬繮，全都停了下來，只是靜靜地立在長街上，猶如生長在大漠上的一排胡楊。

馬兒在低嘯，人卻靜默若死，誰都可以看出，這些人似乎對這酒鋪中的人很感興趣。

除了那幾個高麗人之外，酒鋪中就只剩下衛三少爺和龍賡，還有兩個衛三少爺帶來的親衛隨從。馬上的人又會對誰更感興趣？

衛三少爺的心沈了下去，神色也隨之繃緊，他已經看出，來者顯然是來自於匈奴，除了在人數上有所出入之外，這十數人都像極了蒙爾赤親王所帶領的出訪使團。

所幸的是這種沈默並沒有保持多久，馬隊中一人拍馬而出，抬頭看了看酒鋪中的招牌，突然叫了起來：「高麗來的朋友，親王到了，怎麼還不出來迎接？」

此話一出，衛三少爺倒吸了一口冷氣。這十數人果然是蒙爾赤所帶領的出訪使團，他們顯然比自己所預料的時間早了幾日趕到了雙旗店。

劉邦所得到的消息是這個出訪使團擁有數百人的車隊，這與實際的人數有著明顯的出入。衛三少爺現在想知道的是，如果劉邦得到的消息無誤，那麼對方其他的人呢？

想到這裡，衛三少爺的臉色又變了一變，他驀然間想到了自己那數百名在山谷裡待命的影子戰士，同時也想到了自己派出的那三名親衛隨從。

「街上風冷，還請親王入店一坐，我們已經燙好了暖酒，就等親王來痛飲哩！」說話者是那幾個高麗人中的一個，一改先前的沈默，大聲叫道。

「好！難得你們能想得如此周到，本王也就不客氣了。」一個聲如洪鐘的嗓門響了起來，伴著一陣有力的腳步聲，一個剽悍有力的身影自門外走入。

此人年過四旬，腰挎長刀，行路間的動作給人以豪邁不羈的感覺。正是那種對酒當歌、殺人無數的英雄烈漢，當他一腳踏入酒鋪門時，整個酒鋪的空間彷彿被擠壓得小了許多，空氣中充斥著一股肅殺的氣息。

衛三少爺與此人的眼芒在虛空中悍然相觸，一觸即分，但兩人的心裡都產生出莫名的震撼，無不為對方眼中所表現出來的那種洞察一切的穿透力感到心跳不已。

「不愧是匈奴的第一高手，舉手投足，皆有王者之風。」衛三少爺在心裡由衷贊道。

他的心裡突然生出了一個大膽的想法，雖然他無法確定蒙爾赤親王的身邊為何只有十數名隨從，但卻給了他一個絕好的偷襲機會。以他和龍賡的身手，再加上兩名親衛隨從的輔助，如果倏然發難，未必就不能將蒙爾赤親王置於死地。

擒賊先擒王，只要蒙爾赤一死，衛三少爺就可以挽回現在這種看似被動的局面。

但是面對蒙爾赤這等魔門第一高手，自己成功的機率會有多大，衛三少爺不得而知，不過，他卻知道自己唯一的一個優勢所在。

這個優勢就在於無論是蒙爾赤還是這幾名高麗武者，都不可能知道衛三少爺他們真正的來歷與本身的實力，只要能抓住一個機會，衛三少爺就可以發動最突然的攻擊！

蒙爾赤只是看了衛三少爺一眼，便將自己的注意力轉移到了那幾名高麗人的身上，他坐了下來，微微一笑道：「讓幾位外使大人久等了，實在不好意思，不過，這已是本王以最快的速度趕到這裡。」

「一路辛苦了，無以爲敬，就請親王先飲此杯！」一名高麗人雙手遞上一杯酒道。

蒙爾赤一手接過，微微一笑道：「酒可以慢慢喝，但有些話卻不得不先問，本王不能僅憑幾句話就認定你們是高麗王派來的人。」

那名高麗人從懷中取出一封書函道：「這是我王親筆所寫的書函，讓我呈於親王，請親王過目。」

蒙爾赤取信一看，笑將起來：「果然是高麗王的親筆手跡，不知幾位如何稱呼？」

那高麗人拱手道：「在下姓李，名世九，忝居高麗王宮侍衛統領。這幾位都是我的屬下，奉我王之命，前來恭迎親王王駕。」

蒙爾赤淡淡笑道：「李世九？這個名字實在很熟，如果本王沒有記錯，你應該是李秀樹親王所轄龜宗之人。」

「親王記性不錯，連我這樣的無名小卒也還記得，實在佩服。」李世九謙恭地道。

衛三少爺嚇了一跳，他的記性同樣很好，假如沒有記錯的話，這李世九應該是北域龜宗僅次於李秀樹的幾位高手之一，竟親自率人趕到雙旗店來迎接蒙爾赤親王的王駕，可見高麗國王對蒙爾赤此次出訪事宜的重視。

衛三少爺在一刹那間眼睛似乎變得更加犀利起來，與龍賡交換了一下眼神，然後用手指蘸上一點酒水，在桌上寫了一行字：「看我手勢，準備動手。」

龍賡以眼角餘光瞟了一眼，微微一笑，隨手將桌上的字形擦去，手在不經意間已經按在了劍柄之上。

衛三少爺的眼中露出一絲滿意的神情，爲龍賡所表現出來的機警與鎮定大是欣慰。直到此刻，他才佩服起劉邦閱人的獨到之處，龍賡正是那種可以在關鍵時刻起到決勝因素的人。有他聯手，衛三少爺感到自己的緊張未免有些多餘。

不可否認，對方那幾個人的武功都不弱，加上有蒙爾赤這種硬手，衛三少爺要想偷襲得手，並非易事。不過，衛三少爺審時度勢之後，認爲只要龍賡能替他把那幾名高麗人擋上一擋，哪怕只擋住一瞬的時間，他都有勢在必得的把握。

這只因爲，他對自己的劍術之精妙有著十足的自信，更因爲在他的身上，還有著一種不爲人知的武功，那就是名動天下之有容乃大！

世人盡知，衛三公子得以躋身江湖五大豪閥之列，其重要的一點就是擁有傲視天下的「有容乃大」。有容乃大並不是劍式之名，而是一種駕馭修煉真氣的不二法門，當擁有者練到極致時，其氣之鋒銳，比及刀劍尤勝百倍，更能幻化無形，在無聲無息之中致敵於死地。

沒有人見過衛三公子的有容乃大，但是沒有人不相信這是一個鐵打的事實。儘管衛三公子直到死時也沒有使出這神奇的武功，但江湖上的每一個人都不敢無視它的存在。

而衛三少爺只是生活在衛三公子背後的一個影子，更沒有人知道他也是有容乃大的擁有者。其實，只有他自己心裡清楚，他對有容乃大的研究，遠比衛三公子更加透徹。

所以，他充滿自信，更相信自己一旦出手，無論局勢對己有多麼不利，都勢必被他扭轉乾坤。

「請！」蒙爾赤與李世九相視一笑，端起酒來共飲了一杯。

「接下來我們行軍的路線是否有所改變？」蒙爾赤望向李世九道。

「既然到了雙旗店，親王對下面的路程就無須擔心。我們已經作了非常精密的布署，沿途過去，都有森嚴的戒備，隨時可以防範敵人的偷襲。」說到這裡，李世九的眼神似是無意地望了過來，衛三少爺只有低頭迴避。

但就在衛三少爺低下頭的一刹那，突然一聲暴喝，蒙爾赤「呼……」地站了起來，驚道：「你，你……」竟然說不出話來。

衛三少爺心中大驚，再抬眼看時，卻見那幾名高麗人拔刀而出，已經架在了蒙爾赤的頸項上。蒙爾赤所帶隨從衝進門來，見到這種陣勢，誰也不敢妄動。

這條生的驚變完全出乎了衛三少爺的意料之外，他更沒有想到李世九這幫高麗人竟會對蒙爾赤下手。就算他一世聰明，這一會也難免糊塗起來，只能靜觀其變，再作打算。

「你是誰？何以要在酒中下毒？」蒙爾赤止住了自己隨從上前營救的意圖。畢竟，他是見過世面的王爺，對於突發事件遇得多了，處理起來頗有經驗。他深知，此時此刻，最重要的就是自己一定要保持鎮定。

「這酒中下的不是毒，只是七步銷魂丹。」李世九一改先前那種阿諛奉承之態，冷然而道：「這種藥可以在七步之內讓人功力暫廢，真氣在十二個時辰中無法提聚，不管你是無名小卒，還是魔門第一高手，都不可倖免。」

蒙爾赤遲疑了一下，試著運氣之後，臉色驟變。顯然，李世九所言非虛，也正因如此，蒙爾赤反而變得更加鎮定起來。

因爲他突然想到，對方若是真的要置自己於死地，直接下毒豈非更省事？何必還要用這七步銷魂丹呢？

「你究竟是誰？爲什麼要化裝成高麗國的使者加害於本王？」蒙爾赤的眸子裡閃過一絲狐疑，因爲他知道，高麗國使者與自己在雙旗店碰面接頭一事十分機密，僅限於數人知道，若非如此，自己也不會如此輕易地著了對方的道兒。

「我的確是李世九，也的確是我王派來的專門迎接親王的使者。我之所以這麼做，是因爲在我臨行之前，受命於李秀樹親王，他老人家要我先帶你去一個地方，然後再轉道高麗。」李世九淡淡而道：「若非如此，我的手裡又怎會有我王的親筆書函？又怎能如此清楚親王抵達雙旗店的準確時間呢？」

「李秀樹親王？」蒙爾赤的眼珠一動，道：「他與本王素無交情，這般辛苦地請本王前去，所爲何事？」

「這就不是我可以知道的了。」李世九極爲漠然地道：「我只負責親王一路平安地到達目的地，至於其他的事情，我既管不了，也不想管，除非你的手下敢貿然動手，否則我可以向親王保證，你此行的生命絕對無憂。」

衛三少爺聽得仔細，似乎明白了什麼。

這幾名高麗人敢於違背高麗王的旨意而擅自行動，這說明他們是忠於李秀樹的人。而身爲親王的李秀樹竟然與高麗王暗中作對，這是否說明他已另有圖謀？

這的確是很有可能的事情，以李秀樹的爲人與野心，倘若能與匈奴勾結一起，弒主篡位未必就不能成功。而要與匈奴勾結，這蒙爾赤無疑就是最佳的牽線人選。

衛三少爺相信自己的判斷，同時對自己行動的計劃更添信心。不過，他並不急於動手，他還想再等，等一個不容錯失的良機。

李世九顯然對衛三少爺一行人早有注意，等到完全控制了蒙爾赤之後，他才緩緩地回過頭來，道：「這幾位朋友是哪條道上的？」

「我們不過是路人而已，偶爾路過這裡，若有冒犯之處，還望莫怪。」衛三少爺淡然答道。

「我不管你們是路人，還是在江湖上跑的人，都希望你們能忘掉剛才你們所聽到的話和看到的事情，相信你們都是老江湖了，應該懂得明哲保身之道，更該知道禍從口出的道理。」李世九微微一笑道。他的神情看上去並不兇惡，但語氣自帶一股殺氣，使得空氣也變得緊張起來。

不過，他並不想惹事。以他敏銳的目力，當然可以看出衛三少爺與龍賡都是深藏不露的高手，否則他必然會殺人滅口。

「你盡可放心，我們的記性都不是很好，通常昨天發生的事到了今天，我們就記不得了。」衛三少爺顯得十分知趣，可他的眼睛一直在盯著蒙爾赤和那幾個高麗人，就像是一頭正在窺視獵物的凶獸的眼睛。

他並不是顧忌蒙爾赤的生死才沒有動手，而是這幾名高麗人非常機警，也有著非常豐富的臨戰經驗，隨意地一站，互爲犄角，根本不給人以任何的攻擊機會。

「這樣最好！」李世九笑了笑，這才回頭面對蒙爾赤帶來的那十幾名隨從道：「如果你們不想親王有任何傷害的話，就不要妄動，否則……哼……！」

他冷哼了一聲，幾人同時將蒙爾赤裹挾其中，如一條巨龍般向屋頂衝去。

「轟……」瓦礫與積雪飛灑，在半空中濺射。當衛三少爺與龍賡躍上屋頂時，幾條人影已到了十丈之外。

身後，已是一片混亂，嘈雜的人聲與馬嘶聲驚動了長街，也驚破了小鎮原有的寧靜。

◆

「知音亭閥主五音之墓」！

石壁之上，只有九個刀刻的大字，蒼勁有力，透著一種傲人的風骨，猶如五音先生這一生的寫照。

字形之下，立著一座孤墳，幾抔黃土，伴著一叢野草，孤零零地臥在忘情湖邊的一個小山包上。

一代豪閥，竟然葬身於此。紀空手的心中，驀生一股悲涼。

他靜靜地站在孤墳之前，手裡捧著三支燃起的香燭，默默地祈禱了一番，將香燭插在五音先生的墳前。

此時已是子夜，他悄然而來，只是想傾訴自己對五音先生的懷念之情，更想讓五音先生的在天之靈得以慰藉，因爲爲五音先生報仇的時刻就要到了，他絕不會錯失這個機會！

他靜靜地立於墳前，沒有說話，只是用心去感受五音先生亡魂的存在。在他的潛意識裡，五音先生並沒有死，他分明在那深邃的天空裡，用那一雙充滿大智大慧的眼睛審視著紀空手，那儒雅清秀的臉上，依然流露著那份關切與慈愛。

一聲歎息，悠然地蕩向湖面，紀空手的眼中，已多了一些淚水。

但是，這淚就在眼眶裡打轉，根本就沒有流出來。這只因爲，紀空手心裡明白，在這個亂世之中，沒有人相信眼淚，眼淚也不可能造就一個強者。

要想成爲這個亂世的強者，就只有動用鐵腕。對每一個敵人的挑釁，都要做到——以血還血，以牙還牙！

「先生，你安息吧，只要我紀空手尚有一口氣在，就絕不會辜負你對我的一片期望！」紀空手心裡默默地念叨著，終於轉過身來，往來路而回。

他沒有久留，是因爲他不想讓自己沈湎於哀思之中，他必須去面對一切艱難險阻。他希望自己再度站到五音先生墳前之時，那時的他，已經將一個個對手打倒在地，成爲他登上人生巔峰的一塊塊基石。

這看上去是那麼遙不可及，卻又彷彿信手可得。可紀空手每一步踏出的時候，都堅信自己與這個目標又邁近了一步。

當他信步而走，轉過一片密林時，他忽然聽到了無數的野狼叫嗥聲隱約地響在空際。在寒冷的冬季，在遼闊的荒原之上，經常可以看到一群一群的野狼出沒其間，這似乎並不稀奇，但是引起紀空手注意的是，他分明聽到在這狼嗥之中，夾雜著一兩聲高亢激昂的狼嚎。

「狼兄，真的是狼兄的聲音！牠怎麼會出現在這裡？」紀空手的心裡不由得一陣激動，想起與狼兄相處的日子，彷彿又勾起了心裡那種人獸之間真誠的感情。

快步登上一座不高的山丘，野狼叫嗥之聲亂成一片。紀空手放眼望去，只見上千隻野狼活蹦亂跳地跟在一條黑影之後，正與三四頭更大的黑影在一大片灌木叢中相峙對立。

紀空手幾乎倒吸了一口冷氣，爲眼前這種驚人的場面而感到心驚。這上千隻野狼在狼兄的率領下，要面對的大敵竟是三四頭猛虎，就連紀空手也不得不爲狼兄有這等無畏的勇氣而心生敬意。

猛虎乃百獸之王，橫行山林，素無敵手，所到之處，百獸竄逃，百鳥無跡，當真是威風得緊。而狼兄相距牠們不過十丈而立，俯坐地上，竟然與這幾頭猛虎形成僵峙之局。

紀空手心中一動：「狼兄如何會惹上這幾隻虎？倒也奇了，偏偏牠還糾集了這麼一大幫野狼來與這幾隻虎抗衡，居然不落下風。」

他雖然看出那幾頭猛虎懾於這野狼群的陣勢，一時間還不敢貿然進攻，但是他擔心狼兄的安危，爲了安全起見，他還是在手上扣了幾顆小石子，希望能在關鍵時刻助狼兄一臂之力。

他人在高處，居高而望，眼前情況一覽無餘，難得欣賞到大自然這種強強相對的搏殺，紀空手顯得極有耐性，仔細觀察起狼兄如何指揮這上千隻野狼對付那三四頭威風八面的猛虎。

「嘷……」隨著狼兄的一聲嚎叫，野狼群又開始了一陣騷動。

雖然野狼移動的速度飛快，又顯得雜亂無章，但紀空手一看之下，忍不住低呼一聲：「奇怪。」他看到的情況的確非常奇怪，這些野狼似乎是在狼兄的指揮下，開始從相峙的狀態下轉入進攻。要向幾頭猛虎發動攻勢，對於這些野狼來說，無異於是上千名江湖三四流的角色向幾名絕頂高手挑戰，雖然在數量上佔有絕對的優勢，但真正激拚起來，根本不堪一擊。

但這些野狼顯然鬥志昂揚，在狼兄的指揮下，陣腳絲毫不亂，反而上百隻野狼形成一個整體，進退有度，整齊劃一，這種訓練有素的模樣實在讓紀空手大呼看不懂。

不過，紀空手很快就看出了其中的奧妙所在：在每一堆野狼群裡，似乎都有一條狼王，而在這條狼王的身上，卻坐著一隻猴子。紀空手一眼就認了出來，這些猴子正是洞殿中的「信使十君子」，牠們顯然受命於狼兄的指揮，再根據狼兄的聲音佈置進攻的陣形，儼然是每群野狼的統帥。

接下來的場面更讓紀空手看得目瞪口呆，首先，狼兄帶領一隊野狼同時嘷叫起來，裝出一副欲攻的樣子，聲勢極大，腳下卻絲毫不動。而與此同時，另外九隊野狼群在「信使十君子」的率領下，沿兩翼依次而進，以飛快之速完成對猛虎的合圍。

當整個合圍之勢在瞬間形成之際，紀空手竟然驚奇地發現，眼前的畫面就像一個十分精妙而玄奇的大陣，這種陣形之新之奇，是他聞所未聞，不帶一絲人工刻意而爲，而是純出自然，暗合天地玄機。

「當年五音先生在世之時，曾與我談及用兵布陣之法，說道：根據日、月、星辰、北斗七星在我軍前後左右的運行情況及相互關係來布陣的，就叫天陣；利用山形、水勢以及我軍前後左右的地理環境來布陣的，就叫地陣；根據所使用的兵種和戰法的不同來布陣的，就叫人陣。這天、地、人三陣，乃天下陣法之基礎，萬變不離其宗。可我今天所見到的這野狼大陣，顯然超越了這天、地、人三陣的範疇，而更具自然之道，其中的變化之繁之妙，想必層出不窮，難道這是上天知道我即將成就大事，特意借狼虎之爭點化於我？」紀空手思及此處，整個人陡然變得亢奮起來，眼睛一眨不眨，全神盯注著這場狼虎之爭，生怕有半點疏漏。

隨著狼兄的一聲高亢如號角般的嚎叫，上千條野狼同時狂嗥起來，其聲之烈，縱是猛虎長嘯，亦被壓得蓋不去。

「這是造勢，當勢成之際，便是進攻之時。」紀空手心中暗道。

果不其然，當嗥聲方落，野狼群陡然開始飛速前移，上千野狼猶如落在棋盤上的棋子，分佈有度，進退有序，對那幾頭猛虎展開了誘敵、分切、佯攻、詐退等一系列的手段，先將這幾頭猛虎分割成互不相聯的個體，然後用靈活的運動拖疲猛虎的精力。退中有攻，攻中有守，攻守之間，寓平衡之道於其中。每一次攻守轉換都在快速當中完成，煞是精彩，看得紀空手只覺得眼花繚亂，血脈賁張。

但猛虎終歸是猛虎，雖然在野狼的圍攻之下每一頭猛虎漸顯敗相，但在牠大發虎威之下，倒於牠面前的野狼也不在少數。到了戰局的最後，就連狼兄與信使十君子也加入了戰團。經過三炷香的慘烈搏殺，這幾頭曾經威揚山林的猛虎竟然成了這些野狼的裹腹之肉。

紀空手目睹著眼前的一切，可是他的思維並未因爲這場狼虎之爭的結束而停止轉動，反而透過偶然看到的這場強者搏殺想到了一些什麼，整個人呆立於山丘之上，凝神靜思了良久，直到有什麼東西輕輕地咬著他衣衫的下擺時，才讓他從神思中驚醒過來。

「狼兄，你還認得我呀？」紀空手低頭一看，只見剛才還是威風八面的狼兄，此時卻非常溫馴地挨在他的腳下，很是親熱地在他的胯下竄來竄去。

在狼兄的身後，便是那一群機靈活潑的信使十君子。聽到紀空手的聲音，也嘰嘰喳喳地叫了起來，顯得興奮不已。

紀空手伏下身來，輕輕撫著狼兄身上留下的幾處傷口，然後撕下衣衫的下擺，精心地替牠包紮起來。

狼兄伸出舌頭，在紀空手的臉上舔了幾下，然後仰頭望向洞殿的方向，嚎了起來。

紀空手緩緩站將起來，面向洞殿的方向望去，又想到了紅顏那充滿憂傷的眼神，不禁有些黯然。對他來說，又何嘗不想再回洞殿？可是世間的事就是這麼無情，明明近在咫尺，有情人卻如隔天涯。

便在這時，紀空手一怔之間，彷彿聽到這虛空中竟悠悠飄來一陣空靈而悠遠的笛音，曼妙的旋律如少女的一段相思，讓人有一種說不出來的魔力，更有一股強烈的吸引力。

「紅顏！」紀空手心中一動，恍如自夢境中醒來一般，低聲驚呼道。

◆

「呼……」當衛三少爺與龍賡一行追上屋頂時，李世九等人挾持著蒙爾赤親王如大鳥般在夜色中疾掠，身形之快，很快地出了雙旗店，直奔雪原而去。

衛三少爺當然不容別人在自己的眼皮底下搶走蒙爾赤，雖然他還不太清楚自己手下的影子戰士為何遲遲不至，但要對付這幾名高麗人，他似乎還有那麼一點自信，是以毫不猶豫地直追而前。

他追得並不急，雪原之上，對方的衣服十分顯眼醒目。他並不擔心對方會平空失蹤，只是想出了雙旗店十里之後再動手，免得壞了雙旗店的規矩，惹上一些不必要的麻煩。

他之所以在酒鋪裡遲遲沒有動手，一來是沒有機會，二來也是出於這個原因。他始終覺得，人在江湖，能不張揚就儘量不要張揚，做事還是低調一點的好。

追了一炷香的功夫之後，前面的身形明顯慢了下來，衛三少爺冷哼一聲，身子如箭般標射，幾個縱落之下，竟然當頭將對方悉數攔下。

對方似乎沒想到衛三少爺的身法竟然如此之快，一怔之下，無不剎住腳步。

李世九那若夜鷹般的眸子裡射出兩道森冷而狠辣的厲芒，冷冷地望向衛三少爺，同時他的手已握住了自己腰間的刀柄。

「看來，我還是低估了你們。」李世九並沒有流露出驚慌之色，而是淡淡地道：「你們壓根兒就不是路人，而是衝著蒙爾赤而來的！」

「不錯！」衛三少爺冷冷地道：「只要你放下這個人，我們就是朋友，不是敵人。」

李世九冷冷地望了他一眼，道：「你似乎太天真了。我憑什麼要放下他？」

衛三少爺聽著身後的腳步，知道龍賡與自己的兩名隨從已經各自站好了位置，心裡非常滿意他們的反應，微微一笑道：「不憑什麼，你既然在酒鋪裡沒有殺人滅口，就說明你還有些眼力，現在卻說起這種話來，豈不無趣得很？」

「你莫非認爲，我在酒鋪裡沒有動手是怕了你們不成？」李世九的眼中頓時湧動出一股不可抑制的殺機，猶如刀一般鋒銳。

「我可不敢這麼說。」衛三少爺淡淡而道：「不過，你可以試試。」

他決定速戰速決，不想再拖延時間。今天發生的很多事情都不在他的計劃之中，更在他的意料之外，他需要一定的時間讓自己清醒清醒。

「你以爲你是誰？難道老子會怕你？」李世九說起話來也很衝，雖然對方很有點深藏不露的味道，但李世九自入江湖以來，殺的人也並不少，算得上是見過大世面的人。

「我只怕你知道了我的名字後會嚇得尿褲子，還是不說爲好。」衛三少爺揶揄道。

「那就讓我來先領教閣下的高招！」站在李世九身邊的一個漢子顯然忍受不了衛三少爺這副張狂之氣，整個人和刀而出。

「安九日，小心！」李世九驚呼了一聲，雖然他對同伴的刀法很有信心，但面對的這個對手實在讓人無法揣度其武學的深淺，讓他不由自主地多了一分關切。

刀很凶，更快！刀鋒一出，地上的積雪便若一條巨蛇般疾速遊過，在安九日滑過的空間裡，積雪以飛捲之勢向兩邊疾分。

而刀勢如奔騰遊動的巨蛇向衛三少爺瘋狂地撲噬而來。

這一刀之烈，不容人有任何小視之心，就連衛三少爺也絕對不敢小視這一刀的存在。

衛三少爺似乎沒有想到對方的出手竟是如此霸烈，不由得皺了皺眉頭。他不得不承認，對方的確算得上一個使刀的好手，這一刀顯示了北域刀法的精髓，沒有任何花巧，也沒有多餘的動作，它的目的就只有一個——殺人！以最有效的方式殺人！

殺人的刀法總是可怕的，因此，這種刀法的殺氣往往太重，而太重的東西，總是會影響到速度。

所以衛三少爺的眼神清澈明亮，沒有半分的驚詫與駭異，更沒有避開的意思，因爲他已經看到了來人刀法中的破綻。

「呼……」雪在飛舞，氣浪狂湧，當劍一出虛空之時，安九日突然出現了一種幻覺，彷彿覺得自己的刀鋒根本無法觸到那近在眼前的頸項。

他之所以會出現這種幻覺，是因爲他看到了那密布虛空中的重重劍氣，層層疊疊，猶如一道道氣牆，封鎖住了他刀勢的任何去路。

他唯有退！

他以爲只有退才可以化去對方這勢在必得的一劍。

這只是他這麼認爲，當真正開始退的時候，他才發現不退比退的處境要好。

至少，他若不退，對方如洪流般飛瀉的劍氣絕不至於像現在這樣壓得他喘不過氣來。連退了十來步後，他才終於站住了腳跟。

「哇……」一口鮮血從他的口中噴了出來，濺在雪白的地上，構成一幅淒美的圖畫。

衛三少爺只用一劍，不僅逼退了對方，而且還迫得對方吐血，這一劍之威，震驚全場。

李世九不得不用另一種眼光重新審視這個對手。此時的衛三少爺，已然回到了原地，雙腳微分，略呈銳角站立，就彷彿他從來不曾動過一般，如磐石般穩定。而他的臉上，流出的依然是那股淡淡的笑意。

這股恬靜的笑意，並不能使人安寧。當李世九看到這股笑意時，他只感到這笑意如一道凜冽的寒風，讓整個空間在一剎那變得肅殺起來，就如這荒涼的雪原。

「你是問天樓的人，你姓衛？」李世九的嗓音突然變得沙啞起來，目光中射出一絲驚悸，同時也不乏殺意。

衛三少爺的笑意頓止，眼睛眯了起來，那綻射而出的目光猶如兩道被擠壓的薄刃，直劈在李世九的臉上道：「你很聰明，但是聰明的人大多都會短命。你既然知道了我的底細，那就別怪我無情了！」

他已經動了殺心，因爲他絕對不能讓別人知道是問天樓在和匈奴人作對。

北風呼嘯而來，雪霧不斷地飛湧，衛三少爺的衣袂如裙裾飄飛，呼呼作響，那種強烈的動感，正如他心中蠢蠢欲動的殺機。

李世九與同夥忍不住退了幾步，兵器都已在手，每一個人的目光中都似有一分恐懼，無不關注著衛三少爺的一舉一動。

衛三少爺依然如一杆標槍傲立，但他的手卻緩緩地上抬，將手中的劍以一種奇緩的速度和優雅的曲線伸向虛空……

靜，很靜，這一剎那的虛空實在靜寂，彷彿連寒風也無法吹進。

但這靜只有一瞬的時間，便在這時，沿雙旗店方向隱約傳來了一陣馬蹄聲。

這顯然是蒙爾赤的隨從追了過來。

衛三少爺的眉鋒一跳，正要出手時，卻聽得耳邊風聲疾掠，一條人影以電芒之速搶在他之前出劍了。

劍過處，積雪如浪潮推移。

此劍之烈，比及衛三少爺也毫不遜色，能使出這樣一劍的人，唯有龍賡！

◆

大年三十，子夜時分的上庸城。

一年之際在於春，世人之所以對春節如此看重，是因爲它辭舊迎新的寓意。無論老少，無論貧賤，每一個人都希望能夠在這樣的一個節日裡，總結過去，寄望未來，種下自己一年的願望，期待著有一個好的收成。

所以到了這一天，人們總是興高采烈地盡情歡娛，掛花燈，放爆竹，鬧個通夜不眠。

上庸城當然也不例外，那種歌舞升平的繁華氣象，讓人無法相信自己此時正置身於亂世之中。

滿城所見，盡是數之不盡的花燈，林立的店鋪擺滿了豐富的貨物，大街小巷到處擠滿了看熱鬧的人流，在擠得水泄不通的大街兩旁，鞭炮聲響不絕於耳，青煙彌漫，霧氣騰騰，充滿著節日的氣氛。

就連佛家勝地大鐘寺外，也不能免俗，人來人往，熱鬧一片。可是一入寺門，這寺中的戒備並未因節日的到來而有半點鬆懈，反而更多了幾分森嚴。

離主殿五十步內，已然沒有人跡，唯有主殿內滲出的明晃晃的燈火，照出幾個人影。殿中有人，在銅鐘之前，劉邦、紀空手、張良三人負手而立，正在觀賞著這銅鐘上的花紋圖案，並沒有一人開口說話。

他們之所以如此安靜，其實是在等待交子之時的到來，因為只有在那個時刻，一個秘密才會揭開。

登龍圖寶藏就在忘情湖的湖底，這是一個不爭的事實，但要如何從這百尺深的湖水之下取出寶藏來，這必定是一個難題。

幸好，這個難題終於就要解開了。此事成敗關係到漢軍東征之大計，令劉邦感到幾分激動與緊張。

「昔日始皇徵兵百萬，耗費了不知多少心血，才得以將這寶藏藏到湖底。可是如何取寶，也成了一個不解之謎。」劉邦的大手摸著銅鐘上的每一道花紋，緩緩而道：「本王此時想來，也許這本就是始皇故意為之。他不想讓自己的後人十分輕易地得到它，所以才會留下這麼一個大懸念，希望自己的後人憑著自身的智慧得到它。」

紀空手人在窗前，抬頭望天，似乎在靜候著子時的到來。在他的手中，拈了一根未燃的香，在兩指間旋動把握。聽到劉邦說話，他這才回過頭來。

「漢王所猜，的確一點不錯。」紀空手聞了聞手中未點燃的檀香，淡淡而道：「嬴政十三歲時即登王位，在位之初，國事皆決於權相呂不韋，其間經歷了長安君成僑之反，長信侯嫪之反。到他親政之年，又賜鴆呂不韋，得以大權獨攬，平息內亂，從而鞏固了自己至尊無上的帝王之位。單從這一點來看，嬴政能忍常人所不能忍之事，更能在無爲之中顯露出其超越於常人之外的大智慧。像這樣的一個人，又豈能以暴君之名定論？就說這登龍圖寶藏吧，他能在自己滅掉六國、一統天下的最風光的時期就想到爲後人打算，其目光可謂是獨到而敏銳，非常人可以企及。他當然也會想到，在自己的子子孫孫當中，難免良莠不齊，萬一登龍圖落到平庸之輩的手中，不過是成了一筆揮霍的資本，根本不能擔負他所期望的復國大業，這樣一來，豈非辜負了他當時的這片苦心？」

「所以他才會留下這樣的一個大懸念，讓後人以智慧去破題。」劉邦一聽到紀空手提到始皇，整個人便肅然起敬。事實上在他少年之時，始皇嬴政便成了他心中一塊永遠不倒的豐碑。

「這只是他留下這個懸念的原因之一，他更知道人性中的弱點，愈是容易得到的東西，就愈不懂得珍惜，只有經歷過磨難得到的東西，才會覺得它彌足珍貴。」紀空手似是隨意地一句話，卻引起了劉邦與張良的共鳴。他們在這一刹那間眼神變得有些迷離，彷彿觸動了彼此匿藏於內心深處的往事。

其實對紀空手來說，又何嘗不是如此？他只不過是淮陰市井中的一個無賴，如果不是遇上了丁衡，他也許永遠不會離開淮陰，更不會踏入這兇險無數的江湖。當他一步一步地走到今天，面對這爭霸天下的格局，又何曾想過自己也有這一統天下的機會？

世事如棋，風雲變幻，有誰能料？

無論未來是否成功失敗，關鍵在於要勇敢面對，絕不迴避。

能做常人不敢想之事，這也許就是紀空手能夠走到今天的真正秘訣。

「始皇所慮，並非毫無道理，單從這一點來看，他無愧華夏第一帝王！也唯有他，才敢自稱始皇，以示他擁有這至高無上、萬世一系的權力。」劉邦的眼中閃現出一絲亢奮的敬仰之情，這只因爲，當登龍圖寶藏到了他的手中之後，他堅信，自己未必就不能成爲昨日的始皇！

「然而無論始皇多麼聰明，他都絕對沒有想到，這登龍圖寶藏的歸屬，最終並沒有落到他的子孫手中，反而成就了漢王一統天下的霸業。」紀空手望著臉現紅暈的劉邦，似乎懂得他此刻亢奮激動的心情。畢竟，在他與劉邦之間，不管他們的本性如何不同，經歷如何迥異，當他們心中都存有同樣一個目的時，彼此其實已經成了同類。

劉邦雙手一擺，哈哈大笑起來。

這一笑中，已盡顯他心中的得意之情。

「其實，就算本王得到了登龍圖寶藏，要想一統天下，還是爲時尙早。」劉邦的眼神陡然間變得十分犀利，接道：「但是，若是有了登龍圖寶藏，逐鹿中原，本王至少可占三分先機。」

紀空手的臉上突然現出了一絲詭異之色，微微一笑道：「不過我有一句話，不知當講不當講？」

「但說無妨，本王既然視你爲心腹，自然就無須有太多的顧忌。」劉邦似乎看出了一些什麼，怔了一下道。

「我一直在想，登龍圖寶藏畢竟沒有人親眼見到過，雖然它有圖爲證，也有確切的地點，但不排除這裡面其實根本沒有那筆錢財和兵器。」紀空手猶豫片刻，這才一字一句地道。

劉邦渾身一震，情不自禁地與張良交換了一下眼神。紀空手所說的這種可能性並非不存在，劉邦也曾想到了這一點，是以他早在來上庸之前就作了兩手準備。即使這登龍圖寶藏真的只是空穴來風的假消息，也不會影響到漢軍東征的計劃。

只是劉邦始終認爲，這種可能性雖然存在，卻不大，否則始皇也不會設置如此複雜的取寶之道爲難他的子孫。

「本王自從得到這登龍圖之後，就一直在分析著這登龍圖與其中所藏的寶藏真僞。得出的結論是這寶藏的消息十有八九是真的，因爲從種種跡象表明，當年這忘情湖平空而出之時，從咸陽都城的確運了大量的金銀珠寶和兵器到上庸，雖然這件事情非常機密，知情者不過十人，但是無論掘湖，還是運送這批寶藏，都需要大量人手，一些有心人難免會從一些蛛絲馬跡中猜到一定的線索。」劉邦緩緩而道。他雖然說得輕鬆，但從他這些話裡就可以聽出爲了得到這批寶藏，他的確是煞費苦心。

「如此最好。」紀空手淡淡一笑道：「我之所以這樣說，是想提醒漢王，希望愈大，失望也就愈大，以平常心對待，反而會收到意想不到的奇效。」

「本王已無法保持常態了，因爲這一年多來，這個懸念就像是一塊石頭，日日夜夜壓著本王，讓我簡直喘不過氣來。」劉邦笑道。

此時此刻，他完全已被自己的好奇心所支配，能不能得到寶藏倒成了次要的問題，倒是如何取寶成了他最關心的問題。他真的很想知道，秦始皇到底設置了怎樣的程式才能開掘寶藏，何以憑自己的智慧，苦思冥想也找不到答案？

「如果說這個懸念就像是壓在你心中的一塊石頭，那麼它應該很快就要落地了。」紀空手望向那深邃的天空，嘴裡開始喃喃而道：「十、九……」

當他數到「一」的刹那間，「噹噹……」悠遠而空靈的鐘聲開始響徹於上庸城的上空，此起彼伏，不停不歇，同時爆竹聲起，禮花漫天，將上庸城變成了一座喧嘩熱鬧的不夜城。

「子時到了。」劉邦道。

「新的一年又來了。」紀空手的眼神中綻射出一種異樣的色彩道。

「謎底，也該揭曉了。」張良淡淡一笑道。

◆

在高手的眼裡，其實用什麼武器並不重要。

但是，他們總是有自己偏愛的武器，並且給它們取上一個他們自認爲很有意思或是很有意義的名字，比如「長生劍」、「奪命槍」、「關東無極刀」……

而龍賡卻沒有這麼多的講究，在他的手裡，只要是劍，都可以賦予它生命，然後再用它去摧毀其他生命。

他是一個劍客，而且是一個深諳劍道至理的劍客，所以並不看重劍的質地，或是劍的名氣，就算是一柄破銅爛鐵，到了他的手上，也可以讓它綻放出劍的光芒，以及劍出虛空所演繹的風情。

於是，當他搶在衛三少爺之前出手時，就連衛三少爺心中也禁不住多了一種震撼。

的確，這是一種震撼，正因爲衛三少爺本身就是可以躋身於天下前十位之列的劍手，所以他能非常清晰地讀懂龍賡這一劍想要表達的方式和它所存在的內涵。

他懂，也能理解這一劍的意義，所以在不經意間，他的心裡甚至多出了一絲驚懼。

這種驚懼的起源在於他平空而出的一個念頭：假如這一劍的敵人是我，我是否能夠抵擋得了這玄奇而霸烈的一劍？

他無法回答，也不知道這個問題的答案，所以，他只能將目光緊緊地鎖定這一劍前行的軌跡。

雪霧彌漫，劍氣如龍，當這一劍破雪而行時，兩三丈的距離彷彿已不是距離。

這絕不是一種幻覺，而是一種超越了時間與空間的表現。當劍超越了時空之後，劍已不是劍，而是充滿靈動和底蘊的生命。

李世九等人的臉色霍然變得煞白。

他們也許不懂得這一劍的奧妙，卻能感受到那充斥於整個虛空的殺氣，如大山將傾的壓力推移到他們的胸口，使得他們無法承受這種生命的沈重。

「呀……」每一個人都以最快的速度出手，在極速的反應中構成了一道堅實的防線。這種防線是李世九他們經過了多年配合形成的默契，曾經過不下數十次實戰的考驗。

虛空中，刀光點點，刀氣橫斜，每一道氣流閃瀉而出，就像是子夜的星空，乍現於人前。

龍賡的人在極速中疾進，即使看到這驚奇的一幕，也不能停止他的腳步。

氣旋割動著他的肌膚，氣勁撕扯著他的衣袂，他的整個人猶如一個不死的戰神，眼中暴閃出一團亮得讓人心寒的厲芒，從中心突破了對方的防線。

他的氣勢已成，任何防線在他的眼前都形同虛沒。當他手臂在空中一揮時，如洪流般的劍氣泛光而出，「轟隆……」一聲，竟然將對方的每一個人都震出數丈之外。

北風依然吹得正勁，吹得雪粒在空中不斷飛揚，但風到了龍賡身前三丈時，竟然平空消失，彷彿被吸納進一個廣袤無垠的黑洞。

「鏘……」地一聲，劍已回鞘，龍賡沒有說話，緩緩地回身而行，只是到了衛三少爺的身邊時，才抬眼看了一下，又低頭而行。

「好劍！」衛三少爺由衷地贊了一聲，卻將眼睛望向了蒙爾赤親王。

「該輪到你了。」衛三少爺淡淡一笑道，同時向前踏出一步。

「只怕未必！」蒙爾赤雖然不能動彈，但嘴上卻冷哼了一聲。他已聽出自己的隨從正快馬趕來，相距已不到數十丈了。

「你對你的手下這麼抱有信心？」衛三少爺抬眼看了一下遠處踏雪而來的馬隊，冷然一笑道。

「不！」蒙爾赤的身子站得筆直，傲然道：「本王只對自己有信心，假如你敢與我單挑，是輸是贏，只怕未定。」

衛三少爺「嗤」地一聲笑了起來，道：「我爲什麼要給你這樣一個機會？」

「不爲什麼，只因爲你是衛三少爺。」蒙爾赤一字一句地道。

衛三少爺的臉色一變，緩緩地抬眼看了蒙爾赤一眼，道：「你終於認出我來了。」

蒙爾赤道：「本王最初也沒有想到是你，若非這幾個人的提醒，我還是不知道問天樓的衛三少爺竟然是你。」

「那又怎樣呢？」衛三少爺冷然道：「就算你認出了我，我還是要殺你。」

「你不會的。」蒙爾赤淡淡一笑道：「對於一個視名譽比生命還重的人，他又怎會用他手中那把名動天下的劍器去殺一個毫無反抗之力的人呢？」

衛三少爺笑了笑道：「換在以前，我的確不會，可是今天的形勢不同，也許我會破例。」

他的眼睛瞇成一線，如薄薄的刀鋒，話音一落，劍便已經抬起，一寸一寸地對準蒙爾赤的咽喉刺去。

他的出手極慢，似乎在刻意控制著一種節奏，要在那些快馬趕到之前刺入蒙爾赤的咽喉。雖然這種距離並不長，但卻給人以時間定格的感覺，讓每一個目睹這一劍刺出的人都感到了一種負重，沈重得幾乎無法承受。

「嗤……」便在這時，半空陡然響起一道風雷之聲，一支勁箭破空而來，幻出一團暗影，直罩向衛三少爺的劍鋒。

這箭來得這般突然，這般快捷，就連衛三少爺的眼中都閃過一絲詫異之色。

來人中竟然有人會這種精絕的射術，這的確讓衛三少爺有些意外。此箭之快，此箭出手的准度，雖然都是一流，卻未必能引起衛三少爺的注意。他之所以感到驚詫，是因爲在這一箭之後還有一杆長矛，矛鋒凜凜，殺氣如狂潮襲至。

居然有人的身法可以和快箭並行，這的確讓人感到意外。衛三少爺的眼芒一閃，手腕陡然加力，劍鋒擦著蒙爾赤的咽喉而過，沿著一道幻弧撲向了迎空而來的長矛。

這一刻間，他的心中湧動起一股不可抑制的殺意，連他自己也無法解釋出這股殺意的來源。也許，他因看到了龍賡那一劍之威，從而激發了他心中的好勝之心；也許，是對方的長矛在虛空掀起一道緊接一道的勁浪，勾起了他心中的戰意……

他只想爆發，讓自己的劍意在這一刻間完全爆發出來。

此刻的他，幾乎成了一條迎空的怒龍，更像是一柄刺天之劍！

地上的積雪，空中的氣浪，在虛空中交織變幻，形成一種巨大的氣旋，在氣旋的中心，激湧幻生出一團強烈無比的風暴。

蒙爾赤大吃一驚，根本沒有想到寧靜的衛三少爺竟然在一瞬之間變得如此狂野，如此可怕，讓人簡直無可捉摸。

「韋天，小心！」蒙爾赤大聲驚呼道，可他的聲音卻被淹沒在這肆虐無忌的風暴聲中。

韋天一直就隱匿於箭芒之後，整個人如魔鷹般俯衝而下，那股割體的劍氣幾乎把他的衣服割成碎條，而他的長矛依然沒有停止。

「嘩啦啦……」虛空彷彿像是破開的一杆巨竹，當兩股勁氣悍然交觸時，發出一陣陣令人驚懼的暴響，驚得狂奔的烈馬「希聿聿……」地驚嘶起來。

「轟……」強大的氣旋在荒原上炸開了一道巨大的洞口，泥土與雪交融激射，彌漫半空。

當視線不再受阻時，衛三少爺驀見兩丈之外一條大漢手握長矛，卓然而立，衣衫飄動間，他整個人的氣勢沈凝，如高山嶽峙，盡顯一代宗師風範。

衛三少爺心中一驚，忍不住又看了蒙爾赤一眼。如果不是他事先知道底細，一定會以爲這來者才是蒙爾赤。

「韋天？」衛三少爺喃喃地念了一句，顯然對這個名字十分陌生。

「我就是韋天。」韋天沈聲道：「是蒙爾赤的朋友，只要你放了蒙爾赤，我的長矛就像迎賓的旗幡，而我就是迎賓的主人。」

衛三少爺搖了搖頭道：「如果我不呢？」

「那你就是我韋天的敵人，而我手中的長矛更會像利箭般刺入你的胸膛！」韋天暴喝道。

衛三少爺的臉上流露出一絲淡淡的笑意，不再說話。

而他的劍，已自眉心處劃出。

◆

那根檀香終於在紀空手的手中燃起。

絲絲縷縷的香霧繚繞在主殿之內。

紀空手立於佛像之前，拜了幾拜，這才緩緩踱到銅鐘邊上，用指點輕彈了一下鐘壁道：「漢王所示的登龍圖中，曾經暗示取寶之道要在這銅鐘之上尋找答案，那麼漢王又從這銅鐘之上看到了什麼呢？」

劉邦搖了搖頭道：「本王若是有所發現，也不會千里迢迢地趕到夜郎，相求於你了。」

「其實我最初看到這銅鐘之時，也是一無所獲，但是通過這幾天我對忘情湖一帶的地形勘探，終於悟出了這取寶之道。」紀空手微微一笑道。

「請陳爺賜教，本王洗耳恭聽。」劉邦哈哈笑道。

紀空手沿著銅鐘轉了數圈，然後指著其中的一幅圖案道：「漢王能否告訴我，這幅圖案中講的是一段什麼故事？」

「這可難不倒我。」劉邦上前一步道：「這銅鐘上的花紋圖案，大多都是記載著大禹治水的故事，本王曾經請來數位名家多方考證，認定這銅鐘乃是後人爲紀念大禹治水的功績所鑄而成，其目的在於遏制地方水患，起到鎮邪之用。」

紀空手點點頭道：「那麼漢王能否告訴我，大禹治水之所以成功，所用之法又是什麼？」

「大禹之父鯀受命於堯治水，借鑒了共工氏族治水的經驗，以築牆堵水而治，終遭失敗；大禹則吸取了其父的教訓，幾番考察之後，決定採取以疏導爲主的方案治水，最終大獲成功。」劉邦頗顯得意地道。

「既然漢王對這段典故如此熟悉，何以還會想不到這取寶之道呢？」紀空手反問了一句道。

此言一出，無論是劉邦還是張良，無不眼神一亮道：「照你的意思，是要將忘情湖水疏導出去，水涸之後，再行取寶？」

「難道這有什麼不妥嗎？」紀空手道。

劉邦沈吟半晌，搖了搖頭道：「從理論上講，這個辦法的確可行，但是放到現實當中，似乎就難以操作此法了。」

他的臉上流露出一絲失望，又帶有一絲不甘的神情，道：「本王之所以這麼講，有兩點理由：其一，忘情湖是一個平原湖，地處低窪，又深達百尺，若以疏導之法，這水將引向何處？其二，注入這忘情湖中的水乃是由兩條溪河長年提供，即使將這兩條溪河另開渠道，讓它斷流，這萬畝面積的大湖至少需要十年時間才能乾涸見底。這顯然不是始皇當年留下的取寶之道。」

他說得頭頭是道，顯然對這些辦法都經過了深思熟慮之後才一一否定的。

直到他把話說完，紀空手才緩緩而道：「你能想到這些問題，其實已經與取寶之道相差不遠了，假如你真的照你所說的辦法去做了，這登龍圖寶藏也許早見天日了。」

這番話令劉邦的心裡似乎重新燃起了希望，但是，他又感到有些糊塗，只是將自己的目光直直地盯在紀空手的臉上，等待著他來爲自己解惑。

「這只因爲，在這忘情湖底，還有一條地下暗河。」紀空手的話剛一出口，震得劉邦目瞪口呆，這顯然大大出乎了他的意料之外。

如果這忘情湖底真的有一條地下暗河，那麼一切都變得十分簡單了。只要派人在兩條溪河的上游另開渠道，引開水流，那麼要不了多久的時間，這忘情湖自然會見底而涸，取出登龍圖寶藏就變得十分容易了。

可是，紀空手又是怎樣算到這條地下暗河的存在的呢?

迎著劉邦將信將疑的目光，紀空手淡淡而道：「我絕對不是神仙，既不會卜卦，也不會測算，但我卻能洞察細微，在你們沒有留意到的一些現象上下功夫。當我從銅鐘上確定這取寶之道乃是以疏導湖水的辦法來實現時，就對這兩條溪河每日流入湖中的流量作了測算。同時我還派人守在湖邊用於灌溉的水渠上，測算每天從湖中排出的流量。當這兩個數字有了明確的結果之後，我驚奇地發現，這流入湖中的水流量幾乎是排出湖水流量的一倍，於是，問題就出來了，這多出來的流量又是從哪裡排出湖去的？」

劉邦的臉上除了驚奇，就是訝異，他根本沒有想到紀空手就是從這麼簡單的現象中找到取寶之道的答案的。

這看似簡單，其實要用非常精確的數字和非常嚴密的推理來作保證：單是測算一進一出的水流量，若是由外行來做，就肯定是另一種答案。

但紀空手卻做到了，這只因爲，在他的身後，還有土行和水星。

這兩人無疑都是土木水利方面的專家，正因爲有了他們的幫助，紀空手早在去夜郎之前就知道了答案。

劉邦深深地吸了一口氣，平緩了一下自己激動的心情，拍了拍紀空手的肩道：「看來老天總是眷顧本王，才會讓本王得到像你這樣的奇才。既然這樣，那我們還猶豫什麼呢？子房，你這就號令大軍，向忘情湖開進！」

張良恭聲道：「是！」隨即出了殿門。

此刻的主殿中，就只有劉邦與紀空手兩人。

劉邦難以掩飾內心的激動與亢奮，在紀空手面前來回踱步，遠處不時傳來喧鬧的爆竹之聲，使得劉邦一時半會難以平靜下來。

「我從來沒有見過漢王有如此的興奮，就算這登龍圖寶藏的確可以讓人瘋狂，但對漢王這種內家高手來說，只怕有違修身養性之道吧？」紀空手靜靜地看著眼前的劉邦，臉上再一次露出了一絲詭異的笑意。

劉邦聞言，不由大吃一驚。

他似乎也沒有想到自己竟會如此亢奮，出現如此反常的現象，令他的心中頓生警兆。

「怎麼會這樣？」他禁不住在心裡問著自己，略一運氣，突然間感到一股非常強烈的劇痛從經脈深處傳來。

「哎呀……」他忍不住呻吟了一聲，額頭上豆大的冷汗涔涔而下。

「你怎麼啦？」紀空手俯身過去道。

劉邦機警地低著頭，悄聲道：「不要聲張，本王好像是中了毒。」

紀空手緩緩而道：「你所中的不是毒，而是五音先生在你身上下的無妄咒。」

劉邦霍然變色，身形一退，便要拔劍。

紀空手搖了搖頭道：「你根本無須拔劍，因爲，不管你拔不拔劍，今晚，你都死定了！」

他雙手背負，立於劉邦的身前，宛若一座山峰矗立，予劉邦以最強勢的壓力。在這一刻間，紀空手盡顯其王者霸氣。

「你，你……」劉邦的眼中突然閃現出一絲驚懼，更有一種難以置信的表情。

「不錯！我就是紀空手！」當紀空手說出這句話的時候，遠處的天空中突然升起一串禮花，在半空炸響。

那一瞬間的美麗和輝煌，已足以讓人深刻於記憶之中。

而劉邦的整張臉，已經扭曲變形，一片煞白。

◆

當衛三少爺的劍自眉心劃出的同時，十數條人影隨著韋天同時起動，若流水一般鼓湧飛瀉的氣勁，將這淒厲的北風與亂舞的雪花攪動得更加奔放，更加狂野。

衛三少爺的眼中，仿若罩上了一層淒迷的霧氣，在這空曠深邃的荒原之上，閃現出一道無窮的殺機。

韋天的眼前突然感到一片迷茫。當衛三少爺的劍入虛空之際，地上的積雪如浪狂湧，倒捲三丈之高的雪牆，若洪峰傾瀉而下。

「呀……」韋天一聲暴喝，手中的長矛若怒龍般擊在了這堵氣勢洶湧的雪牆上。

「轟……」雪片如聚散的煙雲，四下飛散。

而廣袤的虛空，變得喧囂不堪，幾成亂局，氣旋狂亂，雪片狂亂，人亂、影亂。

而衛三少爺的劍，無疑是最狂野的亂，亂得沒有一點頭緒，每一寸空間都飄忽著劍影，扭曲的劍影又鼓動出無限的殺氣，就在這虛空之中瘋漲，彷彿欲摧毀一切的生命。

韋天的眼裡，閃現出一股不可思議的神情，但他的人與長矛沒有半點猶豫。他必須出擊，傾盡全力地出擊，因爲只有面對現實，他才能有生的機會。

每一個人都在拚命，在瘋狂地出擊，雖然他們只是面對一個敵人，但每一個人臉上的表情都十分的凝重，彷彿面對的是千軍萬馬。

的確如此，對他們來說，敵人雖只一個，但他所帶出的氣勢，比及千軍萬馬也不會遜色多少。狂野的劍氣遊走於虛空，讓人感到了那無處不在的壓力。

一排排氣牆在劍的推移下，向韋天等人迫壓而去，一旦遇上一點點阻力，那看似無形的氣牆就會在剎那間崩塌，就像是雪山上常見的大雪崩，那本來凝聚於氣牆之上的氣勢猶如決堤的洪流，傾瀉而出。在剎那間，注滿這虛空中的每一寸空間，形成最狂野的風暴。

十幾件各不相同卻又各有特點的兵器，如十數道織網的梭子，在虛空交錯而行。當這股強勢的風暴傾壓而來時，這巨大的網不住地收縮，收縮至圓球大的一團。

雖然網在收，但收縮的愈小，這網旋動的速度就愈快。當它每旋動一圈時，它所產生出的一種向外輻射的張力就增大一分，直到它收縮至某種極限。

「轟……」圓球終於爆炸，與劍氣形成的風暴相撞，強烈的氣流若颶風般橫掃，人影向四下飛散。

衛三少爺只有退，一直退到了蒙爾赤與龍賡的中間。

他沒有想到蒙爾赤帶來的這十數名隨從竟然能夠抵得住自己的這一式有容乃大。就在他換氣的一瞬間，突然，他的心冷到了極點。

這種冷，是一種帶有死亡氣息的冷，冷到骨子裡，冷到心的深處。他之所以會有這種感覺，是因爲他的前胸和後背突然多出了一把刀和一把劍，強大的劍氣與刀氣就像兩道鋼閘，同時截住了自己體內正在提聚的真氣。

胸前的刀，竟然來自於蒙爾赤。一個明明服了「七步銷魂丹」而功力暫失的人，動起手來居然比閃電還快。

但這還不是讓他感到意外的，更讓他感到意外的是，幾個明明已經死去的人，卻又重新在雪地裡站了起來。

這幾個人當然是李世九和那幾個高麗人，當衛三少爺一看到他們站起來的一剎那，他的心陡然掉入了一個無底的深淵。

他忽然明白了自己背後的這一劍是誰刺來的，這看上去就像是一個事先設計好的陷阱，要捕殺的人竟然是自己！

他的眼睛裡幾欲噴火，怒氣貫於眉間，他終於回頭。

龍賡依然靜靜地站在他的身後，只是他手中的劍正刺在衛三少爺背心的一處大穴上。

在龍賡的身後，衛三少爺的兩名親衛已經倒在了地上。這一次，他們是真的死了，因爲眉心和咽喉絕對是致命的部位，一劍下去足以要命。

「你是誰？」衛三少爺深深地吸了一口氣，問了一句非常奇怪的話。

「我就是我。」龍賡淡淡一笑道。對於一些奇怪的問題，他抱以同樣奇怪的回答。

「你和他們都是一夥的？」衛三少爺冷然道。
「應該算是一夥的吧。」龍賡笑了笑道。
「難道說蒙爾赤出訪高麗的消息竟是假的？」衛三少爺的眼中閃現出一股難以置信的神色道。
「對於這個問題，你應該問他。」龍賡努了努嘴，指向蒙爾赤。
蒙爾赤道：「其實本王知道你有很多問題想問，本王就一五一十地告訴你。除了這個消息是假的之外，其他的事情都是真的，因為我的確是如假包換的蒙爾赤親王。這些人都是我的手下，我們之所以要布下這麼一個十分複雜的局，只因為你是衛三少爺，更懂得你的有容乃大的威力，要想徹底地將你置於死地，舍此別無它法。」
這的確是一個十分精妙而完美的殺局。
這殺局之妙，還在於一個人，如果沒有這個人的推波助瀾，這殺局未必能夠如此完美。
這個人會是誰呢？
這個人當然就是張良，如果沒有張良的推波助瀾，這個局當然就無法成立。
這個局的目的，就是徹底消滅衛三少爺與他的影子軍團。
匈奴之中，的確有一個蒙爾赤親王，而且他也確是貨真價實的魔門第一高手，在他的封地裡，他近乎被他的子民神化，就連冒頓單于也不得不對他有所忌憚，因為在他的手裡，擁有十萬鐵騎。
◆
「你一定會覺得奇怪，為什麼我放著幾次大好的機會都沒有殺你，卻偏偏要等到現在？」紀空手冷冷地看著因痛苦而臉龐扭曲變形的劉邦，沈聲道。

劉邦強忍著痛，抬起頭來望著紀空手。的確，他很想知道這個問題的答案。

「這只因爲，當一個人到了他人生最得意的時刻，也就是他最容易犯下錯誤的時刻，只有在這個時候，他才會放鬆戒備，爲人所乘。」紀空手無視於劉邦的痛苦，冷然而道：「我替你設想過不少死法，也爲你設想過不少的死局，但我實在沒有想到，你竟然如此不堪一擊，這麼容易地就爲我所敗，真是讓我太失望了。」

劉邦的眼中顯出一絲懊喪與憤怒，他一向自信，自認爲無論是武功，還是智計，他都遠勝於常人，就連項羽這樣的對手，他也從來不懼。可是他怎麼也沒有想到，每當他遇上紀空手的時候，不管他曾經佔據了多大的優勢，到了最後，他總是會輸得很徹底，甚至沒有還手的機會。

難道這紀空手真的是他命中的剋星？

「我曾經也懷疑過你。」劉邦眼中的厲芒直盯在紀空手的臉上，緩緩而道：「早在你從上庸突圍而去的時候，我就知道了你的易容術十分高明。所以當你變成陳平進入我的視線之後，我對你數番試探，卻都讓你僥倖過關，最終贏得了我對你的信任。如果不是這樣，你又怎能暗算到我？如果你不暗算我在先，又怎能輕而易舉地站在這裡以勝利者的姿態和我說話？」

紀空手冷眼看著劉邦猶如困獸般的表情，道：「我知道你很不甘心，因爲，你手中有劍，你還有一式名動天下的有容乃大。普天之下，能會這一式的人已經不多，至多只有三人，而你就是其中之一。身爲武者，我也非常好奇，很想見識見識這傳說中的有容乃大到底有多麼玄奇，但世上不如意事十之八九，你身上所種下的無妄咒，根本就不是我能解得了的。」

「你不能，還有誰行？」劉邦冷笑道。

「所謂解鈴還需繫鈴人，當你下手擊殺五音先生的時候，你可曾想過，像五音先生這樣的高人，又豈會白白受死？他臨死前的一剎那，就已經將無妄咒種入了你的體內，這是不可避免的事實，他一定會讓殺害他的人付出應有的代價！」紀空手淡淡一笑，笑中自帶出一種冷酷。

他之所以覺得這是一件非常殘酷的事情，是因為他知道五音先生的無妄咒究竟有多麼厲害。當無妄咒進入到人體經脈之中時，它經歷了短暫的潛伏期之後，只要中咒者引動真力，無妄咒就會不間斷地咒封人體內的經脈，讓受咒者內力膨脹，無處舒通，使之生不如死。

這似乎十分玄奇，但劉邦卻知道紀空手所言非虛，此時此刻，他的確感到自己就像是一隻熱鍋上的螞蟻，倍受煎熬。

但是肉體上的痛苦，遠比不上紀空手對他精神上的折磨。當紀空手語氣平靜地向他說起自己精心策劃，並且最終付諸實現之後，劉邦的心依然還在下沈，沈至最深處。

紀空手所說的這個計劃，的確是妙絕無比，不僅構思嚴謹，而且十分精妙，如果不是紀空手將這個計劃坦言說出，劉邦做夢也想不到這是人力可以為之的，其玄其妙，仿如神仙手筆。

這個計劃是紀空手在洞殿中經過了七日長思之後才出爐的，它的重點就在於沿襲了五音先生提出的「另闢蹊徑，爭霸天下」的構想，以此為基礎，設定了這個「李代桃僵，取而代之」的計劃。

五音先生自霸上一役之後，根據當時天下大勢，就敏銳地洞察到了紀空手要想加入到爭霸天下的行列中，如果按照舊有的模式來發展自己的勢力，無論在時間上還是時機上，都已來不及了，除非另闢蹊徑。

所謂的另闢蹊徑，就是在劉邦與項羽之間，選擇一位作爲目標。到了一個適當的時候，由紀空手取而代之，代替他去爭霸天下。

這的確是一個想前人不敢想的絕妙構思，五音先生之所以敢提出這樣一種匪夷所思的構想，是因爲他有妙絕天下的整形術作保證。當他臨死前看到紀空手整形成劉邦的樣子時，那種形神兼備的效果更堅定了他完成這種構想的信心。

於是他把這種構想告訴了紀空手，紀空手經過洞殿的七日長思之後，終於確定了以劉邦爲目標，來實現五音先生生前的這種絕世構想。

目標既已確定，接下來就是要接近目標，掌握目標的生活習性。後生無的一句話給了紀空手一點突發的靈感，使得紀空手最終決定通過銅鐵貿易的方式進入南鄭，以達到自己接近劉邦的目的。

所以他來到了夜郎，遇上陳平和龍賡之後，之後所發生的一切遠比他想像中的順利。當劉邦來到上庸準備取寶時，紀空手覺得，自己下手的機會終於來了。

「你爲什麼一定要選擇今晚動手？難道你算準了我體內的無妄咒一定會在這個時間發作？而且，就算你現在殺了我，變成了我的模樣，你難道就真的認爲是天衣無縫，沒有任何破綻了嗎？」劉邦聽得雖然心驚，但他的思維依然清晰，一連串提出了幾個問題。

這固然是存在他心裡的懸疑，但劉邦的真正用意，是在拖延時間，只要等到張良回來，他未必就沒有一線生機。

紀空手好像並沒有識破他的伎倆，抑或是被這勝利的快感沖昏了頭腦，竟然微微一笑，道：「今晚是大年三十，一個喜慶的日子。到了明天，登龍圖寶藏就要重見天日，真可謂是好事成雙，喜事連連。在這樣的日子裡，誰又會想到他們的漢王再也不是原來的漢王，而是由另一個人替代？就算有人發現了一些蛛絲馬跡，心中生疑，我還設了一個局，包管一到明日，他們心中的這些懷疑都會煙消雲散，轉而盡心爲我賣命。」

「你還設了一個局？」劉邦驚道。

「是的，但是，你卻再也沒有機會看到了，因爲，這個局本就不是爲你所設。」紀空手冷然道。他抬起手來，在銅鐘上輕敲了一下，道：「至於你提的第二個問題，其實很簡單。這無妄咒種入人體，倘若沒有誘音來誘發它，它是根本不可能發作的。我知道你一向是一個心細如絲的人，所以故意拿了一根香以吸引你的注意力。而真正能誘發無妄咒的人，她早就藏在這銅鐘內，當我的手輕敲銅鐘時，只是在故意掩飾她所發出的一種聲音。」

劉邦的眼中顯出一絲驚異，搖了搖頭道：「這絕不可能，這銅鐘裡若是藏有人，我怎麼會毫無察覺呢？」

「這就叫做天要絕你！」紀空手冷笑一聲道：「你太興奮了，所以你的注意力全部都放在我的身上，又怎麼會去洞察其他的事情呢？而且，這大鐘寺早在你的大軍控制之下，你壓根兒就不相信會有人藏於這裡。」

紀空手敲了一下銅鐘，便聽「噹……」地一聲輕響，彷彿盪起一陣回音。

劉邦的臉色霍然一變，這一次，他分明聽清這細微的回音之中，似乎帶著一種玄奧而動聽的旋律，如針般刺入自己的耳膜，滲入到自己的經脈之中。強烈的痛感頓生，令他的背上全被冷汗濕透。

「你本該問一問，這銅鐘裡的人是誰？她又是怎樣藏到銅鐘裡的？」紀空手雙掌貼住銅鐘，陡然發力，便見這千斤之重的銅鐘現出一道半尺高的縫，一條人影飄然而出，身姿婀娜，服飾淡雅，正是紅顏。

這問題的確是劉邦此刻最想問的問題，可是，他卻最終沒有開口。

他已不必問，當他看到殿門驟然一開，張良帶著另一個人步入殿中時，他的心裡已經明白了一切。

跟在張良身後的人竟是陳平！

如果還有比一個胳膊肘往外拐更讓人傷心的事，那就是兩個胳膊肘都往外拐。就在剛才，劉邦還一直視紀空手與張良為自己的左右臂膀，卻沒有想到他們竟是最大的臥底。

此時的劉邦感到的不是絕望，而是孤獨。

他不能自抑地深深歎了一口氣，道：「我已無話可說，我能在霸上之後崛起於天下，功在子房，想不到今日滅我之人，也是子房。」

張良淡淡一笑道：「要我助你崛起於天下的人和要我滅你的人，他們都是同一個人，那就是我的恩師，以六藝聞名天下的五音先生！我只是他老人家座下的鑄、盜、棋、劍、兵五大弟子之中的兵者，今日能手刃你這個奸賊，總算是可以為他老人家報仇了。」

他說到最後一句，臉色一變，已是咬牙切齒，伸手拔刀。

劉邦緩緩地抬起頭來，臉上顯得十分平靜，道：「原來如此。我一直以為你是為我在打天下，如此盡心盡力，以至於我才會對你信任有加，想不到你卻是借我的手，為紀空手在打天下，這真是報應。」

「這的確是報應，這只因為，你總是在利用人為己所用。到頭來，你所辛辛苦苦做的一切都是為他人作嫁衣裳，這的確可悲。」紀空手冷冷地道，他的手裡已多了一把七寸飛刀。

劉邦的目光與紀空手的厲芒在虛空中交錯，兩人都沒有再說話，只是靜靜地看著對方。

劉邦表現得如此平靜，這的確超出了紀空手的意料之外。

在紀空手的想像中，劉邦不僅應該為眼前發生的一切感到憤怒，更應該為此感到絕望。但讓紀空手感到驚詫的是，劉邦的臉上既沒有憤怒，也沒有絕望的表情，宛若一潭深不見底的死水，讓人根本無法測度。

整個主殿早已籠罩在一片肅殺之中，空氣裡到處洋溢著一種仇恨的氣息，除了劉邦之外，每一個人的眼睛裡都綻射出一股殺氣，就連嬌媚如花的紅顏，也不例外。

劉邦不愧為王者，臨到死時，依然還能這般鎮定，當紀空手的飛刀緩緩抬起之時，劉邦居然閉上了眼睛。

這一細微的動作讓紀空手感到了一絲疑惑，他在心裡問著自己：「難道說在這種絕境之下，他還能反擊？」

他驀然間想到了趙高，想到了趙高臨死前所爆發的百無一忌，那可怕的一幕至今還深刻在他的記憶之中。

無論是趙高的百無一忌，還是劉邦的有容乃大，都是這世界上最霸道的武功，沒看到他們倒下的最後一刻，誰又能肯定他們中的任何一位就必輸無疑呢？

紀空手的心沈了下來，刀還在向前延伸，而他的玄鐵龜異力已盡數提至於掌心，隨時準備應付著劉邦的最後一擊。

就在這時，劉邦的臉上露出一絲淡淡的笑意。當笑意綻開的剎那，他的眼睛又重新睜開，那眸子裡露出的那股傲然之氣，彷彿他又找到了王者的自信。

「哈哈哈……」他陡然間爆發出一陣狂笑，就像是一頭關在牢籠之中的困獸，帶有幾分神經質一般，半晌之後，才漸漸收聲，冷然道：「不可否認，你的確是一位百年不遇的奇才，但是，你還是太高估了自己，低估了別人，我承認，我今天是敗在了你的手裡，然而，你們若想要我的命，只怕並沒有你想像中的那麼容易！」

「是嗎？」紀空手的眼睛亮得便像是暗夜中的那一輪明月，閃爍著堅決而狂熱的厲芒，有如臨世的魔神，渾身上下透發出一股驚人的殺意。

「你可以不信，但是我不得不告訴你，只要你踏前一步，就是同歸於盡的結局！」劉邦冷笑一聲，手已按在了劍柄之上。

紀空手的臉色在這一刻竟顯得異常平靜，靜得有幾分可怕，當劉邦狂笑之時，他就似料算到了有容乃大一定會與百無一忌一樣，可以用生命來突破自己的身體極限，達到在瞬間爆發的目的。

也就是說，劉邦的話絕不是一句恐嚇，而是一個無情的事實，無妄咒可以控制經脈流向，卻不能駕馭中咒者的思想，無論是哪一種霸道的武功，它可以讓人死，卻不能讓人不去死，所以，只要劉邦願意，他隨時都可以讓有容乃大再現於世，代價就是他自己的生命。

主殿內頓時形成了一個僵持之局！

第七章　魔門秘令

冒頓單于能夠一統大漠南北，蒙爾赤親王與他的十萬鐵騎可謂功不可沒，但是當冒頓單于屢次舉兵南侵時，蒙爾赤親王卻藉故大軍休整，退回封地，沒有追隨。

這一舉動在當時的匈奴之中，引起了不小的轟動，就連一向對蒙爾赤親王十分器重的冒頓單于也頗有困惑，他卻不知，蒙爾赤親王如此做，只是爲了守住當年他的一句承諾。

二十年前，蒙爾赤那時並不是親王，只是一個部落首領。他受命於魔門秘令，與十八名魔門高手埋伏蓋蘭山口，去截殺一位從中原遠道而來的高人，經過一番血戰之後，他成了那一代中唯一的倖存者。

他之所以沒死，是因爲那位高人正要一劍刺向他的咽喉之時，突然從他的身後傳來了一段悠遠而寧靜的笛音，那笛音之中蕩漾出一種平和深邃的意境，令那位高人輕歎一聲，終於收劍入鞘，黯然離去。

那位高人就是衛三公子，他來到大漠，是爲了魔門的一部不傳之秘——《無間訣》！

相傳《無間訣》中，記載了一種神奇的心法，與問天樓的有容乃大有異曲同工之妙，當時五閥爭霸江湖，雖然衛三公子憑有容乃大一式在五閥中不落下風，但他深知自己要想獨霸江湖，就必須要有創新，於是，他把目光盯上了《無間訣》。

他自以爲自己的行蹤十分隱秘，想不到人還未入魔門重地，就遭到了魔門十九名高手的攔截，更讓他感到不可思議的是那一段奇怪的笛音，此音一出，讓他最終不得不放棄《無間訣》的奢望。

能以一段笛音讓衛三公子這等豪閥知難而退之人，當然只有五音先生。

蒙爾赤得於五音先生援手而逃生，自然感恩不盡，所謂受人點滴之恩，當湧泉相報，蒙爾赤身爲有血性的男兒，更是覺得做人本當如此，所以當即應諾，日後若有得勢之時，絕不踏足中原。

正因爲有這種淵源，所以，當他收到紅顏的一封親筆信函和五音先生當年所佩的一件信物之後，立馬從十萬鐵騎之中挑選出千名匈奴勇士，組成一支最精銳的隊伍，趕到雙旗店，與知音亭中人會合，布下了天羅地網，專等衛三少爺與影子戰士的到來。

由於蒙爾赤親王的匈奴勇士們打了個時間差，所以當突襲開始時，那些影子戰士幾乎沒有反應過來，就遭到了匈奴鐵騎最無情的打擊。雖然影子戰士中不乏有真正的高手，但面對數倍於己的匈奴勇士，他們也是回天乏術，經歷了一場慘烈之戰後，影子軍團最終全軍覆沒。

當衛三少爺從蒙爾赤親王口中知道了這個消息之後，一股悲憤之情頓時湧上心頭，想到自己數十年的心血毀於一役，他雖然沒有親眼看到這個場面，卻能感到這一戰的慘烈。

此時的他，面對兩大高手的出手，似乎已經完全處在了絕境之中，他更擔心的是，遠在數千里之外的劉邦。

既然張良、龍賡已經背叛了劉邦，那麼劉邦的安危也就成了問題，可惜的是，他已無法趕回。

他的確是無法生還了，他現在唯一能做的，就是讓自己的敵人付出代價，絕對是非常慘痛的代價。否則，他就是連死都難以瞑目。

雪在飛舞，在每一個人的身體四周形成股股氣旋，北風忽至，只是增加了這種旋動的狂野，使得虛空中的一切變得動感無限。

當衛三少爺的臉色驟變之時，龍賡站在他們身後，最先感受到了衛三少爺那種背水一戰所迫發出來的壓力。那種令人窒息的感覺，讓他們的血液在壓迫之下漸漸膨脹，幾欲爆裂。

這種仿若高山大海般的氣勢，對於龍賡來說，似乎並不陌生。這種唯有絕頂高手才具有的氣勢，他也同樣擁有，因爲，他的劍術雖然出自五音先生，卻已然超越了五音先生，所以，他也是劍道大家，更是絕頂高手。

當這兩種近乎相同的氣勢在他與衛三少爺之間的這段距離湧動、翻滾、碰撞之時，蒙爾赤親王與他的隨從同樣感受到了這種可怕的壓力。

他們的確沒有想到，處在兩大高手夾擊之間的衛三少爺還能如此可怕，那種自精神上侵襲而來的壓力如洪流般襲至他們的心頭，令他們的心在這一刻間不可抑制地微微震顫。

倒是衛三少爺的臉色，顯得平靜起來，紅潮剛過，代之的是一片煞白，但蒙爾赤親王卻深知，這是爆發前的徵兆。

「我一定會讓你們爲自己所做的一切付出代價！」衛三少爺的話說得很淡，但誰都聽出了那話中帶出的一股狠勁，近乎於歇斯底里。

龍賡的劍鋒依然抵在衛三少爺的背心大穴之上，既沒有進，也沒有退，只是仍如山嶽挺立，讓自己的氣勢隨意瘋漲，淡淡而道：「我相信你能做到，因爲你還有一式有容乃大！」

「既然知道，你還敢與我同歸於盡？」衛三少爺有些驚訝，雖然對龍賡的態度感到有幾分困惑。

「這是沒有選擇的事情！」龍賡的眼神裡閃出一絲堅定，更閃出一股無畏的勇氣道：「無論如何，我都想賭上一賭，看自己是否能夠從你的有容乃大下生還？」

「很好！我一定不會讓你失望的！」衛三少爺笑得有些苦澀，便在這時，他手中的劍驀生龍吟，劍身微顫，發出一股流光溢彩的電流，充滿了冷肅的殺意。

他的臉色一動不動，但他腳下的積雪在飛速旋動，捲起若狂龍般的沙塵，向四周疾湧、狂瀉，當這一切變得極爲瘋狂時，劍已出，如孩童隨意刺出的一劍。

只有一劍，簡單而直接，讓人感受不到它的任何玄奧之處，但龍賡與蒙爾赤親王的臉色卻陡然俱變，因爲，他們看出了這一劍中藏有極不簡單的內涵，蘊含著無窮的玄機，只要需要，它可以隨時隨時地發生裂變，發出一連串妙到毫巔的攻勢。

這種感覺進入到龍賡的意識中，猶如刀刻般深刻，那是因爲在他的心裡，已經有了一把劍。

心劍已出，卻沒有驀入虛空而不見。

就連已生必死之心的衛三少爺，看到龍賡這已臻化境的劍，也禁不住爲之動容。

劍在何處？誰也不知！只知道這虛空裡到處都充斥著劍氣，這一劍的風情，已在每一個人的想像之中。

殺機彌漫了整個荒原！

「呀……」衛三少爺暴喝一聲，就在聲起的剎那，他的劍已不在，手中緊握的是一道耀眼的光芒。

光芒如電，閃耀在虛空中的每一寸空間，每一寸空間都扭曲出詭異的幻影，構成了一種沈重的基調，構建了一幅虛幻玄奇的畫面。

這如虛似幻的畫面在不斷地閃爍，變換著不同的影像，濃重的色彩加深著每一個畫面的背景，幻生出煉獄中種種罪惡的故事，出現在每一個人的眼裡。

「嘶……嘶……」光影閃動間，懾人的劍氣發出驚人的裂帛之音，隨著每一個畫面的裂變，讓人感受到了一種戰的淒美，鬥的慘烈。

劍光幻成了一團巨大的光雲，吞噬了衛三少爺也吞噬了龍賡，人已不在，唯有劍在，漫天的劍影如巨龍攪浪，掀起了一道又一道狂猛而疾速的氣旋，沖激得滿地的積雪層層疊疊地向後飛退。

所有的人都把心懸了起來，就連蒙爾赤親王握刀的手，也已滲出了涔涔冷汗，在一種高度緊張的狀態下等待著這無法預測的結果。

這的確是一場讓人無法測度的戰局，就像是龍虎相爭，無法算定是龍降伏了虎，還是虎降伏了龍，這或許本身就是沒有勝利者的戰局，從一動手，就注定了是同歸於盡。

所有的人都在擔心，更在期待，全神貫注著這團幻變無窮的光雲……

「轟……」

一聲如驚雷乍起的暴響，生於光團的深處，環繞在這光團四周的飛雪，突然間爆裂開來，形成了一股瘋狂若癲的颶風，擾亂了眾人的視線。

天地一片昏蝕，維繫了一瞬的時間。

當劍氣消寂，光芒俱滅之時，在兩丈之間，現出了兩道如長槍傲立的黑影，衣袂飄飄，劍指蒼天，那種無視於天地的氣勢，讓人感受到唯有王者才擁有的至尊風範。

這一戰已經結束了，只是誰也看不懂這一戰的輸贏，誰勝誰負，根本無法從這兩張平靜得讓人心驚的臉龐中斷定。

龍賡的劍已成斷劍，凜厲的劍鋒已然不見，就像是任何事情都沒有發生過一般，這兩人彷佛又回到了最初的起點，又回到了僵持的狀態之中。

靜默於天地之間，兩大高手的對決，莫非真的只能換來同歸於盡的局面。

是勝是負，已不重要！是生是死，反倒成了所有人最關心的話題。

然而，蒙爾赤親王知道，無論是衛三少爺，還是龍賡，他們都沒有死，他們在虛空中相互凝視，相互交錯的厲芒證明了他們都還活著，雖然他們的身體一動不動，猶如千年傲立的雕塑，但虛空中那種沈沈的壓力依然證明著他們的生命在延續著。

生命在延續，只是無人曉得還能延續多久。

衛三少爺的劍，完好無缺，依然以一種極美的姿勢握劍，一聲歎息之後，他終於開口：「你是怎麼想到用這種方式來破解有容乃大的？」

此話一出，蒙爾赤親王的心頭一鬆，這一句話至少證明了一個事實，龍賡破去了衛三少爺的有容乃大，雖然他不知道這之中到底發生了什麼，但這已然是一個不爭的事實。

「你不該問我！」龍賡的眼睛清澈而透明，淡淡而道：「真正能破去有容乃大的是他！」

龍賡的目光望向蒙爾赤親王！

龍賡的話不僅讓衛三少爺感到詫異，就連蒙爾赤親王自己也感到有幾分糊塗。

「我不信！」衛三少爺以一種疑惑的目光看著蒙爾赤親王，搖了搖頭道。

「二十年前，衛三公子孤身來到魔門，是爲了魔門的《無間訣》，你可想到，以衛三公子的武功，他又何必覬覦於別門別派的秘決，其中難道就沒有一點隱情嗎？」龍賡冷然而道。

「隱情？」衛三少爺很是詫異，他對二十年前的這段往事並不陌生，卻不知道衛三公子爲什麼會在那個時候孤身一人前往魔門。

「是的，他真正的用意，是因爲在魔門的武學中，有一種心法正是有容乃大的剋星，普天之下，知道這個秘密的只有兩個人，除了衛三公子之外，就是五音先生，所以衛三公子並不想張揚出去，而是想悄然將這種心法從《無間訣》中抹去！」龍賡緩緩而道。

衛三少爺不由大吃一驚，忍不住望向蒙爾赤親王，而蒙爾赤親王的神情並不比他好多少，同樣爲龍賡的話感到驚訝。

龍賡並不因爲這兩人的眼神感到意外，反而意態悠然地道：「正因爲有了蒙爾赤親王的這種心法，所以在你還未使出有容乃大之前，你的氣機就出現了一絲縫隙，這縫隙之小，連你自己也未必能夠發覺，但卻足以讓你致命！」

他頓了一頓道：「有容乃大，在於能容萬事萬物，可是當這種『容器』本身出現了問題時，它還能包容什麼，所以，你不出手則已，一旦出手，必死無疑！」

他這一句話剛剛落地，便見衛三少爺的臉上一陣扭曲，整個身體就像是一隻泄了氣的皮球，突然收縮成團，小了數倍體積。

眾人吃驚之下，紛紛後退，而龍賡一動不動，人在夜色之中，手中的斷劍依然斜立。

那種蒼茫的氣勢，有一種傲然的韻味，他驀見寒風乍起，從四方襲來，而他卻沒有做出任何的動作，只是冷冷地看著不斷變形的衛三少爺在眼前急速地飛旋。

「轟……」當這種飛旋達到了某種極限之後，突然向四方暴裂開來，那種狂野的氣勢，掀起了地上的積雪，如浪席捲，遮迷了每一個人的視線。

「問天樓從此完了，這三個字，已在江湖除名！」說這句話的時候，龍賡的臉上並沒有勝利者的喜悅，反而多了一絲落寞的味道。

遙遠的無邊，終於現出了一線紅霞。

天，快亮了！

◆

劉邦的目光猶如寧靜的深潭，不起一點波瀾，卻讓人感到一種從未有過的寒意，他的目光所到之處，紀空手、張良、陳平、紅顏都忍不住感到了一絲沈重的壓力！

沈悶的僵局，只維繫了半柱香的時間。
就在這時，在搖曳不定的燭火映照下，劉邦的臉色變得一片赤紅，是那麼的詭秘，那麼的驚人，令紀空手等人無不後退一步。
這大殿的空間在剎那之間彷彿變成了一個深不見底的黑洞，產生出一股巨大的吸力，使得這空間中竟然無風自動。
動的不是風，也不是空氣，而是孕育在沈悶空間中的萬千暗流。
此刻的劉邦就像是來自地界之下的神魔，目光冷寒，所到之處，那空氣都彷彿凝聚。
他的手緩緩地抬起，雙手互動劃弧，似乎在劃動出一個無形的大圓，那弧線之外，沒有一絲的動靜，就在紀空手感受莫名心驚之時，卻聽得那大鐘裡面發出一陣怪異的回音。
那鐘聲彷如佛唱，悠遠而寧靜，似乎深入到一個廣漠無邊的蒼穹，而這蒼穹之中，帶出一股未知卻驚人的力量，彷彿要穿透人的思想，進入人心。
「難道這就是那有容乃大？」紀空手的臉色霍然生變，此時的他就彷彿置身在一座浪峰的中心，從四面八方奔湧而來的勁氣一如那凌厲生寒的鋒刃，彷彿要摧毀自己更要摧毀這空間裡的一切。
在一剎那間，紀空手甚至有一種窒息的感覺，就在他忍無可忍之時，就在他全身的勁氣行將爆發的那一剎那，他突然感到周身所承受的壓力就像是流瀉的洪水，或如潮退，竟然消失得無影無蹤。
天地又歸於一片寧靜，僵局也由此再現，但這僵局卻因紀空手一絲淡淡的笑意而打破。
「這是否就是傳說中的有容乃大？」紀空手深深地吸了一口氣，直盯向臉上一片煞白的劉邦。

劉邦的眼中一片漠然，傲然道：「不錯！面對如此神功，你是否有破解之道？」

紀空手低下頭來，沈吟半晌，這才緩緩而道：「我不知道，但是我有一種預感，只要你我出手，就只能是同歸於盡的結局！」

劉邦深深地看了紀空手一眼，長歎一聲，已是一臉默然。

「你絕不會選擇同歸於盡，如果你想與我同歸於盡，你就不是衛三公子的兒子，更不是問天樓這一代的閥主劉邦！」紀空手的眼芒似乎是一支堅錐，可以洞穿一切事情的表面，去追尋事件的本質。

「你真的是這麼看我？」劉邦的目光裡似有一分驚訝，顯然爲紀空手表現出來的平靜感到震驚。

「如果現在擺在你面前的路還有選擇的話，你也許還會拚個你死我活，但若是同歸於盡，你我都死了，那麼誰去爭霸天下？誰去完成你心中的復國大業呢？」紀空手冷笑一聲道。

劉邦緊緊地盯著紀空手，良久才輕輕歎息一聲道：「知我者非你莫屬，可惜的是，你是我的敵人，而不是朋友，不錯，如果真的可能同歸於盡的話，我寧願死，也要讓你我之間有一個人活下來，去完成復國大業，因爲就算是你去爭霸天下，你也只能用我劉邦之名，這是一個你無法改變的東西！」

他所說的是一個不爭的事實，就算劉邦死了，紀空手得以取而代之，他若要想憑藉這漢王之威，引領這數十萬漢軍爭霸天下，就必須以劉邦的身分出現。

紀空手淡淡地一笑道：「本人爲何不能以你的身分出現呢？想你衛氏本就是春秋七大姓之一，你作爲衛國的後裔，可以爲復國放棄自己的真名實姓，而我紀空手自小無父無母，連我自己都不知道自己姓甚名誰，我爲何不能棄『紀』姓『劉』！」

他深深地看了劉邦一眼，沈聲問道：「我是誰？我只是淮陰城中一個流浪的孤兒，我或許姓『紀』，或許姓『李』，我連我父母都不知道是誰，我爲何就不能姓『劉』呢？姓名只是一個人的代號，關鍵還是要看人的本身，既然爭霸天下是你我共同的願望，那麼姓『紀』姓『劉』又有什麼區別呢？」

劉邦的眼中綻放出一種淡淡的色彩，微微一笑道：「你能這麼想，我很高興，只要我衛國真的能完成復國大計，我死而無憾！」

「如果我所料不差，你對這種結局似乎早有預見，否則，在忘情湖上，你就不會和我談起有關呂雉的事！」紀空手看著劉邦寧靜而深邃的表情，陡然間靈光一現道。

「哈哈哈……」劉邦大笑三聲道：「紀空手不愧是紀空手，你能看到這一點，就足以證明我沒有看錯你。」

兩人相視而笑，這一笑間沒有任何的敵意，倒像是久別重逢的友人初見時那會心的一笑。沒有人知道他們到底在笑什麼，但誰都可以看出劉邦臉上那如釋重負的表情。

「既然如此，我可以再問你一句。」紀空手道。

「請！」劉邦道。

「我的兒子，他在哪兒？」紀空手深深地看了劉邦一眼道。

「你的兒子？」劉邦的臉上露出一股詫異之色，搖了搖頭道：「我不知道！」

紀空手的心陡然一沈，他相信人之將死，其言也善，此時此刻的劉邦絕對不會說謊，那麼虞姬母子又是落在誰的手裡？

便在這時，劉邦臉上的那股淡淡的笑意忽然僵住，仿若冰封，他的眼睛依然是那麼明亮，但那眸子本身的色澤卻在一點一點地黯淡……

「呂……呂雉……聽香榭……」劉邦近乎掙扎地說了一句很是莫名的話。

紀空手的臉色卻是一片肅然，凝視良久，方才輕輕地歎息一聲。

他知道劉邦已經死了，一代漢王、身爲問天樓豪閥的劉邦，竟然就這樣悄然離開了人世。

沒有人可以打倒他，就連紀空手也不例外，他只是死在他自己的手上。他以一種非常高明的手法自絕經脈，用這種平和的方式結束了自己的生命。

這是別無選擇的一個選擇，對他來說，也許就是最正確的選擇。有容乃大既然可以包容這世上的一切，當然也可以包容他自己的生命。

不可否認的是，他的死更像是一個謎，在他臨死之前，他又留下了另一個懸念，知道這個謎底的人普天之下唯有紀空手。

夜依然靜寂，依然可以聽到幾聲稀疏的爆竹聲在半空中響起，抬頭望向窗外，紀空手彷彿捕捉到了一串禮花在夜幕中留下的最後一刻輝煌。

他緩緩地走到劉邦身前，大手撫過他未瞑的眼睛，沈聲道：「爭霸天下的確是你我共同的心願，唯一不同的是，你看重的是結果，我看重的卻是過程，所以，你我絕不是同一類人！」

◆

還是在這個子夜，還是在這個大鐘寺的主殿之內。

當紀空手扮成劉邦出現在眾人面前的時候，無論是張良、陳平、還是紅顏，幾乎都不敢相信自己的眼睛，如果他們不是親眼目睹了劉邦的死亡，打死他們也不會相信這是紀空手所扮。

無論是神態舉止，還是動作聲音，整形過後的紀空手與劉邦都如出一轍，誰都可以看出，在這段時日裡紀空手的確花費了不少心思。

隨著劉邦的死去，紀空手的「另闢蹊徑，取而代之」的計劃總算有了一個好的結果，但他卻感受到，這只是一個開始，又或是另一個起步，爭霸天下的過程遠比他所想像的更加艱難。

「十萬大軍已經進駐了忘情湖畔，只等漢王一聲令下，大秦寶藏便可重見天日，盡歸漢王！」張良顯得極是謙恭，微微一笑道。

「漢王？」紀空手怔了一怔，陡然間才感覺到自己此刻所扮演的角色，不禁啞然失笑。

「公子認為這很可笑嗎？」張良一臉肅然道。

「你若不提醒我，我的確忘了我此刻已是劉邦！」紀空手微微一笑道。

「在這個世界上，有些事情可以忘，有些事情是絕對不能忘記的，當你忘記了它的時候，你所付出的代價也許就是你的一切！」張良一字一句地緩緩而道。

「多虧子房提醒，本王受教了！」紀空手正色道。

他踱了幾步，猛然回頭道：「你們難道一點都不覺得奇怪嗎？以劉邦的性情而言，何以會死得這般平靜！」

這是留在每一個人心頭上的疑問，當紀空手提出來的時候，每一個人都將目光投射在他的身上。是的，這的確很讓人奇怪，就算劉邦不想與紀空手同歸於盡，至少他還有搏的機會。

「其實紅顏剛查過他的屍體，他並不是中了無妄咒而死。而是身中一種慢性劇毒，被紅顏梵音震動其心脈，而使毒性突發。所以，他根本發不出有容乃大。」紀空手若有所思地道。

在場的每一個人無不大吃一驚，顯然紀空手所說的已經超出了他們的想像。

「何以我一點都看不出來呢？他與師父交手，怎可能沒中無妄咒？」張良的眼中露出了一絲狐疑。

「這個我也不明白，可能他早發覺已經化解，也或者當初先生沒有將無妄咒中於他的身上。」紀空手道。

張良的眼睛陡然一亮道：「你是否以爲正因爲劉邦發現自己已經中毒，遭受了別人的暗算，所以才會將呂雉的事情告訴於你。」

「是的！的確如此！」紀空手道。

「如果說真的有人下毒，以劉邦的性格，怎會任人擺布？」張良道。

「也許連劉邦自己也不敢相信，下毒的人竟會是她，所以他才會中毒在前。等到他發現自己中毒之後，還沒來得及找她算帳，我們已經動手了！」紀空手淡淡地道。

「你莫非認爲下毒之人竟是呂雉？」張良驚問道。

「不是認爲，事實就是如此！」紀空手道。

這是一個大膽而合乎情理的推斷，只有當這個推斷成立時，劉邦異乎尋常的表現才能有一個合理的解釋。

——劉邦之所以連搏的機會都沒有，不僅是因爲他周圍全是高手，更主要的一點是他身受呂雉所下的隱性之毒。

——當他發現自己身中劇毒之時，人已到了上庸，而此時，他終於覺察到呂雉的用心所在，爲了不至於讓呂雉的陰謀得逞，所以，他才會在看似不經意的情況下，將呂雉的背景透露給紀空手與張良。

——他已覺察到自己身中劇毒，憑他的經驗，他自認爲已回天乏術，在這種情況下，當紀空手欲取而代之時，其實這正中他的下懷。

劉邦之死，其實是一種雙贏，正因爲如此，他才會死得那麼平靜，當紀空手將這種推斷公之於眾時，無論是張良、陳平，還是紅顏，他們都覺得這的確是最合理的解釋。

問題在於呂雉的聽香榭究竟有多大的勢力，它所滲透的範圍究竟有多大，對紀空手來說，聽香榭既爲江湖五大豪閥之一，其實力自然不容低估，呂雉的出現表明，當劉邦這個強勁的對手倒下之時，一個潛在的強敵已然浮出了水面。

而紀空手現在心中所想的是，呂雉是怎樣讓謹慎小心的劉邦身中隱性之毒的，雖然他無法知道這個問題的答案，但是他至少可以斷定一點，那就是呂雉既然不在劉邦的身邊，那麼在劉邦的周圍，一定安插有聽香榭的臥底。

此人會是誰呢？

紀空手與張良相視一眼，淡淡而道：「看來即使是身爲漢王的劉邦，也並非如我想像中叱咤風雲，飛揚跋扈，你在劉邦身邊已有些時日，以你的眼光，你看會是何人所爲？」

張良沈吟半晌，搖了搖頭道：「劉邦此人城府甚深，他即使視我爲心腹，也並非什麼事情都會向我徵詢，在一些重大的事情上，他總是習慣留上一手，不過，能在劉邦身上下毒之人，必是劉邦的親信，像這樣的人並沒有幾個，只要稍加留意，未必不能將其找出！」

「的確如此！劉邦的親信中除了子房之外，蕭何、曹參、周勃、樊噲，以及衛三少爺，都是他最忠心的死黨，也只有這幾個人才具備下毒的條件，看來，要想找出躲在暗處的呂雉，就必須從這幾個人身上著手。」紀空手沈聲道。

「那麼我們現在應該怎麼辦？」張良望向紀空手道。

紀空手的臉上泛出一絲自信的笑容，道：「只要過了明日，我是兵來將擋，水來土淹，不管是誰，只要影響到我爭霸天下，他的下場就注定會與劉邦一樣！」

主殿之內出現了一種自然恬靜的氛圍，與紀空手此時的心境是有幾分格格不入，便在此時，紅顏幽然歎道：「我現在所擔心的倒是虞姬母子，他們既然落入呂雉之手，那麼他們現在何處？」

紀空手的心頭一顫，良久沒有說話。

◆

在荒原之上，欣賞日出，是一種美的享受，那種不沾雜質的優雅與跳動彷彿詮釋著生命的輪迴，當人處在朝陽的光環之中，看那揚上半空的沙塵，龍賡的心裡因此多了一種失落。

蒙爾赤親王與他的上千鐵蹄如一陣旋風般遠去，留下的是一排排清晰分明的蹄印，在龍賡的身後，李世九和他的幾位知音亭朋友帶著一臉的風塵，又似有幾分悠然和輕鬆。

龍賡並沒有任何輕鬆的感覺，事實上，他的直覺告訴他，從他一到雙旗店開始，一股似有若無的危機就一直縈繞著他，根本沒有一點消失的跡象，而這與荒原上所發生的一切並無太大的關係，就算衛三少爺在使出有容乃大的那一刻，也沒有讓龍賡感到過任何的恐懼，不過，倒是這看不見的、潛在的危機讓他有步步心驚的感覺。

大自然所賦於人類的威脅雖然防不勝防，但比起人類所帶來的威脅，它卻是微不足道的。

龍賡帶著李世九他們沿來路而回，走了數個時辰，終於來到了一片廣漠的沼澤叢林，敵人一直都沒有出現，這使得龍賡的心頭顯得異常的壓抑和沈重。

眼前險惡的地形讓龍賡靈光一現，他已決定主動出擊，因爲只有主動出擊，他才可以緩解這股一直追隨著自己的危機和壓力。

「穿過這片沼澤，再有三天的路程，我們就可以走出南勒哈草原。」龍賡仔細地察看著手中的地圖道。

「三天實在不算是太長的日子，熬過了這三天，我們就又可以喝酒賭錢了！」李世九笑了笑道。

「但是直覺告訴我，這三天並非如你所想像的那麼輕鬆，也許，這是決定你我生死的三天！」龍賡肅然道。

李世九詫異地看了一眼龍賡道：「方圓百里之內，渺無人煙，地勢雖然險惡，但對我們這些武道中人來說，實在算不上什麼兇險，即使這沼澤中存在著凶獸與猛禽，牠們也只是我們裹腹的美食罷了！」

龍賡搖了搖頭，道：「對我們來說，最可怕的動物不是猛禽，也不是凶獸，而是同類，我的直覺告訴我，有人正在跟蹤我們！」

李世九大吃一驚，回頭張望了一眼，道：「你確定？」

「我不敢肯定，但是我已經感受到了那種危機。」龍賡沈聲道。

當他們進入到叢林深處的時候，在一叢古樹之間，龍賡突然止足，他止足並非是前方無路，而是在他前進的一刹那感覺到一股濃烈的殺氣已經瀰漫在這古樹之間。

林間有風，枝葉輕搖。

隨風而來的，是一股淡淡的氣息，氣息裡潛伏著致命的殺機，讓龍賡感覺到了沈沈的壓力。對龍賡來說，有敵人並不可怕，就算對方全是高手，他也無所畏懼。

他之所以感到可怕，只因爲他根本無法發現敵人身在何方，未知的東西，才是讓人感到恐懼的東西。

他向身後的李世九做了一個手勢，冷笑一聲，大手已經握住劍柄，大步踏前，在不經意間步入兩株古樹的空間裡。

能被稱之爲古樹的，通常都有一定的年輪，密密的枝葉如巨傘般覆蓋在頭頂之上，讓人看不到天，陽光透過枝葉的縫隙進入這片空間，斑斑駁駁，如亂中的影，構成一幅寧靜而詭異的畫面。

如此寧靜的一片空間，又怎會有殺氣存在，難道說這真的只是龍賡的一種幻覺，又或是一種錯覺？

不！

就在這時，一縷光線從中斷裂，從斷裂處爆閃出一道寒芒，以閃電之速爆射向龍賡的眉心。

殺勢如此的突然，完全出乎了龍賡的意料，但是，龍賡絕對是一個高手，高手的直覺和反應，讓他在此刻做出了最正確的選擇。

「呼……」

龍賡對這道寒芒視若無睹，身影陡然而動，在飛退中拔劍，一道美麗的幻弧從他的掌心而生，封住了寒芒的來勢。

「叮……」

這道寒芒雖然突然，但是龍賡的劍絕對不慢，就在這寒芒逼入龍賡兩尺範圍之內，龍賡的劍已然點擊在這道寒芒的鋒芒之上，一道絢爛的火花憑空而生，是那麼的淒美，淒美得讓人心寒。

但這僅僅只是一個開始，當寒芒消隱於枝葉之間時，在龍賡身後的那根古樹樹幹竟兀自爆裂開來，一隻銅鈎由樹幹中驀然而出，直抓向龍賡的背心大穴。

這銅鈎出手之妙，角度之精，顯示著它的主人絕對是一個精於偷襲的高手，單是這出手的時機，足已證明一切。

龍賡根本就沒有時間考慮，他要做的就是必須出手，他的身體陡然一伏，劍鋒反手上撩，從一個任何人都意想不到的角度劃向了那樹幹的中心。

樹幹爆裂成片，如一蓬飛雨攪亂了寧靜的虛空。

「轟……」

亂雨之中，一條人影竄入空中，穩穩地落在龍賡的身前。

龍賡冷眼望去，陡然一驚，他怎麼也沒有想到伏擊自己的竟然是「聲色犬馬」中的馬使者，這之所以出乎龍賡的意料之外，是因為「聲色犬馬」一向是劉邦所倚重的殺手，如果說他們一直是跟在自己之後，那麼自己設局殺掉衛三少爺的一幕就全然落入了他們的眼中。

這當然不是龍賡所期望的結局，如果龍賡還想回到紀空手所扮的劉邦身邊，那麼他就絕不能讓「聲色犬馬」中的任何一個人活著逃出這片沼澤。

現在的問題是「聲色犬馬」既是一個殺手的組合，那麼其他的人呢？

就在龍賡沈吟的一剎那，馬使者已經揮出了他的銅鈎，銅鈎如初一的新月，撒射出一片寒芒，直奔龍賡的面門而來。

如此強悍的殺勢，已不容龍賡有任何的猶豫，他的眼眸裡陡然湧起前所未有的殺機，整個身體踏前一步，劍出！

他以獨有的方式出劍，劍走偏鋒，一股肅寒的霸殺之氣仿如一把巨扇，籠罩了周邊三丈範圍，枝葉、泥石……在這剎那之間變得狂野，暗影湧動，推動狂潮無數。

空間陡然變得黯淡，猶如暴風雨來臨的前兆。

當龍賡的劍漫入虛空之時，劍鋒破入虛空的切口，陡然而裂，拉開一個深邃而無底的黑洞，驀然一股內斂之力，吸納著這虛空中的萬千氣流。

當劍身再進時，劍身兩邊劃出兩道飛旋的飂風。

每一寸虛空之中都存在著無盡的壓力，在這沛然不可禦之的氣勢之下，試問有誰能敵？

第八章　天地交合

馬使者臉色陡變，他只有退，因爲他從來都沒有遇到過如此可怕的劍手，就算他鼓足勇氣，企圖迎擊這瘋狂的劍氣，卻被這如山嶽般緩緩推移的壓力擠得喘不過氣。

龍賡即生殺心，當然不容他抽身而退，劍鋒一顫間，他的劍以更快的速度截斷了馬使者後退的空間。

這是什麼樣的劍法？此劍又達到了何種境界？這簡直令馬使者不敢想像，他無法控制自己面對這一劍的驚駭，但他卻並沒有慌亂，因爲他知道，龍賡的每一步逼近，其實都是在向他們所設好的一個陷阱而去。

當龍賡的劍擠入馬使者的三尺範圍之內，就在這時，狂風乍起，光影暴動，如巨傘般的枝葉整體下墜，以天塌之勢覆向龍賡的身影。

這絕不可怕，可怕的是，在這巨傘之中，暗藏著一條大紅的綢帶和一支黝黑的鐵爪，以夾擊之勢分襲向龍賡的腰間，夾擊的角度之妙，仿若絕境，根本不容龍賡從容進退。

龍賡驚，驚的是除了這夾擊的綢帶與鐵爪之外，馬使者的銅鈎已然旋回，以電芒之勢襲向自己的眉心。

三道殺氣互爲犄角，構成一個絕殺之局，在這絕殺之外，還有聲使者那挾著隱隱風雷的巨錘。

正當所有人以爲龍賡必死之際，恰恰此時，龍賡一聲沈嘯，有若龍吟，在聲起的剎那，他以快得不可思議的速度和刁鑽的角度，幻出了一片光影。

光影閃動間，龍賡的整個身形已然消失於這片光影之中，不留一絲痕跡。

劍既不在，人定無蹤。

一切都成了一種抽象的東西，那種未知，那種恐怖的感覺就猶如做了一場噩夢。

當劍已不再是劍的時候，這一劍的風情已然達到了一種常人無法想像的境界。

劍不在，劍氣猶在，那層層疊疊的劍氣，便似一道巨大的漩渦，自光影的中心向四周擴散，所到之處便連空氣都被絞得一片混亂。

沒有一個人不驚悸於這一劍的殺勢，就連已成的殺局也被這一劍絞得支離破碎，不復存在。

「轟……」

若巨鐘之音的一聲爆響，在古樹上空回盪，隨著這勁氣的爆裂，數條人影如浮游在風中的紙鳶向後跌飛。

當「聲色犬馬」四大使者強壓下翻湧的氣血，再向那光影的中心望去時，光影俱滅，龍賡如一道山樑橫亙於他們的面前。

他們顯然沒有想到，龍賡竟然如此的可怕，一招失算，使得先機盡失，當他們重新面對龍賡的時候，他們還不敢相信，剛才的一切竟然是活生生的現實。

此時，李世九他們已然圍了上來，與龍賡遙相呼應，反對「聲色犬馬」四大使者形成夾擊。

對於龍賡來說，他之所以沒有立馬追擊，並不是因爲他對「聲色犬馬」四大使者有所忌憚，而是因爲在他出劍的一剎那，他感到在自己的身邊，仍然潛藏著某種危機，而這種潛在的危機時隱若現，透著一種強大的精神力量。

以龍賡的直覺，這種危機絕非來自「聲色犬馬」四大使者，而是另有其人。

「沒想到出手襲擊我的人竟然是你們！」龍賡的眼芒橫掃「聲色犬馬」四大使者的臉上，突然而道。

「聲色犬馬」四大使者不由一怔，旋即馬使者冷然一笑道：「這並不值得驚訝，其實我們懷疑你已經很久了！」

「是嗎？這麼說來劉邦對我早已起了疑心，所以才會派你們四人暗中監視於我！」龍賡淡淡一笑，沈吟片刻，搖了搖頭道：「不！如果事實真是如此，衛三少爺的影子軍團就不會全軍覆沒！」

「你說的的確沒錯！」馬使者的臉上不禁露出得意之色道：「劉邦雖然貴爲漢王，但是在我們的眼裡，他也只不過是一個可以利用的工具。」

此話一出，龍賡的臉上閃出一絲詫異之色，道：「我是不是聽錯了，難道你們並非問天樓的人？」

「你沒有說錯，我們的確不是問天樓的人，我們之所以藏身在劉邦的王府之中，只不過因爲我家主人與劉邦的一個約定。」馬使者淡然而道。

「你家主人？」龍賡的眼中閃過一絲亮麗的色彩，深深地看了馬使者一眼道：「江湖之上除了五閥之外，難道還有一股勢力竟然能淩駕於五閥之上？」

「這是不可能的！」馬使者笑了笑道：「江湖上既有五閥之稱，那麼除了項羽的流雲齋、趙高的入世閣、劉邦的問天樓，以及你的知音亭外，當然就不會少了我們的聽香榭！」

「聽香榭？」龍賡的心裡驀生一股驚奇，更讓他感到不解的是，何以馬使者會認為知音亭竟是他的，他的腦海裡驀然閃現出一個問題，難道說他們竟然把自己當成了紀空手？

這並非沒有可能，當龍賡崛起江湖之時，正是紀空手淡出江湖之際，這時間看上去雖然是一種巧合，但正是這種巧合，反而給人另外一種懸疑。

「其實你已經沒有必要知道這些了，不管你的劍法有多麼的高深，不管你是龍賡還是紀空手，這些對於我們來說都已不重要了，重要的是，你很難活著走出這片沼澤。」馬使者在說這句話的時候，臉上密布殺氣，雖然他們的偷襲並沒有占到一絲的便宜，但是他的口氣依然有著一種自信。

「如此說來，我豈非死定了！」龍賡笑了一笑，口氣不無揶揄的味道。

「是的！你的確死定了！」馬使者自牙縫間迸出這幾個字，冷得讓這空氣都為之一滯。

龍賡不再說話，只是緩緩地將自己的目光落在「聲色犬馬」四大使者的臉上，其眼芒之寒，猶如兩道鋒刃。的確，正如馬使者所說，此時此刻自己所關心的事情不該太多，而是應該考慮經過這一戰之後，自己是否還能活著。

所以，他只有殺人。

只有將敵人打倒在地，才能將自己的生存建立於別人的死亡之上，這是江湖的法則，更是一句至理，龍賡堅信。

「聲色犬馬」四大使者在這一剎那感覺到虛空中陡生變化，彷彿有一股熱力輻射而來，與心中那種至寒的感覺形成鮮明的反差，這種熱力是那般的熾熱，來自於龍賡身上迫發出的氣息。

這是一種什麼樣的氣勢，沒有人知道，四大使者卻從中感覺到了一種恐懼，彷彿此時的龍賡便成了一個吞噬一切的黑洞，生機俱滅，取而代之的，是一股讓人魂飛魄散的死氣。

散灑一地的草木竟然在片刻之間枯焦，在這死氣的籠罩之下，古樹的樹皮發出一陣「劈哩啪啦」的爆響，裂出一道道斑駁猙獰的裂紋。

「幸好在這個世界上並沒有絕對的事情！」龍賡淡淡地一笑，而他的眼睛在這一剎那變得空洞而深邃，猶如暗黑之夜的兩顆寒星，拉出一段距離，讓這種距離產生一種虛無的精神空間，牽引著每一個盯著它的人，進入一個玄之又玄的境地。

「聲色犬馬」四大使者爲之心悸，就因爲龍賡這句看似不經意的話語，充斥著一種讓人不可逆轉的力量，猶如枷鎖緊緊地束縛住他們每一個人的心神，他們同時相視一眼，面對龍賡這霸烈無匹的氣勢，他們已經無法繼續等待下去，對於他們來說，也許出手才是最大的解脫。

龍賡卻不動如山，面對數大高手聯手的攻擊，竟然視若無睹，顯得那麼冷靜，那麼沈穩，猶如大山蟄伏，殺氣盡藏其中。

古樹無風自動，惡戰在即，這將又是一種怎樣的結局？

張良與陳平已率十萬大軍進駐了忘情湖周邊地區，一切都已就緒，只等天亮時分，掘寶行動就將開始。

◆

登高可以望遠，當紀空手擁著紅顏登上山巔之上，眼前卻是一片暗黑，因爲此時依然還是子夜，風寒露重，迷濛之間，依稀可辨忘情湖畔的點點星火。

紀空手抬眼望向深邃的蒼穹，臉上似有一股落寞，他的心中並沒有大計將成的亢奮與得意，與劉邦之間的對決竟然以這種結果收場，這讓他感到一種難以抑制的失落。

他一直在想像著自己與劉邦的對決會是怎樣的一副場景，無論他的思維有多麼的活躍，他都沒有想過最終的結局會是如此。

山風吹來，他忍不住打了一個寒顫。

「你冷嗎？」紅顏柔聲道，她的眼裡流露出無盡的愛意，仿如情人的小手撫在紀空手剛毅的臉龐之上。

「我冷嗎？」紀空手喃喃而道。她這一句話驀然將紀空手從深思中驚醒，當他感受著身邊充滿青春的生命和動人的血肉時，他的心裡竟然湧出一股深深的歉意。

在一刹那間，當他的思緒放飛之時，他竟然無視紅顏的存在，這對紀空手來說，簡直是一種無可想像的罪過，他一直視紅顏與虞姬爲自己生命中的一部分，無視紅顏的存在，就是無視自己的生命，難道說經歷了這些時日的分離，他變了，再也不是以前的自己？

當這種念頭在紀空手的腦海中一閃而過之時，他的心裡漫捲出一股莫大的恐懼，他沒有說話，只是緊緊地將紅顏摟在懷裡，去感受著那因激動和興奮而不住抖顫的嬌軀帶給自己的激情……

「在我們分離的那段日子裡，我不感到冷，只感到寂寞，每當夜深人靜的時候，我都想著你的笑靨，去感受你的溫情，企盼著和你重逢的那一刻，當這一刻來臨之時，我已決定絕不放過！」紀空手微微一笑，以一種男人的力度將紅顏攔腰抱起，輕放在古松之下的一方巨岩之上。

紅顏的俏臉陡然一紅，耳根發燙，臉上雖然帶著一股淡淡的羞意，卻用盡渾身的力氣緊緊地摟住紀空手道：「你縱是想放過，我也不依，我已經一刻都等不及了，這些天來，我飽受思念你的痛苦，日思夜想，都是爲了這一刻的重逢。」

美人如此恩重，令紀空手更加感到愧疚，他實在沒有想到，紅顏對自己的愛會是如此之深，當自己把紅顏視作自己生命中不可分割的一部分之時，紅顏卻把自己視作了她生命中的全部。

他以一種溫柔的方式親吻著紅顏修美的粉頸，當他的嘴唇觸碰到她渾圓嬌嫩的耳珠，紅顏似乎完全融化在他的情挑之中，檀口發出一陣令人銷魂蝕骨的輕嚶。

聽著紅顏連連嬌喘之聲，紀空手心裡驀起一股亢奮，用強有力的身軀緊緊地壓在紅顏動人的肉體之上，毫無保留，緊貼一處……

◆

夜是如此的靜寂，洋溢著一股讓人耳熱的春情，當紀空手吻上紅顏的香唇之上，紅顏再也忍不住嚶嚀一聲，粉嫩的玉臂緊纏在紀空手的腰間，狂野的反應著，有如一條曼妙扭動的蛇。

紀空手絕非是急色之人，他之所以表現得如此衝動，一來是因爲他對紅顏的愛出自真心，所謂「小別勝新婚」，經歷了短暫的分離之後，他對紅顏誘人無比的肉體產生了一種近乎本能的衝動，更重要的是，他已經洞察到了自己內心深處的一點反常，他希望能夠在紅顏的身上找回迷失的自己。

所有相思換來的苦楚，都在這一刻間得以彌補，此時的兩人都已深陷情熱之中，渾然忘我，在紀空手的挑逗之下，紅顏的心裡驀生出一股情慾的烈焰，彷彿要將自己融化其中。

當一切衣物離開了紅顏那羊脂白玉般的美麗胴體，紀空手心中一顫，神思飛揚，彷彿又回到了他們之間的初夜。

「如此放縱，你不會怪我吧？」紀空手湊在她的耳邊道。

紅顏無力地掙開她那滿是春情的秀眸，搖了搖頭，喘息著道：「我既是你的女人，唯君擺佈！」

紀空手露出他精壯完美、充滿力度的身體，再也沒有猶豫，以一種霸烈之勢壓在她的胴體之上，當肉體之間形成這種最親密的接觸時，立刻使這對情熱的男女互相感到了對方幾達沸點的熱度。

以天爲被，以地爲床。在這大山之巔，兩人以回歸自然的方式詮釋著人心深處最原始的激情，只有在這一刻，紅顏已不再是淑女，在紀空手的身下，她更像是一匹瘋狂的烈馬，在紀空手這種富有經驗的騎手駕馭之下，開始向性愛的高潮發起一次又一次的衝鋒。

「哧……」

一道閃電劃過天際，讓這暗黑之夜恍如白晝，在這強光照耀下，紀空手騰身而起，精壯的背肌油光閃爍，充滿著亢奮的力度，他以一種近乎瘋狂的動作托住紅顏的腰肢，讓紅顏那兩條修美滑膩的美腿緊緊的夾住他的腰腹，在飛速中旋轉，旋轉……

長髮飛飄，紅顏仰起的螓首一片酡紅，那眼中流出的亢奮與癡迷，仿如一幅永不磨滅的畫面，深深地刻在了紀空手的記憶之中。

電芒之後，一片暗黑，虛無的空間裡迴盪著兩道粗濁的呼吸聲，好似雙龍合體，天地交合，噴礴而出的流水在陣陣撞止之下，引發了天邊那一道驚雷。

「劈啪——」

驚雷乍起，雷動九天之上，一聲顫美而充實的嬌呼驀起，更在這雷聲之上。

雷電俱沒，雲收雨散，當這一幕狂野消失於這山巔之上，天地彷彿又歸於平靜。

高潮之後的男女相擁而臥，手腳互纏，紅顏的俏臉緊貼在紀空手堅實的胸膛之上，淋漓的香汗仿如玉珠般滲出她那雪白的肌膚，是那麼地富有動感，就如她剛才的那一番狂放，她的臉上露出一種甜美而幸福的美態，清純至極，讓紀空手深深地感覺到紅顏對自己是如斯的愛戀，如斯的至誠！

紀空手親撫著紅顏那如雲的秀髮，微微一笑道：「好累，我真的好累，只要是和你在一起，我情願一直這樣下去，累死也無憾！」

紅顏身軀一顫，她的柔荑輕輕堵在紀空手的嘴上，搖頭道：「我不許你說這個字！」

「生與死對我來說其實並不重要，我所看重的是，在我有生的每一天裡都有真愛，都能與自己心愛的人朝夕相處，此生足矣！」紀空手滿含深情地道。

「可惜的是，相聚太短，轉眼間你我又要分離！」紅顏幽然一歎道。

紀空手微微一笑道：「短暫的分離是爲了更長久的相聚，若非是先生的遺願，天下在我眼中還不敵你和虞姬！」

紅顏的臉色驟然一暗，不無擔心地道：「你一定要答應我，要讓虞姬母子平安地回來，否則我今生永難安寧。」

紀空手將紅顏摟入懷裡，深吸一口氣道：「這不怪你，這其實就是命，我原本從不相信這天下還有命理之說，可是，當我從淮陰城的一個小無賴一步一步地走上今天的道路，這其中的坎坎坷坷、機緣巧合，讓我感覺到在我的背後，有一雙命運的大手在無形之中推動著我，根本就不因我的意志而轉移！」

他仰望這無盡的蒼穹，暗黑的空間遮迷了他的視線，他意欲去尋找這命運之手，可是他什麼也沒有找到，一切依然還是未知，依然還是無法揣度，但紀空手的臉上卻驀生一股堅定的神情。

◆

風有些淒迷，渲染著這段空間，有如地獄般的死寂。

虛空中彌漫著的不僅僅是那濃濃的殺氣，更有一種讓人發自內心的悲情與衝動，在這一剎那間，天地一片寧靜，當靜到極處之時，四條人影同時起動，湧動著如浪潮一般強勁無比的勁氣，使得這呼嘯而過的寒風更加狂野。

龍賡一聲冷哼，眼神中爆射出一道強勁的殺機，劍自掌中而出，讓這片天空一片淒迷，這一劍的風情無法以任何語言來形容，劍鋒所到之處，虛空頓成一片亂局，亂得沒有章法，沒有一絲頭緒。

當這一切亂至極限時，龍賡已消失在這片亂影之中，沒有人看到龍賡的身影，他是化作了一道虛無，還是他的本身融入了這亂影之中，沒有人可以回答這問題。

「聲色犬馬」四大使者無不一驚，但是他們雖驚而不亂，事實上，他們對龍賡的劍法早有測度，就像一個早已設計好的程式，他們在必須面對的同時，都將傾力出擊，他們必須這樣，他們都是久經殺場的高手，知道最後的防守就是進攻，因此，他們不想死得太快的話，他們就必須出擊，瘋狂的出擊。

但在他們進入虛空之際，同時感覺到了這種亂影所帶來的要命的氣勁，這種氣勁隨著劍鋒的攪動不斷地向外衍生，產生出一種巨大的吸納之力，幾欲讓他們的兵器脫手而出。

這的確是一件讓人感到非常恐懼的事，這種感覺就像是掉進一個如漩渦般的冰窖，周身毫無著力之處，當你的身體慢慢下陷的時候，一點點的讓你品嘗著死亡來臨的滋味。

天地之間唯有一片蒼茫，蒼茫之中構成了一股死亡的威脅，虛空中到處都是無數的勁氣在交織飛旋，猶如一種輪迴，一種運動，永無休止，永無停歇。

「轟……」

這一聲勁流交擊的響聲就像是憑空而生的炸雷，顯得極爲清脆，極爲空蕩，更像是遠山古剎中的一聲鐘響，讓人有靈魂超度的感覺。

人影一閃即分，伴隨著幾聲悶哼，人影從亂局中彈射而出，迷茫的虛空中飛濺出點點紅斑，猶如雪地中的梅花，讓人有一種心悸的衝動。

風已變得寧靜了許多，已經不是先前的那種狂野，但是，那橫亙於虛空中凄厲的色調，卻變得更濃，更有一種歇斯底里的味道。

「聲色犬馬」四人的臉色變得難看起來，他們的眼中似有一股不敢相信的神情，他們的嘴角邊上，滲出縷縷血跡。

但更讓他們感到不可思議的是，龍賡的身子就在他們前方的三丈處單膝跪地，以劍拄地，整個人仿如篩糠般抖索，就像是殘風中搖擺的柳條，有一種說不出來的虛弱。

難道在剛才的交手中，龍賡所受的重創遠比「聲色犬馬」更重？如果不是，他何以會變得這種模樣！

在這一刹那間，龍賡靜立在這寒風之中，一動未動，「聲色犬馬」望了望他，只猶豫了一下，馬使者最先衝出。

他們雖然不明白這其中到底發生了什麼事情，但憑他們的經驗，卻知道這是一個絕好的機會。可是當馬使者衝出一半之時，他竟發現面前突然多出了一個人，而這個人就是李世九。

當李世九的劍橫在胸前之時，誰也不可否認，他是一個高手，因爲他是知音亭中劍廬的弟子，當年龍賡追隨五音先生學劍之時，他就是龍賡身邊的一個劍童。

一個每天都與劍打交道的人，耳濡目染的都是劍道高手的心得，他對劍道的造詣，絕對不會下於江湖中那些一般的高手，在他的眼裡，他已將龍賡視作半個主人，他又怎能看著龍賡死於他人手中？

李世九的出現只能讓馬使者止步，無論是李世九手中的劍還是他出現時所用的身法，都足以讓馬使者感到一種威脅，更明白欲速則不達的道理，眼見自己錯失了這樣絕好的機會，馬使者狠狠地瞪了李世九一眼，他的眼裡不僅充滿了憤怒，更充滿了對李世九所表現出來的身手而感到驚奇。

隨著李世九上前的是那幾名高麗人，當他們靠近龍賡之時，龍賡如古松傲立的身形，這才緩緩地倒在了他們的攙扶之中。

李世九靜立時的那種氣勢，雖然不如龍賡那般有霸氣，也不如龍賡那麼瀟灑，但他的一舉一動、舉手投足都渾然透出高手的風範，這是誰也不可否認的事實，特別是他那雙寒芒四射的眼睛，更具有一種不怒而威的震懾力。

「你是誰？」馬使者驚詫地問道。

雖然他非常清楚李世九與龍賡是同路人，但是他卻無法知道李世九真正的底細。

「我就是我！」李世九冷笑了一聲道：「只要你們踏前一步，有任何的異動，我就是你們的敵人！」

馬使者冷冷地道：「其實我們已經是敵人，難道你們不是一路的人嗎？」

李世九搖了搖頭道：「雖然我們是一路人，但各自的目標不同，所以我們認識的方式也有所不同，只要你們不步步緊逼，我的劍就不會從鞘中跳出！」

「你不覺得此時此刻，連你自己也已經是自身難保了嗎？」馬使者有些不屑一顧地道。

「那只是你的狂妄之詞，更是你過分的自信！」李世九淡淡而道：「在這個世界上，在這個江湖，有很多人總是感覺良好，可是當他們面對事實的時候，他們才會發現，現實遠比他們想像中的兇險、艱難，如果你不相信，你大可以試試看！」

他話落之時，大手已經緊緊地握在了劍柄之上，一聲近似於無的龍吟，從劍鞘中嗡嗡而出，猶如一根細細的長線，跳入虛空。

「你以爲就憑你這幾句話我就怕了你？」馬使者冷眼望向傲然而立的李世九，沈聲而道。

「至少，我絕不怕你！」李世九淡淡一笑道。

一縷陽光從枝葉之間透出，照在李世九寧靜的臉上，臉上那股濃濃的殺機在光線的晃動之下，泛出一絲異樣的淒紅。

當年，五音先生以六藝聞名天下，盛年之時，歸隱江湖，爲了不使自己的絕藝從此失傳，所以收了鑄、兵、道、劍、棋五大弟子，並爲他們各自結廬，在每一個廬舍裡，都爲他們配備了四個童子，而李世九便是龍賡劍廬裡的四大童子之首。

這是他與龍賡七年之後的再次重逢，他一直以爲以龍賡的劍法，對付「聲色犬馬」四大使者，縱然不羸，也絕對不會輸到哪裡去，但眼前所發生的一切，卻讓李世九大吃一驚，難道說在這七年之中，龍賡對劍道的領悟居然不進反退？還是龍賡的受傷另有隱情？

無論是一個怎樣的結果，龍賡既然已經倒下，李世九就沒有理由不站出來，因爲他是劍廬的童子，他就有責任捍衛劍廬的榮譽，更有責任捍衛五音先生那不世的聲名！

當那縷陽光斜灑在李世九的瞳孔之上，他的眸子裡驀然射出一股不經意的殺機，眼神變得異常鋒銳，就像是兩道劃過空際的電芒，橫掃在馬使者的臉上。

馬使者微微一驚，但他卻沒有任何退避的意思，他有他的自信，他所自信的就是他手中的銅鈎，當銅鉤在手之時，在他的心裡，始終湧動著一種殺人的衝動，在他認爲，殺人其實就是一種享受。

他之所以顯得這般自信，只是因爲他此時已身在局中，在局外的那三名使者卻在李世九這橫掃的眼芒中讀出了一種危機的存在。

危機的來源出自於李世九橫在胸前的劍鞘……

劍出鞘身三分，那三分亮麗如虹的劍身湧動出一股讓人無法測度的殺意，比呼嘯而過的寒風更野，比枝葉攪動出的亂影更有動感，更有層次。

當他的劍完全出鞘之後，他的人已化成了一抹淡影，淡影隱藏在劍芒之後，而劍芒伴隨著他的一聲長嘯而生。

在場的每一個人都感到了這柄劍的威脅和殺機，更感到了那種深透人心的寒意，此時的李世九之所以可怕，就在於他出劍絕不是爲了自己，而是爲了一個「道」——他畢生所追求的一種劍道。

馬使者冷然一笑，笑未出口，銅鉤漫入虛空，發出一陣深沈的低吟。

那是破空之聲，猶如鋒刃掠過錦帛發出的破裂之聲，聲起之時，那勾影沾染上一種妖異的色彩，帶出一股濃濃的血腥之氣。

「聲色犬馬」本就是一個殺手的組合，一個閱歷豐富的殺手，他手中的兇器所經過的殺戮自然同他的閱歷一樣豐富，所以他的銅鉤不僅注滿殺意，更有一種狠辣。

李世九的眼神陡然一亮，就像那月夜下的寒星，盯注著銅鉤最亮的一點，然而鎖定，再也挪移。

他在等待！等待這銅鉤的逼近，只有當銅鉤進入到他預料的位置，他才會出手，因爲既然劍出，就絕不容情，他希望給對手以最致命的打擊。

不動則已，一動則石破天驚，李世九之所以遲遲不動，還有一個最主要的原因，那就是他希望自己的同伴能在自己的掩護之下，將龍賡救出這片沼澤。

這種成功的機率會有多大？他不知道，他只知道他努力了，自然也就問心無愧，即使以自己的生命作爲代價，他也毫無怨言。

「哧……」

就在銅鈎切入他三尺範圍之內，李世九暴喝一聲，陡然出劍，他的劍並沒有迎擊銅鈎而去，而是以一種匪夷所思的角度刺向了馬使者的手腕。

他似乎很懂得搏殺的要領，所以一出手，就讓馬使者感到了一種難受，就像一個琴師在彈奏他最得意的一首曲子之時，卻聽到了一個更夫「梆梆」地敲起了更鼓。

馬使者一聲悶哼，眼角閃出一絲驚詫，他似乎沒有想到對方竟會如此的強悍，只不過，他已經沒有任何考慮的時間了。

「噹……」

一聲爆響，馬使者的身形急退之下，用銅鈎勾住了李世九襲來的劍鋒，他只感到手背一振，還沒等他回過神來，那彈開的劍鋒一振之下，幻化萬千劍影，照他當頭劈來。

劍以刀劈之勢出現，可見李世九對劍道的領悟已經超出了劍的範疇，劍過處，那飛湧的氣旋彷彿被一股無形的力量向兩邊而分，而劍從中疾走，如飛龍般橫行虛空。

「快退！」

色使者一聲驚呼，她顯然看出了這一劍的厲害，綢帶飄起，如少女的相思意欲纏上李世九這霸烈的劍體。

李世九並不感到詫異，反而這一切早在他的意料之中，他的劍遠比別人想像中的快，眼看綢帶就要纏上他劍體的剎那，卻突然繃緊，猶如調音之後的琴弦。

這是因爲虛空中驀然多出了一隻手，這隻手來得這般突然，這般不可思議，就好像他早就算定了這綢帶會出現一樣，竟然一把抓在手中。

這是李世九的手，而他另一隻手上的劍閃爍著如流水般狂奔的弧線，一改角度，沿著綢帶奔襲向色使者胸前的那兩座肉峰。

第九章　大漢天下

色使者心中驀生一股驚駭，顯然沒有想到李世九竟會改變目標，將矛頭指向自己，其實不僅是她，在場的每一個人都沒有想到，李世九的目標本來就是她。

以李世九的目力和經驗，當他第一眼看到色使者的時候，他就發現了色使者是「聲色犬馬」中最弱的一環，這是因爲她在南鄭長街之戰中曾經受傷，時日相差不遠，她還遠遠沒有恢復到她最佳的狀態。

既然這是一個破綻，李世九就絕對沒有理由放過，雖然色使者的身姿曼妙，風情萬種，兩團肉峰顫巍巍抖動於人前，幾欲讓人噴血，但這還不足以遮迷李世九的眼睛。

「呼……」

劍鋒所帶來的殺氣，猶如橫生的颶風，令色使者花容失色，隨著緊綳的綢帶飛速地縮短，他的眼裡陡現李世九充滿殺氣的臉龐，那種無情，猶如煞神般恐怖，使得色使者的心不由自主地顫了幾顫。

對李世九來說，這已足夠，這一顫的時間已足以讓他的劍刺入色使者的胸膛。

「呀……」一聲嬌呼，色使者的人如斷線的風箏向後跌飛，在玉體經過的空間，噴灑出一道凄豔而赤紅的血綢。

死者已逝，對於生者來說，這絕對是慘澹而恐怖的一幕。

然而，李世九絲毫沒有感覺到一絲得意，就在他轉身之際，他已感到了三道殺氣從不同的角度以電芒之勢迫向自己。

這三道殺氣互為犄角，帶有一種必殺之勢，無論從哪個角度來看，李世九似乎都死定了。

在這個世界上，在三百六十五行中，據說最大方的人就是做殺手這一行的，他們往往施捨給對方的是無情的殺招，而從來不求回報。對於李世九的這種回報，他們當然不與笑納，而以更無情的方式回敬過去。

◆

還是在那座山巔之上，紅顏已悄然離去，只有紀空手依然雙手背負，抬眼望天，彷彿在思索著什麼。

也不知過了多久，當一輪紅日破雲而出，紀空手的身影如一杆傲立的長槍，站立在片片紅霞之下，那陽光構成的一道巨大的光環，將他罩在其中，彷若佛光。

在這一刻間，他氣度沈凝，臉現微笑，從容不迫，卻有君臨天下的威儀。

一陣腳步聲臨近，紀空手沒有回頭，卻聽出是張良發出的聲音。

「你來了！」紀空手微微一笑道。

「一切俱已就緒，就等漢王發令了！」張良恭聲而道。

在他的身後，有一百名剽悍有力的軍士，列成五隊，每一隊中，都擎著一根高達十丈的旗杆，旗杆之上，裹卷著五種不同顏色的旗幟。

「這是什麼？」紀空手回過頭來，臉上露出一絲詫異，問道。

張良淡淡一笑道：「這是旗語，當這五種不同顏色的旗幟以不同的方式組合在一起的時候，它可以表達一種意思，當然，這旗語是在雙方事先約定的情況下才能生效，當你的命令發出時，就完全可以利用這五種不同的大旗，來表達你的意思！」

紀空手道：「你遠比我想像中的聰明！」

張良道：「這並不是我憑空想像出來的玩意，其實在兵家之道中，旗語只是傳遞資訊的一種方式，在不同的地形環境之下，通過號角、鼓聲同樣可以傳遞出不同的資訊，這些都是有史爲證的，我只不過是照搬前人的做法而已！」

紀空手笑了一笑，不再說話，而是放眼望著腳下的忘情湖，湖水流動的聲音隱隱傳來，而一層薄薄的霧氣猶如一道輕紗蒙罩在忘情湖上，時隱時現，恰似一個神秘的女人。

透過這層薄薄的霧氣，紀空手依稀可以看到，十萬大軍已經列隊有序，各守要津，在他的眼中，仿如螞蟻，這的確如張良所說，一切已經就緒。

「可以開始了嗎？」張良道。

「再等一等！當霧氣散盡時，取寶就可以開始了！」紀空手沈聲道。

風起雲動，雲散之際，紅日已然高照，當霧氣散盡之時，紀空手充滿力度的大手猛然向前一揮，在他的身後，「唰——」地一聲，五杆大旗同時張開，臨風招展。

在張良調度之下，五杆大旗在百名軍士的手中交錯而行，瞬間之後，便聽得腳下一聲轟響，十萬人同時發出一聲吼叫，以作呼應，其聲之烈，驚天動地。

取寶行動在眾人翹首以盼之下，終於拉開了序幕。

紀空手放眼望去，只見十萬人在旗語的調動之下，井然有序地展開了行動。

「以你的測算，這兩條入湖的溪河斷流需多久時間？」紀空手道。

「半個時辰足矣！」張良自信地道：「引水的渠道早在昨夜已經完成，只要掘開溪河與渠道之間相連的泥石，半個時辰之後，這兩條溪河之水就會改道而流，再也不會注入這忘情湖中！」

「那就是說，再過三個時辰，這登龍圖寶藏就會浮出水面，重見天日？」紀空手淡淡而道。

張良的眼中閃現出一種莫名的神情，壓低嗓聲道：「難道說這登龍圖寶藏確有其事？」

「子房何以有這種懷疑？」紀空手也壓低聲音道，他的臉上露出一絲莫名的笑意。

「這只是我的一個直覺！」張良沈聲道。

紀空手深深地看了他一眼，顧左右而言他道：「你喜不喜歡看戲？」

張良怔了一怔道：「你何以會問這個問題？」

紀空手緩緩而道：「不管你喜不喜歡看戲，接下來的這一齣戲一定是你今生所見最精彩的一場大戲！」

「空城計？」張良陡然間靈光一現道。

「你只說對了一半，如果只是一個空城計，那我就不是紀空手，而真的是漢王劉邦！」紀空手笑了笑，他的眉間流露出一股強大的自信。

不可否認，張良敢以兵者自居，他的心機與智計，都遠在常人之上。

可是，當他與紀空手同在一起的時候，他居然無法領悟紀空手言語的玄機，更不能測度紀空手心中所想，每每到了這個時候，張良都在想：「我是應該感到悲哀，還是應該感到高興，值得慶幸的是，我不是他的敵人，而是他的朋友，這已足矣！」

這似乎是一個神話，更是一個奇蹟，當紀空手崛起於江湖之時，他似乎就以他的智慧和運氣在書寫著一個個不朽的傳奇。

此時的忘情湖正在一點點地消退，在眾人的注目之下，湖水形成一股暗流，旋轉著向湖心中一個巨大的漩渦旋聚而去，去勢之疾，轟然有聲，蔚爲奇景，讓人歎爲觀止。

當水勢降到一半之時，一個孤島浮現水面，島頂平滑，如一面巨大的石壁，水流嘩嘩而下，當水跡盡滅之時，在頂壁之上浮現出一個巨大的「大」字，如刀削斧劈一般充滿力度，縱是在山巔之上，也清晰可見。

「大？」張良低呼一聲，顯得極是驚奇，當他的目光投向紀空手的臉上時，卻見紀空手的臉上露出一絲胸有成竹的自信。

張良正想出言相詢，卻聽紀空手沈聲而道：「你無須問，再看下去，答案自明！」

張良沈吟片刻，微微一笑道：「我突然想起一段故事，是有關於劉邦的，當他在沛縣起事之時，在義軍之中，流傳著一個『赤龍帝君』的傳說，莫非你今天的所爲正是仿效他當日的用心！」

紀空手回過頭來，看了他一眼，道：「你可知道關於『赤龍帝君』的傳說是出自何人之口？」

「難道是你不成？」張良詫異地看著他道。

「不錯！正是區區在下！」紀空手微笑而道。

「那麼我敢肯定，你一定又在造勢，又在演繹一段神話！」張良的眼中倏然一亮，心中湧動著一股亢奮的情緒，他不得不承認，紀空手此計之妙，妙絕天下。

隨著湖水的下落，當第二個孤島現出之時，所有的人都平息靜氣，目瞪湖面，因爲他們眼中所見的，竟然是一個「漢」字。

「大漢……」當每一個人的心中都閃現出這兩個字的時候，心裡都驀生一股玄奇的感覺，因爲他們懂得，大漢的建立只是近一兩年的事情，而忘情湖的出現卻早在始皇在位之時，沒有人可以預知未來，出現這樣的事情只能歸於一種神蹟。

在一片譁然聲中，有人已然下膝而跪，他們將所見的一切都視作是一種天意，當湖水沿著湖底的暗流消失殆盡之時，只見四個大字赫然現於湖底——「大」「漢」「天」「下」！

這是一個誰也想像不到的結果，這忘情湖底竟然根本就沒有所謂的登龍圖寶藏，有的只是這仿如神仙手筆的四個大字，但這已經足以讓每一個人感到心驚，感到震撼。

天地在這一刻間歸於寧靜，在不自禁中，十萬軍士紛紛跪了下來，眼睛裡充滿著激動的淚水，當這十萬雙眼睛同時望向那高山之巔的傲然身影，但見那魁偉的身軀雄立在那太陽之中，有一種雄霸天下、不可一世的霸氣。

旗幟翻動間，張良趁機叫了起來：「大漢天下，實乃天意，萬歲萬歲萬萬歲……」

此音未落，山腳下的歡呼聲如潮水般漲落起伏，引起山谷共鳴，十萬人沸騰起來，氣氛熱烈，幾達極點。

如此驚心動魄的一幕，就連紀空手自己也有所感動。

他已然明白，經歷了這件事情之後，他將被每一個將士視若神明，恍如天人，他以他的智慧將自己送上了一個神壇。

◆

對李世九來說，他的確是身處絕境，無論他從哪個方向突圍，都很難逃過敵人的狙殺。

「呼……」

就在這時，虛空之中幻出一片雲彩，在斑斕的雲彩之中，寒芒暴現，替李世九擋擊了敵人這必殺的一擊。

出手的人當然是李世九的同伴，這幾名高麗人同為劍廬童子，身手當然不弱，可是他們萬萬沒有想到，就在他們出手的同時，一股強大的殺勢自地下破土而出——真正的高手竟然來自地下。

李世九和他的同伴無不大吃一驚，長劍指向地面，拖起一片泥雲，向敵人當頭罩落。

「你們帶著公子快跑！」李世九低喝一聲，他似乎已經意識到了敵人的強大，遠非自己可以抗衡的，在別無選擇的情況之下，他只希望能用自己的生命來換回龍賡與同伴的生還。

「哈哈……」

一聲狂笑驀生空中，然後有人在李世九的身後冷冷而道：「能夠在我幽冥七世手中逃生的人，並非沒有，但絕不會是你們！」

李世九和他的同伴將龍賡圍在中間，這才循聲望去，只見三丈之外，一個四、五十歲的侏儒老人，腳踏樹枝，悠然晃蕩在半空之中，驟然看去，就像一個頑皮的孩童，但如果你真的把他當成一個孩童，那麼後悔的人一定是你。

因爲他的手中有一個大鐵錐，重逾三四十斤，擎在手中，舉重若輕，恍如無物。鐵錐所指之處殺氣漫天，標出壓力無數。

「幽冥七世？」李世九愕然一驚，這是一個非常陌生的名字，對他來說，他還是頭一回聽說，但是此人還未出手，氣勢已是如此霸烈，顯然又非無名之輩。

「難道你連老夫之名都未聽過？那你可真是孤陋寡聞了！」幽冥七世冷哼一聲，顯然爲李世九的無知感到氣憤。

「那你可知道我是誰？」李世九明知自己未必是此人的對手，所以才故意拖延時間，雖然他明白這一手未必有用，不過他知道如果一旦動手，自己只能是死路一條。

「老夫不必知道，我只知道，你將是一個孤魂野鬼，枉死幽魂，你若是能接下老夫的三記鐵錐，老夫可以放你一條生路！」幽冥七世顯然對自己的武功非常自信，所以，他才顯得這般狂妄。

但他的這一句話讓李世九重新看到了一線生機，雖然他不知道這幽冥七世是否言而有信，但對他來說，這無疑是一線希望。

李世九和那幾名劍廬童子相處多年，自然心意相通，他的一個眼神已然讓那幾名劍廬童子知道了他的意圖，他心裡非常清楚，憑他們的實力，要想從這幾名敵人的手中勝出，似乎很難，唯一的生機就是利用幽冥七世的托大，看能不能尋到唯一的生機。

所以，李世九絲毫沒有猶豫，當幽冥七世的話音一落，他的身軀已如狂風直進。

「嘯……」

長劍如雪，劃向半空，他的劍並非對著幽冥七世而去，而是削向了幽冥七世所踏足的那棵樹枝，這無疑是正確的選擇，但他忘了一點，以幽冥七世的身手，又怎能讓他輕易得逞？

「呀……」

幽冥七世暴喝一聲，單手高擎大鐵錐，如山嶽垮塌之勢，迎著李世九的劍芒俯衝而來，剛猛的勁氣在虛空中爆炸，氣流竄動間，顯示著他這一擊是如何的威猛。

李世九不敢硬捍，唯有閃躲，當他的劍與大鐵錐交錯而過時，雖然沒有一丁點接觸，但鐵錐帶出的勁氣依然震得李世九的手臂發麻，長劍幾欲脫手。

「噔噔……」

李世九不由自主地連退兩步，這才站穩身形，當他回身而望時，心裡不由產生一股驚駭，他怎麼也想不到這幽冥七世的內力之強竟然是如斯厲害。

聽香榭中，在閥主之下有七大高手，這七大高手一向藏於暗處，各司其職，少有人知道他們的底細，就連閥主呂雉也從不以姓名相稱，而稱他們爲「幽冥某世」，這「某」之一字以數字相代，以他們的武功高低為序，而這幽冥七世無疑是這七人中最弱的一人，但饒是如此，已足以讓李世九感到頭大。

那幾名劍廬童子正要踏前，已經被「聲犬馬」三大使者從中隔斷。

「這算不算是一招？」李世九苦笑了一聲道。

「算你一招！」幽冥七世斷然道。

李世九深深地吸了一口氣，將全身的勁力陡然提聚於掌心，手腕一震間，劍尖狂顫，手中的劍竟然化作一片幻影，如朵朵蓮花般綻放開來。

這層次分明的劍氣猶如飛瀑而下的流水，向四方席捲，枝葉橫飛，沙石疾射，整個虛空充斥著瘋狂的壓力。

無論這劍氣多麼的洶湧，無論這幻影多麼的淒迷，幽冥七世的眼睛絲毫不為所動，他的眼神綻射出一道鋒銳的寒芒，盯射在自己手中的錐尖之上。

直到劍鋒切入他的三尺範圍之內，他的錐尖才以一種非常簡單卻有效的方式，橫亙在劍鋒所向的前路。

李世九甚至還沒有明白發生了什麼事情，他的手臂一麻，整個人似被一道狂流擊中，身不由己地倒退七步。

他這一退，竟然衝過了「聲犬馬」三位使者布下的防線，退到了那幾名劍廬童子的身邊。

幽冥七世顯然不想再給李世九任何喘息之機，大鐵錐破空而來，隱挾風雷之聲。

李世九彷彿聞到了一股濃濃的死亡氣息，剛才與之硬撼一記，氣血翻湧，經脈已呈混亂之勢，若想再接幽冥七世這驚人的一擊，顯然已是不可能完成的任務。

然而就在此時，他突然感覺到自己的體內注入了一股莫名的勁氣，就仿如一潭乾涸的死水，陡然被注入了一股活水，爆發出無限的生機。

他連想都未想，整個人和劍而出，以精確的角度點擊在那錐尖之上，幽冥七世大驚之下，根本沒有想到李世九竟然還能在這種絕境之中實施這凌厲的反擊。

劍錐交擊間，他的整個人被勁流沖捲而去，一股巨痛頓生，幾欲讓他的大鐵錐脫手而飛，當他的臉再次抬起的時候，臉上全是驚詫莫名的神情。

就連李世九也不敢相信自己手中的劍會有如斯威力，他一怔之間，驀然明白，剛才那股注入自己體內的勁氣，絕非是憑空而生，自然有其源頭所在。

當時在他的身後除了那幾名劍廬童子之外，就只有已然受傷的龍賡，憑那幾位劍廬童子的內力修爲，顯然不可能將他們的功力貫入自己的身體，有這種實力的唯有龍賡。

難道說龍賡的受傷只是一個假像？

這只是李世九的一個猜測，是一個無法證實的猜測，但是不管怎麼樣，他的心裡重新燃起了一股澎湃的戰意，劍斜虛空，直指向數丈之外的幽冥七世。

「聲犬馬」彷彿被李世九剛才那驚人的一劍懾住了，退了一步之後，他們的心裡陡然生出一股莫名的寒意，但真正被李世九剛才那一劍嚇住的人，卻是幽冥七世，因爲他怎麼也想不到，只不過是一瞬的工夫，李世九前後竟然發生了如此之大的變化。

不過，他還是有一種自信，他相信自己的大鐵錐依然可以擊倒對手，所以，他收斂起自己輕敵之心，鄭重其事地將鐵錐緩緩地劃向虛空。

短暫的相峙讓他們感覺到了來自對方身上的那種迫人壓力，幽冥七世並沒有讓這種相峙進行多久，陡然間，他整個身體如皮球般在地上滾動、飛旋，地上的枝葉隨之舞動，凝聚成球，突然爆裂。勁氣飛竄間，他的鐵錐驀然而出，直擊李世九的頭頂，李世九揮劍而迎，轟響之下，他的人影倒飛而出，重重地撞擊在一株古樹之上。

這顯然出乎李世九的預料之外，他一口鮮血噴出，已然遭受重創。

幽冥七世怔了一怔，似乎沒有想到李世九竟會如此不堪一擊，他一步踏上，揮動鐵錐直擊向李世九的胸膛，一股沈沈的死亡氣息漫捲在李世九的心頭，這一次連他自己也已經徹底絕望。

驚呼聲起，李世九緩緩地閉上了自己的眼睛。

然而，當他再次睜開眼睛的時候，他卻沒有死！

幽冥七世的大鐵錐依然在他眼前一尺處，卻已不能再進，因爲在錐尖之上，已然架著一柄長劍，這柄長劍穩定而沈凝，就像是一道厚重的山樑，橫亙於虛空之上，根本不容任何殺氣逾越而過。

而劍的主人竟是龍賡，他傲然而立，臉上悠然而輕鬆，沒有任何受傷的跡象。

他之所以詐傷，是因爲他早就知道在「聲色犬馬」四大使者之外，還有一個絕對的高手在暗中環伺，他不想給此人任何機會，所以，他唯有詐傷來引出這位藏於暗處的高手。

他的表演實在精彩，就連李世九與那幾名劍廬童子都被瞞過，幽冥七世當然也無法看穿這是一個騙局，當龍賡陡然出現之時，幽冥七世除了感到驚駭之外，更先機盡失。

「幽冥七世，這是一個可怕的代號，我曾經聽說過，但是從今天過後，他也許就是一個死人的名字，所以，不管他曾經多麼的可怕，他也會被判官在生死簿上一筆劃去。」龍賡的聲音很冷，他的眼芒更寒，當他盯射在幽冥七世的臉上之時，就連幽冥七世這等高手也感到了一絲驚悸之意。

「你的確聰明，紀空手不愧爲紀空手，你所做的一切連我這種老江湖都被你瞞過，真是佩服至極！」幽冥七世報以一聲冷笑道。

龍賡的臉上驀生一股莫名的笑意，道：「何以你們認定我就是紀空手？」

「難道你不是？」幽冥七世望著龍賡道：「除了紀空手之外，誰還能有這麼精深的武功，這麼超然的智慧？」

「承蒙誇獎，但我的確不是紀空手，而是龍賡，所以當你到了陰間地府之後，再要找人報仇，千萬別找錯了人！」龍賡笑了笑道，眼神中暴射出無窮的殺氣，劍自錐尖彈起，突然沒入虛空。

幽冥七世只覺眼前一片迷亂，視力所達的範圍全是如潮水般湧動的氣流，那虛空之亂，猶如群魔亂舞的地界。

「呀……」

幽冥七世一聲狂喝，手中的大鐵錐若狂龍般攪入這亂影之中。

一切都變得可怕起來，整個空間充斥著無盡的壓力，無數的勁氣在虛空之中交織飛旋，在場的每一個人都在驚退，在驚退中幾如窒息，仿如做了一場噩夢。

劍在狂舞，在不斷地擴張，所到之處彷彿要吞噬所有的生命，劍尖流瀉著大雪崩般的氣勢，好像要掩埋一切。

「轟……」

大鐵錐以狂猛之勢擊在那劍鋒的潮頭，那掀起的巨浪將兩條人影同時淹沒，一聲狂嚎之下，天空中拖出一道燦爛而淒豔的血紅。

血紅蕩起，亂影俱滅，幽冥七世與龍賡相距三丈而立，風過處，一切又歸於寧靜。

無論是「聲犬馬」三名使者，還是李世九和那幾名劍廬童子，誰也沒有看清這一仗的結果，結局究竟如何，唯有當局者方知。

「鏘」地一聲，靜立半晌之後，龍賡才以一種非常優雅而自然的手法還劍入鞘，他的臉上流露出一股淡淡的笑意，也就在此時，「砰」地一聲，幽冥七世和他的大鐵錐一起，這才轟然倒地。

雖然「聲犬馬」三位使者依然活著，但在龍賡的眼中，他們已然死去，因為他相信他身邊這幾位劍廬童子的實力。

◆

十萬大軍簇擁著漢王的九騎王駕，行進在上庸至南鄭的路途之上，「九」字代表最大數，以顯示漢王地位之尊崇。

沿途所至城鎮，萬人空巷，百姓迎城而出，夾道歡呼，以表示對漢王的支持和愛戴。

透過窗簾，眼望王駕之外熱烈的場面，紀空手與張良相視一笑，都為眼前這一切感到一種興奮和激動。

「你可知道我現在最想問的問題是什麼？」張良微笑而道。

「自然是登龍圖寶藏的下落！」紀空手笑了笑道。

「那麼此時此刻你是否能讓我知道答案？」張良眼芒一動，盯在紀空手的臉上。

紀空手沈吟半晌，沈聲道：「登龍圖寶藏確有其事，早在我前往夜郎之前，其實這取寶之道就已然被我破繹，我將取寶之道藏於錦囊之中，交付紅顏，就是爲了在劉邦把注意力放在夜郎之時，動用洞殿的人馬，趁機將寶藏取出，若非如此，田橫又焉能在短短的數月之間，招集舊部，收復部分失地，與項羽的西楚軍形成抗衡之勢！」

張良心中一動道：「那麼湖底所現的那四個大字是怎麼回事？」

紀空手啞然失笑道：「那只是我叫人刻上去的罷了，這種愚人之術，在子房面前不值一提。」

「這一切看上去就像是真的一樣，叫人難辨其真僞，畢竟要想抽乾這百尺深湖，難如登天，誰又能想到這是人爲！」張良嘿嘿笑了一聲道：「大漢天下，只此四字，何止百萬黃金，就算登龍圖寶藏也不敵這四字的價值！」

「你說的一點不錯，我記得先生說過這麼一句話，得民心者得天下，我不過是在百姓之中造出了這麼一個神話，畢竟東征在即，此時此刻最重要的事情就是安撫百姓，鼓舞士氣，若論東征大計，唯有全靠子房！」紀空手真誠地向張良望了一眼道。

張良一臉肅然道：「我只不過是一個手無縛雞之力的秀士，窮讀兵書，略知謀略，說到運籌帷幄之中，決勝於千里之外，我依然有所欠缺！」

「子房過謙了！」紀空手微笑而道：「征戰天下，必用謀略，此乃大計，正是我所欠缺的，如與一人敵，我可挫敗這天下間的任何一個人；若與百萬人敵，我便遠遠不如子房！」

張良肅然道：「真正能夠成就霸業，成爲一代帝王之人，必須牢記這八個字——『知人善任，用人不疑』，更要深諳取捨之道，不爲一時的成敗而影響了全局，我雖不才，但蒙先生教誨多年，對用兵之道略有研究，既受命於先生，自然會略盡綿薄之力，全力輔佐公子，去爭霸天下。」

「子房此話莫非另有所指？」紀空手怔了一怔道。

「是！」張良沈聲道：「要想爭霸天下，絕非是憑你我二人之力可以完成，縱觀以往開國帝君，在他們的身邊都必然有一批卓爾不凡、獨一無二的人才，我在劉邦身邊已有些時日，細細觀察，發現有幾人才堪大用，乃是你建立不世霸業所必須的人才！」

「哦？」紀空手不覺有幾分詫異道：「這倒要向子房請教了！」

「我所說的這第一個人乃是蕭何，劉邦敢以此人爲相，說明他必有獨到之處，此人一生小心謹慎，善於治理國家，若以此人留守巴、蜀、漢中三郡，那麼征戰所需的人力物力將無憂矣！所謂『三軍未動，糧草先行』，東征之事絕非一日可成，一旦形成僵持，那麼此人的重要性就自然突現而出！」張良有條不紊地道。

紀空手沒有想到張良會對蕭何如此看重，微微一怔。

想他當年與蕭何在淮陰河畔初次見面之時，那時的蕭何只是慕容仙手下的一個小小校尉，想不到數年不見，劉邦竟然拜他爲相，就連自己也不得不對他有所倚重，這正應了那句「人不可貌相」的老話！

「那麼這第二個人呢？」紀空手續問道。

「這第二個人就是曹參，此人雖然缺乏謀略，但驍勇善戰，精於戰術，只要指揮得當，他將是爲東征建立首功之人！」張良道。

紀空手曾在沛縣與曹參有過一面之緣，知道此人作戰果敢，能打硬仗，的確是一條好漢！

「而這第三人就是陳平，他與龍賡既爲先生弟子，其忠心自不待言，棋道之人，善於佈局，能夠掌握分寸，而陳平自是這其中的佼佼者，何況他是夜郎三大世家之一，財力雄厚，又掌握銅鐵命脈，借他之手，可將登龍圖寶藏不露痕跡地轉至我大漢手中！」張良沈聲道。

紀空手笑了笑道：「你所說的也正是我心中所想，這正是英雄所見略同！」

張良沈吟半晌，深深地望著紀空手道：「這第四個人只怕就不是你能接受的，但是若無此人，這爭霸天下就未必能成。」

紀空手心中一動，甚是驚奇道：「何以有人是我所不能接受的，就連劉邦這種大敵，在他臨死之際，我尚且可以原諒他的所作所爲，除非你所說之人是……」

張良的眼裡露出一絲擔心之色，緩緩地道：「不錯！我所說的此人正是韓信！」

紀空手的臉色陡然一沈，唯有韓信才是他心中最大的一個心結，他自小孤貧，無父無母，平生最看重的就是兄弟情誼、朋友道義，他曾經視韓信爲自己今生最好的朋友，卻想不到他會爲了名利而出賣自己。

因此對於紀空手來說，張良所說的話讓他感到左右爲難，從個人感情來說，他已視韓信爲自己今生最大的敵人，無論從哪種角度，他都絕不會原諒韓信當年在大王莊時那背後的一劍，然而，如果韓信真的是自己爭霸天下的大計中不可或缺的一個人才，難道自己竟要盡釋前嫌、與之聯手。

他深深地看了一眼張良道：「你真的確定我們之間一定要加上韓信？」

張良緩緩地點了點頭，沒有說話，如果說還有別的選擇的話，張良也不會在紀空手的面前提起韓信。

「你到底看中了韓信的哪一點？」紀空手道。

「我所看重的是韓信卓越的軍事才能，他更是一個百年不遇的大將之才，我仔細研究過他這一兩年來所創下的戰例，發現他對行軍打仗、排兵布陣有一種超然於世情之上的靈感，並不拘泥於前人留下的兵法謀略，更不會是紙上談兵，就像是一個身深不露的絕頂畫匠，偶然一筆可以妙手生花，又或是能起畫龍點睛之效，若是讓我與之一戰，勝負最多五五之數，或許我還要略處下風！」張良一臉肅然，非常冷靜地說道。

「可是你是否想過，有了韓信之後，是否會養虎爲患？」紀空手道。

「所謂防人之心不可無，對付韓信這種人，我們當然要有所提防，我曾經聽劉邦說過，韓信有一個他所愛的女人在劉邦的手中，劉邦藉此來達到控制韓信的目的，我們當然也可以這樣做。」張良微微一笑道。

「你說的難道就是鳳影？」紀空手沈聲道：「當年韓信未曾與我翻臉之時，曾經和我提起過這個女人，他的確是很愛這個女人，不過，韓信這個人連我都要背叛，他未必就能對這個女人始終如一，永不變心。」

「這只是我們的手段之一，其實真正要想控制韓信，是絕不可能完成的事情，只能在某一個階段對他加以利誘，爲我所用，等到大計將成之時，我們再著手對付他！」張良似乎胸有成竹地道。

「子房既然如此說，那我就沒有理由再加以反對！」紀空手顯得非常平靜道。

他默然半晌，緩緩地抬起頭道：「我們若是真的想利用韓信，那麼回到南鄭，我們要做的第一件事情就是截殺李秀樹，絕不能讓他再回淮陰！」

他似乎對李秀樹的行蹤非常清楚，事實上，當紀空手來到南鄭之時，他已然派人專門去探查李秀樹的下落。

「以李秀樹的實力，要想讓他全軍覆沒，必然要付出不小的代價，你是否已有把握？」張良看著他道。

「在這個世界上，本來就沒有絕對的事情，我只能盡力而爲！」紀空手的話雖然有些謙虛，但他的臉色有著十足的自信，沈吟半晌，緩緩而道：「從此刻起，你與這十萬大軍緩緩而行，將抵達南鄭的時間推延三天，我將充分利用這三天的時間差，與陳平以及他那一幫家族高手，用迅雷不及掩耳之勢，對李秀樹發起一場殲滅之戰！」

「這就叫出其不意！」紀空手一字一句地悠然而道。

◆

南鄭城在褒水與沔水兩江交彙處，所以自古以來，南鄭的水路交通遠比陸路發達，在南鄭的東門碼頭之上，來往的商船便似這江中的流水，流水不斷，商船便永遠不斷。

如此繁華的場景，在這亂世之中，已然少見，當李秀樹透過舷窗望向窗外，就連他這樣閱歷頗豐的高麗親王也不由得爲南鄭繁華的商業而心中生羨，更爲大漢王朝所顯示的勃勃生機感到害怕。

這已是他來到南鄭的第三十九天，這三十九天是他這一生感到最壓抑的日子，因爲他花費了大量的心血，卻最終一事無成，這讓他的心裡有一種深深的失落。

他受韓信之命，是要把鳳影救出南鄭，帶回淮陰，他從一開始，就已經意識到，這是一個不可能完成的任務，畢竟在劉邦的身邊，高手如雲，要想將一個活人從眾人的視線之下帶走，無異是登天之舉。

然而，他明知事不可爲，卻還是來了，這只因爲，他深知鳳影在韓信心中的地位，更知鳳影是韓信心中唯一的一個羈絆，只要鳳影在劉邦的手中一天，韓信就會投鼠忌器，爲劉邦所利用，這是李秀樹最不願意看到的一個事實。

雖然他不能把活著的鳳影帶出南鄭，但是他可以讓鳳影死，殺一個人遠比救一個人容易，殺掉鳳影，同樣可以去掉韓信心中的羈絆，李秀樹當然知道選擇這種最有效的方式，他唯一需要擔心的就是，他絕不能讓韓信知道，是自己動手殺死鳳影的，而要把這殺人之罪嫁禍栽贓，或者，借刀殺人也是他可以採取的一種有效途徑。

第十章　七使之首

當劉邦即將還師南鄭的消息傳到他的耳中之時，李秀樹已經知道可供自己選擇的時間已經不多了，所以，他已經不能再等下去，他決定，就在今晚他將率自己麾下的一幫高手全力出擊，成敗在此一戰。

寒風在窗外呼嘯而過，流水的嘩嘩之聲隱隱傳來，給人一種動態之感。槳聲輕搖，燈影暗送，在李秀樹所在的大船之上，卻充溢著一種肅殺之氣，整個船艙的空間裡，到處洋溢著一種無比緊張的氣息。

這種緊張不是來自於李秀樹的殺意，而是來自於一股濃得讓人想要發嘔的血腥氣息，因爲就在李秀樹決定動手之時，他卻發現了一排屍體，一排無頭的屍體。

這些屍體靜靜地躺在一個可容數人的木箱之中，每一個屍體的身上都罩著一塊潔淨的白布，平生一種慘澹，讓人觸目所見，仿如一場噩夢，心生恐懼。

七具屍體，只有七具屍體，當他們被移到在這艙廳之間，偌大的艙廳彷佛也變得小了許多，使得李秀樹的心中一顫，驀生一種不祥之兆。

這七個人無疑都是李秀樹手下的精英，他們分佈在南鄭城中，就是爲了遮人耳目，免得引起他人的注意，當李秀樹派人去招集他們的時候，他們卻已死了，這的確是出乎李秀樹意料之外的事情。

居然有人搶在自己之前動手，而且一出手就使自己損失了七名好手，這讓李秀樹感到一種震驚和憤怒，他之所以感到震驚，並不是因爲惋惜這七名高手的生命，而且因爲他從這七名高手的死看到了一種危機。

這至少表明，自己的行蹤已然暴露，當他仔細地查看這七具屍體的致命傷口時，他更感覺到一股恐懼漫捲心底，這七人竟然都是被一刀致命。

李秀樹平息了一下自己有些浮躁的情緒，緩緩而道：「老夫已經很久沒有見過如此精妙的刀法，當世之中，能有如此絕技之人想必不多，依你們所見，此人最有可能是誰？」

在他的面前，還有二十七名高手，盡皆默然，他們雖然不知道兇手是誰，也不知道這兇手的武功到底有多麼高深，但是他們都非常清楚這七人本身的實力，如果說這七人都是在兇手一刀之下結束了性命，那麼此人的武功之高已經讓他們不可想像。

「我倒想起了一個人！」魔女原丸步想了一想，踏前一步道：「雖然我不敢確定兇手是否就是他，但是他的刀法完全有這種一刀致命的實力。」

「嗯？」李秀樹盯視著魔女原丸步道：「你所說的人難道就是那位出現在夜郎國的左石？」

他之所以有這樣的意識，是因爲他與這位左石有過交手，此人給他留下了非常深刻的印象，他相信魔女原丸步所說之詞絕非誇張。

魔女原丸步道：「我想這左石只是他的一個化名，他的真實身分很值得懷疑！」

「那麼他會是誰呢？」李秀樹的雙眉緊皺，陷入了沈思之中。只有查出兇手的真實身分，他才能推斷出兇手真正的目的，這也正是李秀樹行事謹慎小心的作風，然而，這一時之間，僅憑七處刀傷，任誰也不可能得出正確的答案。

時間正一點一點的過去，「梆梆」兩響，一股清脆的更鼓聲從岸上悠悠傳來，將李秀樹從沈思中驚醒，此時已是初更時分。

「天乾物燥，小心火燭……」更夫略顯嘶啞的叫聲讓李秀樹心裡感到一陣煩躁，他深深地吸了一口氣，終於決定將眼前的這一切都置之一邊，著手展開自己蓄謀已久的行動。

他的眼芒如鋒銳般尖刻，如寒冰般冷漠，緩緩地從每一個人的臉上劃過，冷然而道：「不管兇手是誰，這只不過是一段小小的插曲，它絕不可能影響到我對今夜行動勢在必得的決心，老大要求你們，今日一戰，務盡全力！」

那二十七人無不心中一凜，精神陡振，所有的目光全部盯射在李秀樹一人臉上。

「今日一戰的目標將是鳳影！」李秀樹冷冷地道：「老夫只要她死，唯有如此，我高麗王朝一統天下的大計才有望得以實現，一旦行動失敗，那麼一切都無從談起，所以，在座的諸君，你們應該明白你們身上所擔負的責任，更要隨時準備獻出你們的生命來捍衛我高麗王朝的榮譽。」

「王爺但請放心，我們一定全力以赴，勢死效忠！」魔女原丸步的話聲一起，引起眾人紛紛回應。

李秀樹的臉上露出一股滿意之色，點了點頭，當即作了一個手勢，他的手下手中一抖，在地上鋪開一張長達五尺的地圖。

這是漢王府花園的地圖，裡面的地勢地形繪製得非常詳盡，甚至標有每一個明崗與暗哨所在點的位置，光從這一點來看，可見李秀樹所費的心血之大，的確出乎每一個人的想像之外。

對著地圖，李秀樹從容地說出了今夜行動的整個方案，他的語調平緩而有力，思路非常清晰，更有一種讓人血脈亢奮的煽動力。何爲主攻，何爲輔攻，何爲佯攻，何人專司擾人耳目，何人專職負責退路……每一個人的任務都非常獨立和明確，當這些非常獨立和明確的任務構成一個整體，就成了一個非常完善和具體的行動方案。

每一個人的臉上都一片肅穆，耳鼓翕動，不敢有絲毫的遺漏，在他們每一個人的臉上，都洋溢一股熊熊的戰意。

便在此時，在舷窗之外，江岸之上，有人放聲高歌，聲音悲亢有力，仿如燕趙之士慷慨激昂之風，當聲調升至極高處，那聲音裡帶出了一股濃濃的、讓人心驚的殺意。

船艙之中的每一個人都霍然變色，更有數人已然搶上甲板，抬眼望去，只見一條健碩的身影迎風傲立在月色燈影之下。這船上的每一個人無疑都是高手，目力驚人，視線可達數十丈之外，然而奇怪的是，燈影晃動下，他們竟然無法看清此人的真容，這無疑是一件玄之又玄的事，讓人驀生驚悸。

當李秀樹踏出艙門之時，他首先感受到的，是對方透過虛空飆射而來的眼芒，雖然他無法看清對方的臉，卻能看到對方那深邃而明亮的眸子，宛如寒夜中的兩顆孤星，透出一股無盡的寒意。

李秀樹的眉頭一皺，彷彿感覺到對方那濃濃的敵意，更讓他感到心驚的是，此人本是踏步放歌而來，然而他的身形給人的感覺就像是在原地不動，彷彿時間與空間在他的身上已經蕩然無存。

他的心神不由爲之一凜，彷彿從對方的身上感覺到一種似曾相識的氣息，雖然他看不清對方的臉，但他有一種直覺，就是在他們之間，一定見過。

當來人站臨於江岸之時，相距大船不過十丈之遙，歌聲陡然而止，但見來人雙手背負，身臨江風之中，衣袂飄飄，有一種說不出來的瀟脫，無論在什麼時候，來人似乎都保持著一種極爲寧靜而優雅的氣勢，彷若移動的山嶽，一舉一動，盡顯高手那種從容不迫的凝重氣度，更有一種君臨天下的威儀。

相峙只在一瞬之間，李秀樹很快就打破了這種沈默。

「踏步放歌，浪蕩不羈，不愧爲高人風範，不知閣下大駕光臨，有何見教？」李秀樹雙手抱拳，顯得彬彬有禮地道。

來人淡淡一笑道：「能被大爺稱爲高人者，在下實在感到受寵若驚，今日前來，只是爲了與王爺敘敍舊情，所獻薄禮，不知王爺稱心否？」

李秀樹的臉色陡然一沈，他心知肚明，非常清楚對方所說的薄禮指的是什麼，只此一句話，已經表明了雙方之間的敵對態勢。

「這麼說來，想必你我原來見過？」李秀樹的眼芒一閃，直射向來人的臉際。

「那是當然！」來人淡淡一笑道：「所謂貴人多忘事，此話當真不假，王爺就是王爺，想不到這麼快就把在下忘得一乾二淨！」

李秀樹冷哼一聲道：「既是故人來訪，何不上船一敘？」

「在下只怕上船容易，下船難！」來人笑了笑道：「就不知王爺待客之道是以酒水，還是以刀槍？」

李秀樹冷然道：「老夫用何種方式待客，這全在於閣下，是友是敵，俱在閣下一念之差！」

來人道：「王爺既然已經收下了在下的薄禮，那麼依王爺之見，在下究竟是友是敵呢？

李秀樹眉頭緊皺，抬頭望天，對他來說，此刻的時間已是彌足珍貴，他可不想把這有限的時間花費在這口舌之爭上，所以，不管來人是誰，他的背景如何，形勢都已經逼得他絕不能放過，惡戰就在眼前。

「來而不往非禮也！」李秀樹的臉上仿如罩了一層嚴霜，眉間貫滿殺氣道：「請出手！」

「這麼說來，王爺還是把在下視作了敵人！」來人搖了搖頭，口氣似乎不無遺憾。

李秀樹心裡平生三尺無名之火，有一種被人戲耍的感覺，這在他叱吒風雲的一生當中都非常少見，試問天下，有誰敢這般小視於他？而眼前的此人，卻成了唯一的一個例外。

來人連殺了自己手下七名精英，還來和自己攀談交情，這明明是一種調戲，就算李秀樹城府再深，他也已經有些按捺不住，他的手腕輕輕一抖，骨節頓時發出一陣「劈哩啪啦」的爆響，在這相對寧靜的空間中，給人一種十分恐怖的感覺。

虛空中頓時湧動出一股驚人的殺氣，就連空氣也爲之一滯，彷彿充滿著無盡的壓力。

江風依然在吹，卻已經無法襲入這十丈的空間範圍之內。

但讓人感到驚奇的是，在這十丈的空間之外，一切依舊。那嘈雜的人聲、歌女的蕩笑、悅耳的管弦之音，以及那沿江叫賣小吃的吆喝聲……彷彿絲毫沒有受到影響，就像是兩個截然不同的世界。

李秀樹的大手已經緩緩地按在了腰間的劍柄之上，誰都無法想像，當劍鋒跳出劍鞘的那一刹那將會是如何霸烈，如何的勢不可擋。

「且慢！」就在這最緊張的時刻，來人突然斷喝一聲道：「在王爺出手之前，有一句話不知當不當講？」

來人選擇在這個緊要的當口說話，看似無心，卻是有意，此時的李秀樹氣勢正激增至一種鼎盛之時，陡然受來人的影響，氣勢已泄了一半，這就好比一個正在充氣的皮球，眼看就要充至盈滿之時，卻被針尖捅出一個小眼，那種難受的味道，根本讓人無法形容。

「有話就說，有屁就放！」李秀樹的心中已然憤怒至極，再也不顧自己的身分與涵養，粗話脫口而出。

來人不以爲意，淡淡笑道：「就算是屁，你也要聞上一聞，因爲我所說的即使不是至理名言，但關係到王爺您的一世聲名，你焉敢大意？」

李秀樹冷冷地望向來人，沒有說話，來人繼續說道：「你既然身爲王爺，位高權重，見識不凡，自然應該懂得在這個世上，有所爲有所不爲的道理，你應該可以看出，你此刻出手，並無勝算，贏了尚且好說，萬一不幸輸在我的手裡，到時只怕你後悔莫及！」

對方雖然是以自己敵人的身分出現，但所言不差，讓李秀樹的心中有所觸動，連他自己也不可否認，他根本就無法揣度對方武功的高深，那麼，他就更不能對這一仗的結果作出有把握的預測。

他雙目餘光瞟向了魔女原丸步，魔女原丸步臉色一凜，頓時會意李秀樹的用心，在李秀樹僅剩下的這二十七名高手之中，無論是武功，還是資質，魔女原丸步只能算是其中的中流角色，但魔女原丸步擅於用毒，這才是她被李秀樹委以重任的原因。

魔女原丸步的毒藥之烈以及她用毒的手法，比及中原用毒名家來說未必能高明多少，但是她來自於東瀛列島，其用毒手法與中原迥然有異，一旦出手，往往能出其不意，起到不可想像的效果。當日，紀空手在夜郎之所以栽到她的手上，便是此因。

然而，魔女原丸步畢竟還有自知之明，對方雖然從未出手，但魔女原丸步已經看出了兩者之間的差距，她當然不會用自己的生命來開玩笑，所以，她將自己妖媚的眼神盯注在了崔烈山的臉上。

崔烈山是李秀樹麾下的七壇使者之首，其武功之高遠在那位死在紀空手之手的張東文之上，兩人雖然同為七壇使者，但兩人的武功差距卻是不可同日而語，面對魔女原丸步含情脈脈的眼神，他當然只能挺身而出，當仁不讓地做起這護花使者的美差來。

他兩人素有一腿，床上功夫配合默契，所以當他二人同時站出時，一左一右，步履整齊劃一，看上去倒也般配。

但真正讓人覺得驚奇的是他們相互之間的配合，當兩人如大鳥般穿過江面，對來人形成夾擊之勢時，他們更像是索命的黑白無常。

飛揚的衣裙，激捲的江水，帶動起如潮般的殺氣，天地剎時間一片靜寂。

崔烈山所用的是刀，一把刀身如暗血的長刀，尚未貫注真力，那長刀已散發出一股淡淡的殺意。

三個人都不再說話，用一種最直接的方式展開了他們之間的對話，不論是崔烈山的刀，還是魔女原丸步手中精銅所鑄的長簫，一入虛空，都漫捲出一股讓人心驚的氣勢。

不同的兵器從不同的角度出手，帶著一股淒慘的色彩，他們的速度遠比風聲更快，聲未至，殺氣已至，切入虛空將這迷幻的虛空一分爲二，劈成兩斷，虛空爲之而分，拉出一個更廣漠而深邃的黑洞，在這黑洞的至深處，乍起一點寒芒。

來人終於出手了，在最需要他出手的時候出手，單憑這霸烈而肅殺無邊的氣勢，已足以讓人膽寒。

真正感到心驚的人是李秀樹，當寒芒乍起之時，連他也無法看清來人所用的兵器，更讓他感到可怕的是，對方在出手前後的那份從容，那種大氣，就連自己也未必能做得比他更好。

而無論是魔女原丸步還是崔烈山，他們卻絲毫沒有感覺到任何的恐懼，因爲他們身在其中，已經將自己融入到了對方的殺勢之中，隨著對方的殺氣而流動，根本不以自己的意志而轉移。

勁風如同壓頂的風暴，隨著對方的每一次出手，他們都感覺到彷彿經歷了一場暴風雨的洗刷，讓人難以負荷其重。

但崔烈山畢竟是崔烈山，他的刀在虛空一蕩之間，彷如在虛空爆出一朵美麗而淒豔的罌粟花，色澤燦爛奪目，綻放出縷縷肅殺的氣旋，在對方的那一點鋒芒四周，飛旋絞動，磨擦出一串串「嗞嗞」作響的電流。

而魔女原丸步的長簫在貫注了勁氣之後，在虛空中上下竄動，竄動的氣流貫入那簫孔之中，發出一種根本不在五音之列的聲律，使得這空間更加的恐怖。

李秀樹的臉上頓現一絲滿意之色，平心而論，若是此時身在局中的人是他，他也未必會有必勝的把握，想及此處，他鋒銳的眼芒直射向來人的身影，同時那隻大手將劍拔出三分，似乎正在等待此人將現的破綻。

但來人手中的那一點寒芒在虛空的速度愈來愈快，光芒也愈來愈盛，猶如飛散的琉璃、炸開的煙花，飛舞虛空。

而來人的身影已然化作了一片虛無，暗藏在這燦爛奪目的光芒之後。

「呀……」

突然一聲暴喝，彷彿來自於天邊的一道驚雷，隨著這驚雷乍起，那鋒芒陡然爆綻數尺，向對方疾劈而去。

「叮……」「噹……」

兩聲脆響，正是鋒芒與長刀和銅簫交擊之聲，虛空驀起一道狂飆，兩條人影向後跌飛，他們沒有死，但模樣卻非常狼狽，當他們以驚懼的目光望向來人之時，鋒芒已不見，而他依然靜靜地站立於原地，就好像他從來沒有出手一般。

風輕揚，濃濃的寒意裡面多出的是一種悠然，一份寧靜，在這種悠然寧靜的氛圍之中，顯示出來人那種超然於世情之外的霸氣，就連李秀樹也感到一種發自內心的震憾。

他見過不少的高手，也和不少的高手有過正面的交鋒，但是他卻很少見過擁有如斯氣勢之人，這是一種來自於王者的霸氣，一種可以顛覆一切的氣勢，宛如那高山滾下的巨石，已成勢不可擋之勢，而讓李秀樹感到心驚的是，在如此霸烈的氣勢之中，竟然還有一種彷彿來自於蒼穹極處的深邃和空靈。

但剛才的一戰並未結束，雖然崔烈山和魔女原丸步倒退了幾步，但是他們的鬥志依然不滅，踏步之間，又互爲犄角之勢，向來人步步緊逼而去。

他們彷彿並不急於出手，也許他們不是不想，而是不能，當他們的兵器緩緩地劃向虛空之時，在莫名之中，他們同時感覺到在這虛空中存著一種沈沈的壓力，猶如一堵厚厚的氣牆阻擋著他們的兵器向前之勢。

長刀與銅簫在虛空中寸進，發出如裂帛般的怪音，明明是空無一物的虛空，又怎會顯得那麼充實，那麼緊密，難道說竟然多出了一種雖然無形，卻密度極大的物質？若非如此，又怎能解釋眼前這一切玄奇的現象？

崔烈山與魔女原丸步的手心裡已滿是冷汗，他們顯然沒有見過天底下竟然還有這般神奇的武功，來人手中的鋒芒雖然已經消失了，可是他們卻感到這鋒芒無處不在，而事實上，他們連這鋒芒的來源也無法洞察！

崔烈山與魔女原丸步相視一眼，同時提聚全身的功力，驀然爆發。

「呼……」

長刀化出了一道如漩渦般的圓弧，就像是一個深邃的涵洞，陡然間吸納著周邊的氣流，刀本無聲，隨著魔女原丸步的長簫出手，那簫音驟起，恰與這長刀構成了一幅十分玄奇的畫面。

這一次，就連來人也「咦」了一聲，眼裡流露出一絲詫異之色，似乎沒有想到對方也能使出如此驚人的一招，此招在虛空之內，又彷似在虛空之外，這內外之間已經衍生出萬千變化，又彷彿充滿了無盡的輪回。

來人的臉上為之一肅，便在此時，他背負著的雙手從後至前緩緩劃出兩個半圓，長袖狂舞，猶如靈蛇，袖中隱藏風雷之聲，難道說這袖裡另有乾坤？

長刀未至，已是風起雲湧，簫音未滅，那銅簫卻化為虛無，這一明一暗的兩道殺氣如閃電般竄入來人所劃出的那兩個半圓之中，卻見長袖嗞嗞而裂，縷縷布條飛射而出，恰似半空中翻飛的蝴蝶。

沒有金鐵交鳴之聲，沒有鋒銳呼嘯而出的聲音，就像是進入了一個無聲的世界，一切都只是在無聲無息之中發生變化。

氣流狂湧間，一縷淡淡的幽香，裹夾在那風中，向著迎風的來人疾襲而去。

魔女原丸步的臉上露出一絲得意之色，她為自己所選擇的時機而感到得意，在這殺機最濃的時刻，她按動了銅簫中的一個小小機關，而那機關裡所藏之毒正是「暗香襲來」。

「暗香襲來」並非是魔女原丸步最為得意的一種毒，她最為擅長的一種毒藥名為「蝶舞花間」，這種毒之所以名為「蝶舞花間」，只因她將此毒暗藏於私處之中，與人交合之時，隨著淫水的流出，滲透於男人的元陽之中，讓人在最激情的時候去感受著生命最終的結束。

這是一種美，也是一種殘酷，在至美之中的殘酷，才是真正的殘酷。

她只恨此時自己不在床上，所以她的「蝶舞花間」也就沒有了用武之地，但是她相信「暗香襲來」已足以讓對手倒在她的裙底之下，那結果不是銷魂，而是死亡，這豈非也是無情的一種？

就在她最得意的時候，陡然之間，她臉上的笑意爲之一滯，彷彿定格在她那俏麗的面容之上，不可否認，她是一位美麗的女人，但這定格了的笑容猶如一種失去了生命的物質，反而在這美麗之上，襯出了一種讓人驚魂的恐怖。

她一定是看到了可怕的東西，要不然，她的表情絕不會如此恐怖。

的確，她聽到了一聲暴喝，聲如雷動，自來人的口中而起，驚雷過處，那天空中驀出一道閃電，電芒最盛處，依舊是那一點寒芒。

寒芒爆炸，綻射出耀眼的強光，讓方才一切模糊的影像都變得清晰可見，直到此時，每一個人都在心驚之下看到了這寒芒的出處。

飛刀，又見飛刀，這薄如蟬翼的飛刀只有七寸，它握在來人的手中，飛旋於五指之間，勁氣狂湧，驀生裂變，爆生出一道狂飆，將這襲來的幽香盡數倒捲而回。

李秀樹的心裡「咯噔」了一下，他終於認出了來人，這一次，他並不是憑著高手的直覺，而是清晰地看到了來人臉上那一絲滿不在意的笑意，這種充滿自信的笑意以及那種無畏，早在夜郎之時，就已經深深地刻在了他的心裡，永難忘記。

◆

不錯，來人就是紀空手，當他的飛刀再現之時，試問天下間誰可抵禦？

若非是紀空手，他也不可能在殺氣最盛時，發現魔女原丸步的用毒伎倆，一個智者並不意味著從不犯錯，而是他從來不犯相同的錯誤，他總是能從犯下的錯誤中吸取經驗教訓，從而杜絕這種類似的錯誤再度發生。

所以，狂飆乍起，去勢之烈，根本不容崔烈山與魔女原丸步躲閃，兩人色變之間，已經裹夾在這縷幽香之中，他們都沒有想到，這飛刀會是如斯霸烈。是以，在自然而然中，他們都多少吸了一點「暗香襲來」之毒。

只有一點已足以致命，魔女原丸步深知此毒之厲害，在飛退之間，她的手以最快的反應伸向了腰際。

留給她的時間已然不多，最多只有兩息的時間，她縱然身懷解藥，如果不能在有效的時間內化解此毒，那麼就算她是魔女，也依然改變不了她成爲女鬼的結局。

她的反應的確很快，而且的確在瞬息之間摸到了解藥，然而，她卻不能將這解藥餵入自己的口中，這只因爲對方的飛刀穩穩地紮在了她的手腕，對方的出手速度遠比她的反應更快，而且角度之精仿如神仙的手筆，根本不容魔女原丸步有任何閃避的機會。

直到這時，魔女原丸步的臉上才露出了一種莫大的驚懼，原本美麗的臉龐扭曲變形，似乎已深深地聞到了一股死亡的氣息。

「呀呀……」

她與崔烈山同時發出了一聲近乎絕望的慘呼，身形轟然而倒，此毒發作之快，快得讓他們還沒有感受到任何的痛苦，就已經直接面對死亡。

天地歸於一片靜寂，李秀樹和他的手下瞪視著眼前發生的一切，幾乎都不敢相信自己的眼睛，這種靜默幾乎維繫了半炷香的工夫，直到一陣槳動船行的聲音隱隱傳來，才將李秀樹從一種驚魂的狀態下喚醒。

他驀然回頭張望，這才發現剛才還熱鬧一時的碼頭上，所停靠的數百艘船舫已悄然遠離自己的座船，相距至少在百丈之外，而在自己的大船兩端，卻緊緊地靠著兩隻樓船，船上燈影亂動，笙歌四起，絲毫不覺有任何的異樣。

李秀樹心中一震，整顆心陡然下沈，他驀然意識到自己彷彿身陷局中，面對這種詭異的場面，他有一種說不出來的失落。

「你是誰？你到底是誰？」李秀樹冷冷地望向岸上的紀空手道。

「我就是我！你沒有必要知道我的名字，你只需知道，我是你的敵人就已經足夠了！」紀空手的聲音更冷，就像是千年的寒冰，飆射出一股濃濃的殺氣。

「能讓老夫在同一人手上連吃兩次虧的人，你是第一個，所以老夫當然想問個明白！」李秀樹的聲音雖然很冷，但其中不乏有讚賞之意，他真正的用意，其實是在拖延時間，通過說話，來洞察周邊的危機，以期找出自己突圍的方向。

他不得不佩服對方所布下的這個妙局，這個殺局之妙，就在對方以驚人的姿態出現，吸引了自己的目光，當己方的人都將注意力全部貫注他與崔烈山和魔女原丸步的惡戰之中時，對方卻以兩隻樓船遮擋住自己的視線，在不知不覺中，疏散著周邊數百隻樓船，使得在這段江面之上，除了自己的座船之外，就只剩下這兩隻已對自己的座船形成夾擊之勢的樓船。

對方何以要花費心思來疏散這數百隻船舫？李秀樹雖然在一時之間無法揣度對方的用意，但他心裡明白，這其中一定潛藏著巨大的殺機，當他的眼芒再一次射向紀空手時，以紀空手爲參照物，他突然發現自己的座船竟然呈下沈之勢。

「不好！」李秀樹驚叫了一聲，他萬萬沒有想到，對方下手之狠，大有趕盡殺絕之態，竟然在悄然之間，派人沈入水下，戳漏船底。

他心中雖驚，臉上卻依然鎮定，並沒有流露出一絲慌亂的神情，因爲他明白，愈是在險境之中，就愈需要冷靜，唯有如此，他才能真正掌握隨時可現的那一線生機。

他的大手緩緩在胸前劃過，在不經意之間，他的手形有一種輕微的變化，這看似微不可察的動作，卻是他傳遞自己資訊的一種方式，那二十五名高手臉色肅然，已經從他的手形之中得到了準備突圍的命令。

這種默契是經過了多年的實戰才形成的，對於外人來說，很難從這不經意間的動作中洞察其中的玄機，但是就在這時，紀空手的雙掌在空中拍擊了三下，當掌聲穿透這寧靜的夜空，便見這兩座樓船之上，突然多出了上百名剽悍的勇士，當頭之人正是陳平。

這上百名勇士都是陳氏家族中的精英高手，訓練有素，驍勇善戰，他們最大的特點不是他們身爲暗器世家的子弟，而是對他們家主的忠心，隨時可以用他們自己的生命來捍衛他們家族的聲譽，但是讓李秀樹感到可怕的並不是這些人，而是他們手中所拿的兩樣東西。

這兩樣東西十分的怪異，在普通人的眼中，大都是生平僅見，然而閱歷豐富的李秀樹一眼就看出，這兩樣東西一爲水槍，一爲火箭，水火本不相容，在這種特定的環境之下同時出現，依然讓李秀樹感到了深深地震憾。

他似乎已然明白了對方的用心，回頭望了望自己身後的那二十五名屬下，然而將自己的目光又投射在岸上來人的臉上。

「你究竟想幹什麼？」李秀樹冷冷地道。

「這似乎是一個笑話！」紀空手淡淡而道：「我既然是你的敵人，要做的事就是斬草除根，趕盡殺絕！就像你當日在夜郎時所做的事情一樣！」

「你真的以爲你能做到趕盡殺絕，你可知道站在你面前的不僅是高麗的王爺，更是北域龜宗當今的宗主，而在他的身後，更是集合了北域龜宗、忍道門和棋道宗府三大勢力的精英，當這些人同時爆發所有的能量，你可想過它究竟會有多大？」李秀樹非常冷峻地道，臉上驀生一股強大的自信。

「我不知道！」紀空手微笑而道：「我根本不想知道，你們爆發出來的能量究竟會有多大，我只知道，只要你們一有妄動，我的手下手中所拿的東西會產生多大的能量！」

「哦？」李秀樹重新打量了一下那些樓船上的勇士手中所拿的東西，笑了笑道：「你難道就想靠這兩樣東西來狙擊我嗎？只怕你還是低估了我！」

紀空手搖了搖頭，一臉肅然道：「我的確低估過別人，而且付出了非常慘重的代價，自從那一次之後，我就再也沒有低估過任何人，即使他只是江湖上一個三流的角色，因爲在我踏足江湖之時，曾有一位先哲對我說過『江湖險惡』這四個字，更對我說，『千萬不要輕視你的敵人，輕視敵人其實就是在輕視你自己的生命』，如果你知道了這水槍中的東西，你就會明白，他們手中的這兩樣東西加在一起，會產生出一個多麼可怕的結果！」

李秀樹怔了一怔，臉上流露出一絲詫異之色道：「倒要向閣下請教！」

紀空手緩緩而道：「這水槍所注滿的東西，是一種非常奇特的水，這種水的密度遠比普通的水密度更大，水質更稠，盛產於匈奴那廣闊的土地，那裡的土著通常稱之爲黑油，這種黑油一旦沾上了火，火借油勢，油助火力，即使是在這江面之上，也可以平空騰出數丈火焰，讓你的座船在瞬息之間，變成一片火海！」

李秀樹哈哈笑了起來，臉上露出狐疑之色道：「老夫覺得你所說的就像是一個神話，太讓人感到不可思議了，就憑你的這一句話，就能嚇倒老夫，那你也實在太小看我李秀樹了！」

紀空手淡淡笑道：「我所說的真是一個神話？」他的大手陡然一揮，便見那樓船之上一人高舉水槍，一人高舉火箭，擎水槍者手臂向前一推，便見那水槍中噴射出一股黝黑的水流，當它灑在半空之際，那擎火箭的箭手斷喝一聲，火箭從弦上飆射。

箭上火星剛剛觸到那黑油之上，便聽「轟」地一聲，濃煙滾滾，烈焰幾達數丈，猶如一條兇猛的火龍張牙舞爪地撲向李秀樹座船的甲板之上，那驚人的火勢終於讓每一個人爲之色變。

李秀樹的眼芒一跳，心中頓生一股絕望，直到這時，他才真正意識到自己此時所處的境地竟然是這般險惡，這般可怕，對方所擁有巨大殺傷力遠遠超出了自己的想像之外，他唯有沈默以對，在靜默中思索著逃生的辦法。

「就算它是一個神話，那麼這個神話也已經顯現在王爺你的眼前，你可以想像，當這數十支水槍同時噴射出黑油之時，那會是一個多麼可怕的場景！」紀空手臉上的笑在燈影晃動之下，彷彿有幾分猙獰。

「你是否想以此來要挾老夫，如果是這樣，你的算盤只怕就打錯了，在我李秀樹這一生之中，從來就沒有在敵人面前妥協過，即使是你，也不例外！」李秀樹的臉上彷如罩了一層嚴霜，自有一股傲然之意。

紀空手拍了拍手，微微笑道：「就憑你這一句話，我本想放你一馬，但是，對於與你爲敵的每一個人來說，放了你就是犯了他今生最大的錯誤！」

「老夫絕不會乞求於任何一個敵人，如果你有種，是一條頂天立地的漢子，你我之間何不來一場決戰，戰定勝負，一決生死？」李秀樹冷然而道，帶著一種挑釁的目光盯著紀空手，猶如一匹好鬥的狼。

「這的確是一個有利於你的想法，於我卻全然無用，不過，我明知答應你的挑戰也許是我作出的一個愚蠢的決定，但是面對你這種武道高手，我仍然忍不住有想一試身手的衝動！」紀空手昂然而道，他雖然站在江岸之上，比及站在座船上的眾人，似乎要低了一截，但此時此刻，無論是陳平和他的家將，還是李秀樹和他的手下，心中都驀然生出一種高山仰止的感覺，彷彿在他們的眼裡，紀空手已不是人，而是一個活生生的戰神。

李秀樹幾乎不敢相信自己的耳朵，甚至以為自己的聽力出現了錯覺，神色猶豫了一下，畢竟他所用的只是一種非常低劣的「激將法」，想不到面對如此聰明的對手，竟然一激就成，然而他轉念之間，也霍然想到若是此時自己和對方互換角色，面對對方這樣的高手，自己是否也會同對方一樣，忍不住想一試身手？

對於每一個武道中人來說，這的確是一個難以抑止的誘惑。

「你無須懷疑我的誠意！」紀空手淡淡而道：「只要你能勝我一招半式，你不僅可以不死，而且可以全身而退，這只是我對強者表現出來的尊敬，你大可放心。」

「所謂刀劍無情，假如不幸的很，我竟然殺了你呢？」李秀樹的眼裡綻射出一股瘋狂的神情，冷然而道。

「那我就只有認命！」紀空手悠然一笑，雙手抱拳道：「請！就讓我領略一下高麗王爺的高招！」

話音一落，天地為之而靜，江風依舊在吹，卻已吹不進這靜默的空間。

紀空手彷佛進入了一個寧靜而致遠的境界，神情非常的安詳，如山嶽般靜立，任由那江風徐徐吹來，彷佛將那種王者的霸氣內斂於心。

李秀樹終於踏前一步，步履之大，已然跨在了船頭之上，他的劍不知何時握在手裡，人在風中，衣袂飄飄，頓生一種沛然不可禦之的氣勢。

在這一剎那間，他看不到天，看不到地，看不到這一瀉千里的流水，他的眼中只有一個人，那就是紀空手，他的心中也同樣只有一個人，依然是紀空手。

天地之間的一切，彷彿都已顯得不是那麼重要了，一切似乎都已成爲隨時可以捨棄的身外之物，聲名與權勢已經變得無比的空洞，勝負與榮辱也成了昨日黃花，盡化一片虛無。

兩大高手的對決，自平淡而起，但每一個人都深知這是一個無法平淡的結局。

紀空手顯得十分的冷靜，就如一潭寧靜的死水，不起半分波瀾，誰也看不出他心裡想著什麼，更無法揣度他的思維和意識，就像那空洞而寧靜的天空，可以看見，但你卻永遠無法觸摸到它的實質。

李秀樹的眼芒始終盯在紀空手的身上，眼睛顯得非常空洞，神色之間閃過一剎那的迷茫，他的心中陡然一驚，似乎感覺不到紀空手的存在，這種玄之又玄的現象本來是不該出現在他的身上，然而事實上，他的確沒有感覺到紀空手這個人，卻感覺到一把刀，一把七寸之刀。

當刀現虛空之時，紀空手的人彷彿已經隱藏在這刀芒之後，又抑或是他將自己的生命融入了這七寸飛刀之中。

當刀有了生命之後，它就有了思想和靈氣，當刀一點一點地在虛空之中寸進時，它就像是一種抽象的意念，嵌入至每一個人的視線，進入到每一個人的心底，甚至侵略到每一個人的思想之中，那種霸氣已經不可用任何語言來形容。

李秀樹只有緩緩地閉上眼睛，在這一刻，視覺的感官已經失去了它應有的作用，甚至連聽力也沒有了它固有的敏銳，對於抽象的事物，你只能用心去感受，而這種感覺，根本讓人無從捉摸，更無法形容。

要感應出這把刀的動向，李秀樹唯有用他那高手的靈覺去捕捉，當紀空手的手沒入虛空之時，李秀樹就深深地感受到了這一戰的艱難，也深深地體會到了紀空手的可怕。

無論從哪一個角度來看，紀空手都是一個讓人不可小覷的對手，他的可怕並不在於他武功的級數，而是在於他擁有超人的智慧、無畏的勇氣，和滿不在乎的心態。

同爲頂級高手的李秀樹，驚奇地發現眼前的紀空手比之在夜郎時又有不同，這一次當他面對紀空手之時，他的心裡竟然多出了一股讓人驚悸的壓力。

第十一章　眞正捨棄

李秀樹的心神爲之顫了一顫，也就在此刻，他發現紀空手的眼睛陡然一亮，沈吟之間一種可怕的念頭蔓延上他的心頭，難道說紀空手的靈覺如此厲害，透過刀氣，竟然進入了自己的思想？

這的確是一個非常可怕的假設，至少對李秀樹來說的確如此，如果連自己的心理都暴露在敵人的視線之下，那麼這一戰的勝算幾乎爲零，他只能接受失敗的結局。

李秀樹強行壓制下自己浮躁的心情，讓一切雜念全部排除在自己的思想之中，他需要冷靜，一種極端的冷靜，唯有如此，他才可以應對這可以進入別人思想中的刀氣。

「嗡……」

一聲龍吟之響驀起於他的掌心，當紀空手的刀氣給李秀樹施加最大的壓力、讓他難以承受其重之時，李秀樹終於出劍了。

劍是一把好劍，在高手的手裡，它定將成爲一把名劍，劍破虛空之時，空氣彷彿全被它撕裂，猶如攪動的亂影，帶出冰寒的殺氣，使這沈悶的夜空變得更加淒涼。

就在李秀樹出劍的一刹那，每一個人都禁不住打了一個寒顫。冷！實在是冷！這是一把飲過無數高手鮮血的魔劍，它的本身就代表著一種殺意。

流水為之一滯，連船的下墜之速也頓了一頓，氣流湧動中，李秀樹的身影首先被自己的劍氣吞沒，隨著身影急劇地旋動，劍氣如迷霧般不斷地膨脹、擴張，以快逾閃電之勢跨越這十丈的空間。

這是李秀樹的劍，一劍劈去，江水由此兩分，湧出數丈的浪潮直可驚天動地。

面對如此霸烈的一劍，紀空手依舊是不動如山，他的眼神亮若星辰，緊緊地盯住這一劍的氣勢鋒端，當這團劍霧湧至他身前九尺之內，但見一團暗影從他的袖中而生，暗影裂開，乍現出一道耀眼的電芒。

這才是紀空手的刀，刀出，猶如羚羊掛角，未知有始，不知其終，彷彿這一刀本就來自於天地，切入虛空，猶如一道山樑挺立。

紀空手消失了，李秀樹也消失了，當這刀氣與劍氣進入了一種狂野的狀態，他們的身影同時消失在這爆裂的強芒之中。

「哧哧……」

一種電火的磨擦，並非是人們想像中的刀劍迸擊，這只是刀與劍在虛空中行進時，與空氣發出的一種磨擦之聲，那電弧帶出一種至美的線條，流暢如滔滔江水，連綿不絕，演繹出行雲的境界。

空中的一切變得那般詭異，兩道玄奇的色彩在空中閃爍流動，在一剎那間，當兩道色彩相撞之時，轟然爆裂，飛散出一簇簇動人的禮花，留下最輝煌的一刻，然後消失在這一片暗黑之中。

這驚天動地的裂響似乎將空氣都震散毀滅，讓觀戰的每一個人都有一種驚魂的感覺，彷彿他們眼裡看到的不是人類的一場決鬥，而是神魔進行的一場戰爭。

江岸上的沙石有如颶風橫掃，捲成一片暗雲，升至空中時，隨之散裂，幻化成一條條肆虐無忌的惡龍。

刀與劍都在虛空中閃耀，在某一時段中交集一處，隨之而分，無數的氣流狂瀉而出，當這一切散至無形，紀空手與李秀樹相距三丈而立，相峙不動。

李秀樹的劍在手，遙指向紀空手的眉心，那暗紅的劍身有一道刺紅時隱時現，印在他的臉上，有如冰雕般冷漠而鎮定，彷彿不帶任何的雜質，將自己的喜怒哀樂盡數融於自己的劍身之中。

而紀空手的神態依然悠閒自若，在自然恬靜之下，帶出一股莫名的瀟灑，彷彿眼前的一切都如煙雲，根本不入他的眼眸。

他只是隨便地一站，就自然地與天地同為一體，他的神情彷彿不是在與人決戰，而是聽著大江之水從腳下緩緩流過，心裡湧動著一股詩情、一種畫意。

李秀樹沒有進攻，不是不想，而是不能，他找不到對方的任何破綻，所以他只能等待，等待一個可以出手的機會。

他有一種預感，他們的決戰也許就像是一道驚雷，或者像驚雷之前的那道閃電，雖然只有一瞬，但那種燦爛奪目的輝煌將永遠留在他們的記憶之中，永不磨滅。

◆

在江湖之中，見過李秀樹出手的人實在不多，這倒不是因為他這一生中經歷的惡戰太少，而是那些與他交手之人大多數都已變成一堆白骨，他的武功不僅高深，而且出手狠辣，所以在他的劍下，很少有活口。

但即便如此，沒有人不相信李秀樹的武功已然躋身一流，在這亂世之中，能夠成爲一方霸主之人，他的武功又怎會弱於常人？紀空手當然知道李秀樹是一個很可怕的對手，在夜郎的那一戰，他就已經意識到李秀樹是他生命中的一大強敵，所以，他花費了不少時日來研究李秀樹的劍道，以期從中找出破綻，找出應對之策。

然而，當他再一次與李秀樹面對之時，他卻發現李秀樹的武功遠非自己想像中的那麼簡單，李秀樹的武功給人一種博大精深的感覺，但是你卻無法知道他真正的殺招會在何時出現，更不知道他擁有的實力究竟有多麼的深不可測。

「你的確很値得我來冒一次險，有你這樣的對手，我真的感覺到非常的過癮，有一種棋逢對手的緊張和刺激！」紀空手笑了笑，眼芒直對李秀樹的那一點劍鋒。

「老夫也有同樣的感受，畢竟在這個江湖之上，能有你這副身手的人已然不多了，無論這一戰是勝是敗，對老夫來說，都將不會留下太多的遺憾！」李秀樹報以同樣的微笑，淡淡而道。

「我心中一直有一個懸疑，很想知道在韓信與我之間，究竟是他的劍法高明，還是我的刀術更爲精妙！」紀空手的眼睛爲之一亮，緩緩而道。

李秀樹深深地看了他一眼，道：「你何以會有這樣的問題？」

「我不知道！」紀空手不動聲色地道：「也許這只是我的一個直覺！對於韓信其人，我早有耳聞，或許在我和他之間，也有這必然的一戰！」

李秀樹沈吟了片刻，搖了搖頭道：「我無法回答你的這個問題，因爲無論是你，還是韓信，你們的武功修爲都太讓人琢磨不透，如果你真的想得到一個答案，那麼老夫可以告訴你，雖然你們在伯仲之間，但是一旦你們展開一場決戰，勝出者應是韓信而不是你！」

紀空手怔了一怔，道：「何以見得？」

「這只因爲他比你更加無情！」李秀樹沈聲道。

紀空手的心裡陡然一沈，如果說一個人是否無情也是爭霸天下的一個因素，那麼爲了爭霸天下，自己真的必須做到無情嗎？

他無法回答這個問題，他只知道如果讓他在天下與紅顏、虞姬之間作出一個選擇，他絕不會選擇天下，因爲他已經把紅顏和虞姬視作他生命中的一部分。

韓信豈非也是如此，在他的心裡，依然沒有放下鳳影的身影，這是否因爲紀空手與韓信都是孤兒，自小感受著世情的悲涼，所以在他們的心裡，都渴望著得到男女之間那份摯真的情愛？

就在紀空手尙在沈吟之間，李秀樹的身影隨之而升，若旋舞半空的蒼龍，劍鋒直進，托起如海嘯般的殺氣，向紀空手當頭刺入。

他果然等到了一個最佳出手的時機，在他出手之時，他對自己的這一劍充滿了自信，劍鋒吞吐出七尺青芒，湧動著如烈焰般的戰意。

就連紀空手也爲之色變，退了一步，在退的同時，他的飛刀從袖中脫手而出。

這一次，他真正做到了捨棄。

空中的刀芒幻生出一連串令人眼花繚亂的圖像，當飛刀的速度升至一種極限之時，那刀已不再是刀，而成了一種張牙舞爪的幻獸，用它那血腥的大嘴，去吞噬李秀樹那暴閃的青芒。

「叮……」

一聲高亢而清脆的震響響徹整個空際，那聲波激蕩沖湧，彷彿可以震斷人的心弦，並衝擊著這空中所有的幻象，而李秀樹的身影遠比這聲波更快，突然騰身而起，縱入了冰冷的江水之中。

這一手十分的突然，簡直超出了紀空手的想像，他似乎沒有想到，李秀樹會這般的無情，更沒有想到李秀樹比他更懂得捨棄之道。

他竟然捨棄了自己麾下的二十五名高手而不顧，只顧自己逃生而去，如此之舉，就連紀空手也不由感到深深的佩服。

這是李秀樹唯一可以逃生的機會，稍縱即逝，根本不容他有任何的遲疑，他以一個高手靈敏的嗅覺捕捉到了這一線生機，因此毫不猶豫地付諸行動，他當然知道，自己這一逃逸，那二十五名屬下就必死無疑，但他已顧不得許多，自己的性命才是最爲重要的，可見其人之無情已經達到了一種極致，堪稱絕情。

但是紀空手並沒有追，他的臉上雖然有一絲詫異之色，但並沒有任何的後悔，也許李秀樹的無情超出了他的想像，但這種結局卻在他的意料之中。

當李秀樹跳入水中的那一刹那，座船上的那二十五名高手彷彿都驚呆了，半晌才回過神來，而此時，紀空手的那一隻大手正由上而下猛然揮動，作出了殺伐的手式。

「動手！」陳平暴喝一聲，兩艘樓船上頓時噴射出數十道流動的火焰，以噴礴之勢飛洩而下，盡數傾灑在那已然下沈一半的座船之上。

「轟……」地一聲，整個座船在傾刻間燃起熊熊大火，就彷如這大江之上憑空多出了一座火山。那二十五名高手幾乎沒有任何的反應，就被這烈焰吞沒，濃煙滾滾之中，人影在上下竄動，更有幾人披著一身的火焰，跳入江中……

熊熊的烈火在這座船之上肆無忌憚地燃燒著，「劈哩啪啦」的爆響連綿不斷，那赤紅的火光映紅了半空，更照亮了這一片原本暗黑的江面。

看著眼前這慘澹的一幕，就連紀空手也感到了一種殘酷，然而他別無選擇。

當陳平悄然地來到他的身後之時，紀空手輕輕地歎息一聲，道：「二十五條人命，就在我輕輕地揮手之間結束，這是否非常殘酷？」

陳平道：「對於一個爭霸天下的人來說，二十五條人命微不足道，所謂一將功成萬骨枯，而要成就帝王霸業，也許需要百萬具白骨來鋪就，所以，你無須內疚，這只是一個開始，當大軍東征之時，那才是一場真正的殺戮！」

紀空手忍不住打了一個寒顫，道：「若是如此，我與項羽、劉邦又有何異？天下的百姓因我而飽受戰火的折磨，那我爭霸天下豈非變得毫無意義？」

陳平正色道：「這是在亂世之中，唯有真正的強者，才能成為這亂世之主，雖然是同樣的殺人，但你和項羽、劉邦絕對不同，因為你爭霸天下是為了完成五音先生當年的遺願，更要把先生有關於太平盛世的宏大構想變成現實，爲的是大多數人的利益，只此一點，你就已然超越了項羽、劉邦，更因爲這是上應天道的義舉，所以注定了天下將在你的掌握之中。」

紀空手渾身一震，心中頓時平和了不少，他看著那座船上熊熊燃燒的烈焰，突然說了一句非常奇怪的話，道：「依你所見，憑李秀樹的武功，能否順利逃出南鄭，回到韓信身邊？」

「應該可以！」陳平道：「剛才的那一戰中，如果他的對手不是你，只怕他絕不會落入下風，像這樣的一個高手，天下間能與之匹敵之人畢竟不多！」

「那麼我剛才的演技如何？」紀空手笑了笑道。

「不錯！」陳平也忍不住笑了起來道：「如果不是我事先知道你要故意放走李秀樹，我也會被你瞞過，不過我更想知道，你既然想趕盡殺絕，何以又要對李秀樹網開一面！」

「因爲只有通過他，韓信才可以從高麗王朝中得到大量的兵器和財物，當我們將李秀樹身邊的精英高手一一剷除之時，他必將元氣大傷，再也無法實施對韓信的全面控制，而只有這樣，韓信才真正能夠爲我所用。」紀空手緩緩而道。

「你真的決定利用韓信？」陳平的臉上多出了一股沈重。

「我只是遵照劉邦的意思罷了，他既然精心培植了韓信這股勢力，不用豈非可惜，而且我相信，用鳳影來要挾韓信，一定可以收到意想不到的奇效！」紀空手微微一笑道：「否則，李秀樹也絕不會一心想把鳳影置於死地！」

「鳳影現在何處？」陳平問道。

「她應該就在漢王府花園的小樓裡，當這邊的事情結束之後，該是我去拜會她的時候！」紀空手淡淡一笑道，抬起頭來，向漢王府方向望去。

◆

漢王府中，依舊是戒備森嚴，紀空手站在那幢小樓之前，望著小樓中亮起的那一縷燈火，想像著韓信所鍾愛的女人將會是怎樣的一個女人。

那一夜，他夜探小樓之時，曾經與鳳影有過照面，然而在匆忙之中，他並沒有留下太深刻的印象，他了解韓信，正如了解自己一樣，能讓韓信鍾愛的女人不僅美麗，而且一定富有內涵，否則，韓信也不會對這個女人癡迷至斯，鍾情至斯。

在他的身後，除了陳平之外，還有樊噲，在兩人的簇擁之下，他緩緩地踏上了小樓的臺階。

兩名美婢早已迎了出來，跪伏於地道：「參見漢王！」

紀空手不由一怔，臉上帶著一種詫異之色，仔細地打量著這兩名婢女，他驚奇地發現，這兩名婢女並非那一夜他所遇上的那兩位劍術極高的女子。

「免了吧！」紀空手揮了揮手道：「鳳姑娘呢？」

兩名美婢站將起來，低著頭囁嚅著道：「小姐不知漢王駕臨，已然睡了！」

「哦？」紀空手微笑而道：「看來本王來得實在不巧，既然如此，那本王還是改日再來吧！」

他回過頭來，與陳平、樊噲二人離開小樓，沿著竹林的小徑而出，步入一道長廊之中。

「剛才進入小樓之時，你們是否發現有些異樣？」紀空手壓低嗓門，悄然問道。

此話一出，陳平、樊噲兩人爲之一驚，都將目光投射在紀空手的臉上。

「這倒不曾覺得，還請漢王示下！」樊噲沈吟片刻道。

「其實剛才本王未到小樓之時，曾在不經意間遙望小樓，看見樓中曾有人影晃動，這說明鳳姑娘並未歇息，而剛才那兩名婢女的神情顯得驚慌失措，若非說謊，她們又何必如此？可見其中定有隱情！」紀空手沈聲而道。

「事關重大，要不屬下這就帶人探查一番！」樊噲當即請命道。

紀空手搖了搖頭道：「此事只宜暗查，不宜明訪，你這就回去準備東征事宜，這裡的事由本王自己處理即可！」

「可是萬一……」樊噲猶豫了一下道。

紀空手淡淡一笑道：「你大可放心，本王做事一向知道分寸，畢竟這裡還是本王的漢王府！」

樊噲喏喏連聲，當即退去。

看著樊噲的身影隱入夜色之中，紀空手的臉上露出一絲莫名的神情。

「公子既然覺得小樓裡的情況有異，何不就讓樊噲派人去搜查一番呢？萬一鳳影有什麼不測，豈不有礙公子大計？」陳平壓低嗓門道。

紀空手搖了搖頭道：「你還記得在大鐘寺時劉邦身中隱性之毒一事嗎？」

陳平眼中流露出一股詫異之色道：「當然記得！」

「劉邦所中的隱性之毒，是何種毒藥並不重要，重要的是以劉邦的聰明和機警，要想在他的身上下毒，無異難如登天，唯有他真正的心腹可以爲之，以此推斷，這漢王府中未必就絕對安全，而真正可以讓我信任之人，除了你和龍賡之外，就只有一個張良！」紀空手緩緩而道。

「難道公子對他有所懷疑？」陳平望了望樊噲離去的方向，道。

「不僅是他，除了你們之外，這漢王府中的每一個人都值得我去懷疑，我相信在劉邦的周圍，一定有一股勢力企圖在暗中控制他，如果我不能尋出這股勢力的源頭，那麼我將很難得到安寧，更不能放手東征，去爭霸天下！」紀空手一臉凝重，眉頭緊皺，似有一股沈沈的危機感驀生他的心頭。

「要不然我這就派人進駐漢王府，將這府中的全部人馬盡數換掉？」陳平道。

紀空手搖了搖頭道：「這只會打草驚蛇，在沒有找出這股勢力的源頭之前，我們現在要做的事情就只有等待。」

「那麼依公子所見，這股勢力的幕後之人會是誰呢？」陳平問道。

「我不知道！」紀空手搖了搖頭道：「也許只有再探小樓，才能尋找出正確的答案！」

◆

夜，靜而深，深得無法測度，靜若深閨的處子，那一輪寒月掛在天邊，顯得異常靜默。有風吹過，更添寂寥，那風中所帶出來的寒意，猶如一道寧靜的夢境，枝葉「沙沙」地輕響，便仿如夢中人的夢囈。

月色很淡，在月色籠罩之下的漢王府就像是一頭蟄伏已久的惡獸，暗黑無邊，暗影婆娑。

當紀空手身著一身暗黑的夜行服再次來到小樓時，小樓上燈火依舊，卻顯得十分寧靜，紀空手並沒有貿然闖入，而是躲在一團樹影中，非常耐心地觀察著周邊的動靜。

他的心裡似乎有一種不祥的預兆，這種凶兆的來源在於他感覺到一股沈沈的氣息，那種無名的壓力讓他的神經也爲之繃緊。

他十分清楚在這小樓的四周，潛藏著十數名高手，猶如蛛網密布，形成一道道非常嚴密的防衛，他現在要做的，就是神不知、鬼不覺地從這些人的眼皮底下潛入小樓。

這看上去顯得很難，但對紀空手來說，實在是一件很容易的事情，他用幾顆石子引開了敵人的視線，然後以他那神奇的「見空步」幻移身形，攀上瓦面，暗伏在簷角之下。

從樓頂向下俯視，小樓四周的情況一目了然，十分清楚，不過當他提聚功力、釋放靈覺時，他卻清楚地感應到這樓中有一股不同尋常的氣息，似有若無，絕不是普通的高手能夠擁有的一種氣息。

紀空手的心裡不由有一絲詫異，想不到在這小樓之中，竟然還會有如此的高手，這已然超出了他的想像之外，這麼說來，這小樓之中的確發生了一種異變，因爲，他心裡十分清楚，鳳影絕對不可能擁有這種氣息，樓中的人既然不是鳳影，那麼會是誰呢？

更讓紀空手感到擔心的是，如果鳳影真的遇上了什麼不測，那麼，韓信和他的數十萬大軍不僅不能爲他所用，反而會成爲他爭霸天下的一大勁敵，這當然不是紀空手所願意看到的。

這使得紀空手不得不更加小心，就在他思忖著如何潛入樓中之時，陡然之間，他的眼裡掠過三四條暗影，令他的心不由爲之一緊。

這三四條暗影動作非常靈活，顯得極是機警，借著小樓四周的花木山石所留下的陰影，一點一點地向小樓逼近，紀空手心驚道：「這幾人又會是誰？怎麼今夜這小樓之中變得如此熱鬧？」

他的確是感到有幾分糊塗，隨著李秀樹敗退南鄭之後，南鄭的局勢應該漸趨明朗才對，但是從他今夜所見，已經證實了這南鄭城中至少還有兩股勢力存在。

從這幾個人的身手來看，他們與自己之間的差距並不太大，已足以是江湖上一流高手的級數，這讓紀空手在心裡迅速有了決斷——「靜觀其變，後發制人」！

他的耳目迅速充盈至極限，可以將周邊十丈範圍內的任何動靜都毫無遺漏的掌握在他的靈覺之中，就在此時，「嗞……」一聲細微得連紀空手都差點無法聽到的破空之聲自一團樹影之中響了起來，緊接而來的是數聲悶哼。

紀空手心中一緊，這幾條人影顯然已動了殺機，開始對小樓周邊佈防的十數名高手動起手來，他看得非常仔細，這幾人所用的兇器竟是一排銀針，針尖泛青，顯然帶有劇毒，一旦射入敵人的身體，足以見血封喉，快得連慘呼聲也不能發出，就已經結束了生命。

他們的出手很快，而且非常隱秘，用這種方法解決掉小樓周邊的十數名高手，最多用了三息時間，而小樓中的人竟然絲毫不覺樓外有變。

紀空手心裡驀生一股寒意，似乎沒有想到對方竟然會在針上淬毒，以這幾人的武功和級數，想來並非無名之人，卻竟然不顧江湖規矩，以毒制敵，可見他們此行已是早有準備，早存必殺之心。

當這幾條人影如大鳥般撲向小樓之時，紀空手不敢再有任何遲疑，手腕一動，飛刀已然在手，隨時準備出擊。

他現在面臨兩難選擇，因為此時的他仿如墜入一團迷霧之中，根本無法透過眼前的一切去看透事情的本質，更不知道這幾條人影與小樓中的那位高手究竟誰是友，誰是敵？在一切尚是未知的情況下，他只有全神貫注、聚精會神，以應付一切異變。

就在這時，更驚人的一幕出現在紀空手的眼前，當這幾條人影正要破門而入時，「蓬」地一聲，小樓的房門裂成了無數碎塊，如箭羽般飛洩而出，向這幾條人影當頭罩去。

這幾個人自以為行動隱秘，結合精確無誤的計算，應該不難形成襲殺之勢，然而他們做夢也沒有想到，襲殺不成，他們反而成了被襲殺的目標，對方的驚人一擊，一下子把他們的優勢完全打破。

這幾條人影同時飛退，在退的同時，袖風鼓蕩，手臂疾振，漫天飛起一片針影。

紀空手心中一緊，暗道不妙，這幾人的飛針手法之妙的確讓人無法測度，更令人匪夷所思，就算是他人在局中，也未必能輕鬆化解這凌厲的殺勢，而樓中人此時的處境之險，就連紀空手也為他捏了一把冷汗。

「呼……」

針影疾落間，眼見就要沒入那裂開的木紋之中，陡見破門爆開，一條綢帶飛舞而出，捲起這片針雨，幻滅虛空，這一手的確很妙，妙就妙在樓中人所用的兵器似乎正是這幾個人所用毒針的剋星。

聽風聲舞動，紀空手只覺樓中人的內力雖然陰柔，卻十分精深，與這幾人對敵，縱然不勝也不至於落到下風，他提著的心剛剛放下一點，卻見這幾人已然拔出刀劍，互為犄角，向樓中人發出了最凌厲的攻勢。

樓中人依然不見，只見一條綢帶吞吐於破門內外，如蛇形，如龍舞，變幻著不同的角度，緩疾有度地一一將敵勢化解。

那幾人似乎沒有想到，對手會是如此厲害，一聲呼哨，但見這幾條人影破壁而入，消失在紀空手的視線之內。

紀空手人在樓頂，側耳傾聽，只聽得樓下風雷隱隱，暴喝聲聲，顯示出激戰正酣，那樓中人武功似乎高得出奇，竟然在這幾名高手的夾擊之下，依然還能占到上風。

突然之間，兵器破空之聲，以及人呼吸的聲音，在一剎那間，頓時寂滅，天地一片靜默，就彷彿剛才的那一切只是紀空手的幻象、錯覺，如此詭異的一幕，就連紀空手也感到不可思議，甚至於不可想像。

然而紀空手卻知道，這絕不是自己的錯覺，因爲他以自己的靈覺非常清晰地捕捉到了這些聲象，出現如此驚人的一幕，只能說明此事另有蹊蹺，這樓中必然另有古怪。

這顯然引起了他的好奇，也勾起了他的興趣，不管樓裡到底發生了什麼事情，他都已決定，一定要入樓探個究竟。

不過紀空手畢竟是紀空手，愈是對沒有把握和未知的事情，他就愈是謹慎，愈是小心，他並沒有選擇直接進樓，而是手指輕拈，揭開了腳下的一片青瓦。

燈光從青瓦揭開處透射而出，照在紀空手肅然的臉上，他由此望去，只見樓裡的那幾個人橫躺於地，不知發生了什麼事情，竟然一動不動，形如屍體。

這讓紀空手感到一種莫名的心驚，更有一連串的懸疑驚現心中，無法揣度，他不再猶豫，整個人翻身下樓，沿破門而進。

他的刀依然在手，每一步踏出都顯得十分的沈重，當他踏入門裡之時，剛才破門而入的那幾人已在腳下，而那未曾露面的樓中人，靜坐在一張木椅上，滿面泛青，呼吸急促，似有中毒徵兆。

紀空手一眼看去，陡然一驚，他驚訝的並不是因爲這樓中人竟是一個女子，而是因爲她不僅是一個女人，而且是一個風情萬種、美豔入骨的少婦，隨著急促的呼吸，她胸前那兩座肉峰起伏動蕩，顫出一種撩人心魂的線條。

「你是誰？何以出現在這座樓之中？」紀空手沈聲問道。

那女人的眼裡透出一股嫵媚的流光，更帶著一種驚懼，紅唇微張，咿唔了一聲。

紀空手怔了一怔道：「你說什麼？」不由自主又趨前一步。

他似乎沒有想到這女子看上去竟會是這般的柔弱，單憑她揮舞綢帶的手法和內力，已是一流高手，誰想到陡遭驚變之後，再堅強的女人也會露出她女兒家固有的柔弱。

那女人猶豫了一下，緩緩地抬起了頭，紅唇微張，卻又閉上，看上去讓人心生憐惜。

紀空手一步跨出，已然到了這女人的身前，他沒有猶豫，俯下身去，剛要說話，陡然間只覺得背肌一陣顫動，他的心中驀生警兆，頓感到有三四道殺氣向自己的背心要穴襲殺而來。

這殺氣雖然細微，卻異常尖銳，破過虛空，雖然無聲，但氣勢之疾快逾電芒，讓紀空手的心沈至極底。

但這還不足以對紀空手形成絕殺，他的玄鐵龜異力本是吸自於天地精華，融入於他的經脈氣血之中，已然與之渾然一體，是以，心生警兆之時，玄鐵龜異力陡然爆發，衣裳鼓動，氣流狂湧，仿如在他的背上，築起了一道厚實的氣牆。

與此同時，他悍然轉身，掌上的飛刀在旋身之際幻生出一道美麗而燦爛的幻弧……

然而幻弧只劃到一半，就戛然而止，而紀空手已霍然變色。

紀空手自踏入江湖以來，無論是在別人的傳說之中，還是在現實裡，他給人的印象總是悠然寧靜、不緩不急，彷彿任何事情到了他的手中都已經不是問題，顯得那般從容，那般鎮定。

從來沒有人看到過他的臉上出現過驚惶，但這一次卻是一個例外，因爲他怎麼也沒有想到，當他的手劃出飛刀的那一刹那，竟然不能動彈。

這只因爲他的手腕之上突然多出了一條綢帶，如蛇般緊緊纏繞，猶如精鋼所鑄的手銬。

紀空手的心陡然一沈，就在這時，一股勁力穿破他背上的氣牆，直透入他背心的大穴之中，他只覺得經脈中所流動的真氣陡然一滯，仿如冰封，整個人就像一尊雕塑，一動不動。

「哈哈哈……」

剛才還是楚楚可憐的女人，爆發出一陣得意的嬌笑，隨著這女人的笑聲，一幅驚人的畫面陡現在紀空手的眼中。

如果有人對你說，明明已經死了的人不僅會站起來，而且還走到你的面前，如此荒誕不經的事情，你相信嗎？

沒有人會相信，只有紀空手是一個例外，因爲就在此時，紀空手的確親眼目睹到這種荒誕不經的事情，也只有在這一刻，紀空手才明白，自己已經掉入了一個別人精心設置的殺局之中。

這的確是一個可怕的殺局，更是煞費苦心，若非如此，又怎能讓智計過人的紀空手身陷其中？無論紀空手有多麼聰明，無論紀空手有多麼精於算計，他終究是人，而不是神，他怎麼也不會想到，對方會事先布好這麼一個局來對付他，除非是……

事已如此，紀空手反而顯得更加冷靜，只是冷冷地盯視著眼前的每一個人，眼中沒有一絲的懼意。

「你到底是誰？」這女人的笑聲一止，隨之而來的是一聲冷冷的質問：「你既然連我都沒有認出來，那麼你根本不是劉邦！」

紀空手微微一笑道：「本王若不是劉邦，那會是誰呢？」

那女人緩緩地轉到紀空手的眼前，道：「你的確很像劉邦，如果你不露出這個破綻，也許連我也會被你瞞過，不過你千算萬算，你都沒有算到，我是誰？」

紀空手的心中陡然一驚，臉上不露聲色，淡淡而道：「我也很想知道你是誰！」

那女人冷笑一聲道：「我就是呂雉，也是你的夫人，如果你是劉邦的話，你不會連我也不認識吧？」

這的確是一個超出紀空手想像之外的答案，無論紀空手的想像力有多麼豐富，他都絕不會想到呂雉不僅到了南鄭，而且就在這漢王府中。

紀空手淡淡笑道：「正因爲我是劉邦，我才不可能把你當作是我的夫人，因爲我的夫人絕對不會在暗中下毒來害我！」

呂雉嫵媚一笑道：「你是真劉邦也好，是假劉邦也罷，對我來說，已經不重要了，一旦我殺了你，這漢王的權柄就將名正言順地落在我的手中，到時候，與天下諸侯一爭天下之人就是我呂雉，而你，只能是變成一具白骨，守著你那三尺黃土！」

紀空手搖了搖頭道：「我是否聽錯了，你只是一個女人，就算你把我殺了，你也依然不能登上這漢王之位，因爲我麾下的幾十萬大軍個個都是鐵血男兒，他們又怎麼甘心被一個女人驅使，天下百姓又怎會甘心讓一個女人來統治他們！」

「住口！」呂雉厲聲喝道：「女人難道不是人？我告訴你，凡是你們男人能夠做到的事情，我們女人也一定能夠做到，聽香榭能躋身於五閥之列，與天下英雄抗衡，難道這一切不是由女人來做到的嗎？」

紀空手深深地看了她一眼，平心而論，他對呂雉這種驚人的觀點並不反對，事實上，在他的觀念和思想中，他對女人從無偏見，然而在當時那個時代，本就是男權至上的時代，許多世俗觀念限制了女人能力的發揮。

「我相信，大多男人能做到的事情，你也一定能做到，就算許多男人不能做到的事情，你也同樣能夠做到，然而，只有我一人相信，遠遠解決不了問題！」紀空手淡淡一笑道。

「所以，這也是我不急著殺你的原因！」呂雉沈聲道。

「你想怎麼樣？」紀空手的臉上露出一絲詫異之色，道。

呂雉淡淡地笑了笑道：「我不想怎麼樣，我只是忽然間想起了一件有趣的事情，在我的家鄉，有一種木偶戲，在製成的木偶上繫上很多細繩，細繩操縱在人的手裡，叫它笑，它就笑；叫它哭，它就哭，十分的精彩，至今想來，依然讓我有無窮的回味！」

紀空手道：「可惜的是，我是人，而不是木偶，你縱是能操縱我這個人，卻不能操縱我的思想！」

「你錯了！」呂雉笑得非常自信，緩緩而道：「我們聽香榭既然是女人當家，門中女子自然多於男人，要想在這江湖上拚下立足之地，沒有一種絕活絕對不行，所以，你應該聽說過有關我們聽香榭一些制毒、用毒方面的故事！」

呂雉頓了頓道：「要想把一個人製作成可供操縱的木偶，對別人來說，也許很難，但在我們聽香榭中，這並非是一件無法企及的事情！」

紀空手相信，這絕不是一種威脅，而且一個事實，因爲他眼前的這些人看上去就像是一個個木偶，完全操縱於呂雉手中，神情顯得非常木訥，但對呂雉有著絕對的服從。

紀空手突然笑了一笑道：「我很想知道你們要把我製作成一個聽話的木偶需要多長的時間？」

呂雉道：「這和每一個人的體質與他的武功修爲有關，像你這樣的高手，如果使用『生死劫』，慢則三個月，最快也要十五天！」

紀空手沈聲道：「如果這十五天裡，本王就這樣失蹤了，難道本王的手下就不會有所懷疑嗎？」

「這的確是一個難題！」呂雉道：「所以，我會考慮用另外一種方式，一切順利的話，也許只要三天！」

呂雉拍了拍手，當即上來幾個手下，將紀空手抬到了一張大床之上，只聽「啪」地一聲，機括聲響起，紀空手的眼前頓時一片漆黑。

◆

紀空手的身體一直下沈，估計落下了四五丈的距離，他出於本能地試著運行自己的真氣，然而穴位受制，沒有一絲的反應，就在他準備放棄努力之時，陡然「蓬」地一聲，他的人似乎跌在了一個網上，彈了一彈，將他拋在一塊冰冷的濕地之上。

他深深地吸了一口氣，除了自己的意識之外，他的手腳都已不能動彈，他不知道這是一個怎樣的地方，也不知道等著自己的將是一個怎樣的結局，面對這未知的一切，他沒有去胡思亂想，而是選擇了一個最灑脫的方式去面對，那就是——睡覺！

對於每一個人來說，睡覺是最好的休閒方式，而對紀空手來說，他只需要一定的時間來理清自己雜亂的思緒，因爲，在他的心中有著太多的懸疑。

第十二章　天外聽香

紀空手最想不通的是，自己竟然會在不知不覺之中，陷入了呂雉所布下的殺局，這個殺局也許巧妙，但在他的眼裡，並非無跡可尋，關鍵在於呂雉似乎早就算到了他會在今晚探訪小樓，唯有如此，才會讓紀空手深陷局中。

難道說，在自己的身邊，竟然有呂雉的奸細？

更讓紀空手感到心驚的是，呂雉口中所言的「生死劫」會是一種怎樣的毒物，何以會讓她身邊的每一個人都如此服貼，就像是她手中所操縱的木偶一般。

這一切都像是沒有答案的問題纏繞在紀空手的心間，令他感到驚詫莫名，當他一覺醒來之時，他的眼睛似乎被一縷陽光所刺痛，令他不知自己身在何處，當他適應了眼前的光線之後，他才發現自己此刻正躺在一張床榻之上，錦衾幽香猶存。

紀空手心中一驚，暗自沈吟道：「我這一覺怎麼會睡得這麼昏沈，我明明記得自己是睡在一片濕地之上，怎麼一覺醒來，竟然到了女兒家的閨房！」

紗帳、錦衾、銅鏡、幽香……這一切都顯示了紀空手此時的確是置身在一個少女的深閨之中。

「難道說我竟然被呂雉藏在了她的閨房之中？」紀空手斟酌了半晌，猶自不敢確定，當他緩緩地將頭轉了一個方向之後，驀見窗前佇立著一個婀娜窈窕的身影，那身影中散發著一股淡淡的青春氣息，幾欲讓人陶醉其中。

從背影來看，這少女既有紅顏那雍容華貴、美豔不可方物的高貴氣質，又有虞姬那流光顧盼、嬌柔嫵媚的萬千風情，當她緩緩地轉過螓首之時，紀空手臉上流露出一絲苦笑，因爲此人竟然就是呂雉。

「我只希望你控制我的方式不是美人計！」紀空手緩緩而道。

這少女一臉訝然，似乎不明白紀空手說的是什麼意思，淡淡笑道：「你肯定是認錯人了！」

「我也以爲我認錯了人，如果是光從背影上來看的話！」紀空手道。

「那麼公子認爲我會是誰呢？」那少女深深地看了一眼紀空手道。

「難道你不是呂雉？」紀空手的眼裡露出一絲詫異之色。

「不錯！我正是呂雉！莫非在這個世界上還有誰長得和我非常相似？」那少女顯得有幾分驚奇。

她的回答讓紀空手感到驚詫莫名，就彷彿她從來沒有見過紀空手一樣，自從踏足江湖以來，紀空手所經歷的事情實在是太多太多了，其情之詭異、其景之玄奇，的確讓人歎爲觀止。

然而，當他聽到眼前的少女說出自己的姓名之時，他依然感到了一絲震驚，他從這少女的眼神之中看到了一種真誠，使他在心裡不由對她產生了一股信任的感覺。

他既然相信眼前之人就是呂雉，那麼他先前所見的那個女人又會是誰呢？

他彷彿墮入一團迷霧之中，絲毫理不清其中的頭緒，當眼前的女人緩緩踱步，來到床前之時，紀空手看到了一雙清澈的、不摻任何雜質的大眼睛，那眸子所帶出來的純真就連紀空手看了也怦然心動。

他輕輕地歎息了一聲，緩緩地閉上眼睛，就在這時，他的心中一震，因爲有一隻柔荑輕輕地搭在了自己的手腕之上。

手是佳人之手，讓紀空手幾疑自己彷彿又回到了紅顏、虞姬的身邊，一縷淡淡的處子幽香襲入鼻間，紀空手的精神爲之一振，比起剛才那種渾身無力，他的整個人似乎多出了一絲生機。

然而真正感到詫異的並不是紀空手，而是眼前這位佳人，她的明眸閃爍，似有一股疑意，沈吟半晌，奇道：「中了『紅粉佳人』之毒的人，他的脈息似有若無，應該不顯一絲生機才對，然而當我替你把脈之時，卻發現你的脈息之中似有一種奇異的力量，可以突破『紅粉佳人』的禁錮，這倒奇了，在我聽香榭歷代閥主留下的遺著中，根本沒有這樣的記載，難道說你是一個例外？」

紀空手驀然心驚，這才知道自己在小樓之中不僅穴道受制，而且在無形之中，被人下毒，聽香榭用毒之妙，由此可見一斑。

他的眼芒緩緩凝視在眼前佳人那俏麗的容顏之上，佳人的臉上流露出一股寧靜而悠遠的笑意，讓紀空手感到一種莫測高深的玄奇之感，對方竟能在把脈之間試出自己內力的路數，這本身就說明佳人的年紀不大，但她的武功修爲的確不愧爲五閥之列，縱是自己也未必是她的敵手。

「我的內力的確不同於常人，甚至連我自己也不知道他的出處，你能發現這一點，就足以證明你才是真正的呂雉，比起那小樓中的呂雉，顯得更加的高明！」紀空手緩緩而道。

「我當然比她高明！」佳人的臉上在不經意間流露出一絲傲意，悠然而道：「因爲她只是我的一個替身，不管她多麼能幹，不管她多麼有魄力，她最終只能屈身於我之下，始終難逃我的駕馭。」

「這麼說來，小樓中發生一切全是在你的操縱之下，那麼，我倒想問問，你把我請到這裡來的目的何在？」紀空手顯得十分平靜地問道。

佳人的眼中似有一股迷茫，搖了搖道：「我並不比你清楚多少，當我回到這小樓之中時，你已經躺在了我的床榻之上。」

「難道你對這裡所發生的一切都不知情？」紀空手頓時感覺到自己糊塗起來，無論他的心思有多麼的縝密，閱歷有多麼豐富，他都無法理清呂雉和她的替身之間到底存在著怎樣的關係。

「事實就是如此，我雖然是聽香榭這一代的閥主，但在我未修煉成『天外聽香』之前，我的替身呂翥將替我打點聽香榭中的一切事務！」呂雉淡淡一笑道：「這是我聽香榭歷代立下的規矩，在每一個閥主的背後，都有一個看似無形的影子，而呂翥就是我呂雉的影子。」

「也就是說下嫁給本王的是呂翥，而不是呂雉，這麼說來你們聽香榭與我們問天樓以聯姻的方式所達成的全面合作缺乏最起碼的誠意，而我劉邦以堂堂問天樓主的身分娶回來的妻室竟然是一個替身。」紀空手淡然而道。

呂雉深深地看了他一眼，意味深長地道：「該生氣的人應該是劉邦，而不是你，如果我沒有猜錯，你應該就是這幾年來江湖上風頭最勁的紀空手。」

紀空手心中一驚，不由地對眼前的佳人刮目相看，微笑而道：「你何以這般肯定？」

呂雉道：「我聽香榭自上一代閥主起，就刻意息隱江湖，這幾十年來，韜光養晦，就爲了等待一個機會，爲了在這個機會來臨之時，我們能牢牢地將之把握，我們曾經付出了大量的心力，可以說，近幾十年來，只要在江湖上有過露面的人物，在我聽香榭總壇中都有記錄，而其中的佼佼者更是我們留意的對象，這當然也包括你紀空手。」

這的確是一個非常宏大而複雜的計劃，不僅需要大量的人力財力，更需要一種數十年不遺餘力的決心和努力，若非有著遠大的抱負，誰又能擁有這種鋼鐵般的意志？

「你們的目的何在？」紀空手倒吸了一口冷氣道。

呂雉傲然道：「我們聽香榭立榭的宗旨就是要向天下證明，女人絕不是弱者，更不是男人的附庸，只要我們願意，我們能夠做到男人可以做到的一切事情，甚至比男人做得更好。」

紀空手這才明白，聽香榭存在於江湖的目的。它所推崇的觀念與思想雖然與這個世道格格不入，甚至有些偏激，但在這個男權至上的社會裡，依然讓紀空手感到幾分新奇。

「而我之所以敢認定你是紀空手，而不是劉邦，並不是因爲你在形象上露出了破綻，也不是因爲你的氣質與劉邦的氣質有所偏差，而是在我把脈的那一刻，我沒有在你的身上發現『紅粉佳人』，這種毒的毒性雖然算不上是毒中的上品，但它一入人體，就如紅粉佳人一般在人的體內生根發芽，根本無法用任何手段將它驅出體外。」呂雉冷然而道，她的話十分平靜，但聽在紀空手的耳朵裡，卻有一種駭人與恐怖。

「莫非你們也想在我的身上種上『紅粉佳人』，以此來達到控制我的目的？」紀空手道。

呂雉搖了搖頭道：「不！我們之所以在劉邦的身上種上『紅粉佳人』，是因爲它需要一段很長的時間，讓它慢慢地滲入劉邦的體內，唯有這樣，才能讓劉邦在不知不覺中深受此毒，而你不同，我雖然不能十分明確地知道呂翥將你送到這裡來的目的，但是我想這也許和我正在修煉的『天外聽香』有關。」

她話音剛落，便聽得門外傳來一陣輕重有度的拍手聲，門開處，呂翥踏著輕盈的步伐走了進來，她的臉上雖然帶著一種迷人嬌豔的笑意，但她的目光流盼中分明帶著一股冷冷的寒氣。呂雉與呂翥實在長得非常的相像，在紀空手的眼裡，如果真的要讓他區分這二人之間的差別的話，只能從這二人之間的氣質入手，呂雉的清純與呂翥的妖媚，形成了一定的差異，還有更重要的一點，就是如果仔細觀察，呂翥的年齡顯然要比呂雉大上五六歲，顯得十分的沈穩老練，這或許也是她能作爲呂雉的替身，代替呂雉打理聽香榭的原因。

呂翥一入門裡，便要行參見大禮，呂雉迎上前去，伸手攔住道：「你我姐妹之間，何必還要講究那麼多的規矩，還是隨意一些的好。」

呂翥一臉凝重地道：「禮不可廢，何況屬下受閥主重托，身居要職，更該爲下人作出表率，屬下今日，原是爲請罪而來，還請閥主容稟之後，重重責罰才是！」

呂雉神情一愕，道：「你何罪之有？」

「屬下未曾稟明閥主，就將此人帶入閥主深閨，雖然事急從權，然而畢竟有損閥主清譽，理應受到閥主責罰才對！」呂翥一臉惶恐道。

呂雉淡淡而道：「我也很想知道你將此人帶入我樓中的原因？」

呂翥道：「因爲此人不是劉邦。」

呂雉道：「我也知道他不是劉邦，而是紀空手，他易容成劉邦，無非也是爲了爭霸天下。」

呂翥的臉色變了一變，道：「閥主何以知道他就是紀空手？」

她之所以一臉驚訝，是因爲她雖然能斷定眼前之人並非劉邦，卻無法知道此人是誰，更不知道他易容成劉邦的目的，當她聽到呂雉說出「紀空手」這三個字的時候，她的心中驀然一震，因爲紀空手這三個字的確有一定的份量，伴隨這三個字而來的總是可以驚動江湖的一段段傳奇。

更讓她感到心驚的是，她從呂雉的眼神之中看到了一種她從未見過的神情，這種神情她也曾經擁有過，而且至今非常深刻，因爲那是少女固有的一種羞澀，其間隱隱帶著一種對異性的愛慕。

難道久居深閨的呂雉竟然對紀空手動了春心？這讓呂翥感覺到不可思議。

在聽香榭中，每一代閥主都是以處子之身登位，直至到死，她們從來沒有和任何男人有過肌膚之親，這聽上去就像是一個傳統，更是一個規矩，但呂翥深知，聽香榭之所以會有這樣的規矩，是因爲唯有處子之身，才可以將「天外聽香」修煉而成，達到極致之境。

如果呂雉真的是對紀空手動了真心，那麼，無論是對呂翥來說，還是對聽香榭來說，這無疑是一個災難，而她也在無心之中成爲聽香榭的一個罪人。

「我見過他！」呂雉的回答不僅讓呂翥感到驚奇，就連紀空手也感到莫名驚詫，因爲他對自己的記憶有相當的自信，凡是他見過的人或事，他都很難將之忘記。

「我的確見過他！不僅在登高廳中，而且在霸上的長街上，我都在暗中觀察過他，甚至領略到他身爲王者的風範，像這樣的一個男人，他的確值得我去留意！」呂雉說話的神情非常自然而和諧，就好像在說一件天經地義的事情，有意無意間流露出一種情竇初開的模樣。

紀空手心中一蕩，分明看到了呂雉眸子裡閃動的那道異樣的色彩，對他來說，美人固然情重，但在他的心中，已經再也容不下任何人。

「能得到閥主這般評價，對於我紀空手來說，實在是莫大的榮幸，可惜的是，我紀空手早已有了妻室，否則在你我之間，未必就沒有一段情緣。」紀空手微笑而道。

「你錯了！我的確對你產生了一種好感，然而這種好感並不是你所認為的男女之間的情感，而是一種發乎於自然的感覺，就像是生存於山林之間的走獸飛禽看見異性的時候，所流露出來的表情一樣。」呂雉的神情顯得非常平淡，笑了笑道。

她自幼修煉「天外聽香」，對於心道的修為雖說未到古井不波的地步，但還不至於輕易對一個男人動心，即使站在她面前的這位男人是當今最優秀的紀空手，也不例外。

這讓紀空手感到了一絲尷尬，臉上露出一絲苦澀的笑意道：「看來我總是自作多情，我甚至忘了我是你們手中要製成的一個木偶。」

呂雉奇道：「木偶？」她微一沈吟，「噗哧」一聲笑出來，那美麗的笑靨就像是一朵盛開的鮮花，純真中帶有萬千風情。

紀空手一眼望去，整個人不由呆住，他彷彿從呂雉的笑臉之中看到了紅顏和虞姬的影子，眼中驀閃出一道迷濛的色彩，依稀有幾分失落。

當呂雉的眼神望向呂翥時，呂翥沈聲而道：「是的！我之所以將他帶到閥主這裡，是因為劉邦既然已死，我們苦心經營一統天下的大計必然受到影響，唯有找到一個合適的替代者，才能將這種影響減小到最低，而此人無疑是最佳的人選。」

呂雉輕點螓首道：「即使你要在他的身上種上『紅粉佳人』，你也無須將他帶到我的樓中來。」

呂翥忙道：「我們若想利用他來控制大漢王朝，在他身上種下『紅粉佳人』，顯然在時間上有所不及，要想不引起劉邦身邊的人懷疑，只有請閥主一試身手，在他的身上種下『天外聽香』，這是我們當前唯一可行的方法。」

呂雉沒有說話，只是默默地看了紀空手一眼，踱步來到窗前，望向窗外的風景，端詳半晌，才低聲而道：「你可知道我此刻神功未成，若是貿然使用，必將冒極大的風險。」

呂翥的神色一凝，緩緩而道：「屬下知道，但對我們來說，已別無選擇！」

呂雉回過頭來，深深地看了她一眼，幽然歎道：「你真的認爲這樣做値得？」

呂翥肅然道：「此事關係重大，全憑閥主定奪！」

呂雉沈吟半晌，終於點了點頭。

◆

在黑暗之中，紀空手仿如置身於冰窖，感覺到一股透心的冰寒，他只感到自己的意識混沌而迷茫，猶如一隻孤魂野鬼，遊蕩在一個縹緲不定，渾如虛幻的世界之中。

沒有天，也沒有地，天地的界定在他此刻所置身的空間裡已經蕩然無存，他甚至感覺不到自己的存在，整個人進入一種失重的狀態。

沒有時間，也沒有空間的設定，彷彿進入了一個無序的虛空，他漫步其中，不知自己始於何處，最終的目的又將歸於何處，當他驀然回首之時，他居然看不見自己的影子，因爲這是一個暗黑而無際的世界。

也不知過了多長時間，也不知走了多少路，當他感到自己身心俱疲之時，就在這一剎那間，他眼前暗黑的空際被一道強光撕裂，產生一股巨大的吸納之力，使他整個人陷入強光之中。

他的思維陡然間變得清晰起來，就彷彿進入了他記憶中的某個片斷，當強光在他眼前消失之際，他已來到了一個鬧市的酒樓之上。

那酒樓上堆滿了品種不一的佳釀美酒，一張大桌之上，擺放著兩樽古色古香的青銅爵器，他身坐其中，把酒痛飲，而在他的對面，所坐之人竟是千杯不醉的高陽酒徒。

此人狂放不羈，嗜酒如命，酒爵在手，宛如丹青大師手中的墨筆，信手塗抹，總成絕佳風景，飲至狂放處，且歌且舞，飲出一段韻律，讓紀空手不知不覺地沈醉其中，不能自拔。

放眼窗外，一條大河「嘩嘩」流過，醉眼朦朧，看上去那河中所流的居然不是水，而是美酒，撲鼻的酒香勾起兩人肚中的酒蟲，陡然間，高陽酒徒跳將起來，狂呼道：「隨我來！」縱身向大河跳入。

紀空手只覺自己頭腦一熱，搖晃間撲到窗前，正當他向前縱出之時，一道明晃晃的強光電射而來，將他吸納其中，又到了另外一個世界。

這是一個金光閃爍的世界，遍地黃金，俯身可拾，紀空手一路行去，邊走邊撿，將一塊塊黃金丟入自己背上的背囊之中，那背囊彷彿無底，就像人心，永無止境，永遠沒有滿足的一刻。

但紀空手卻感到自己的背上愈來愈沉，整個心也在下墜，終於，他很想將背囊捨棄，可是當他真的這麼去做時，卻已經沒有了一點力氣。

那如山般的黃金壓得他簡直喘不過氣來，他想叫，卻叫不出；他想喊，也喊不出聲來，就在他彷徨無計之時，他只感到自己的腳下一虛，整個人直線下墜，掉入了一個不可見底的深淵之中……

他的身體並沒有沾到一絲的水，而是腳踏一葉扁舟，此刻的他，腰間配劍，衣袂飄飄，猶如慷慨激昂的燕趙男兒，放眼岸上，只見春秋戰國時那最富盛名的五大刺客曹劌、專褚、豫讓、聶政、荊軻，一臉肅然，把酒爲他送行。

在高漸離的築聲之中，紀空手唱起了「風蕭蕭兮易水寒，壯士一去兮不復返」，彷彿當年刺秦的壯士已不是荊軻，而是他自己，那胸中的豪情猶如這滔滔的江水，讓他平添一股壯士斷腕的勇氣和無畏。

然而，他卻最終沒有到達阿房宮，卻來到了周幽王的王宮之中，入鼻所聞，盡是脂粉花香；入目所見，盡是曼妙身影；入耳所聽，盡是靡靡之音。褒姒替他寬衣解帶，兩人同寢一室。

紗帳之中，當褒姒那曼妙的胴體一絲不掛地呈現在紀空手的眼前時，紀空手只覺得呼吸都爲之一滯，整個人變得亢奮起來，那完美無瑕的體形和豐滿的程度就彷彿是上蒼的傑作一般，給人以完美的感覺。

紀空手斜躺在大床之上，從他的角度看過去，正好是面對著褒姒的側面，那高高突起的玉峰幻出一道絕美的弧線，帶著一種微微顫動的動態之美，正一點一點地撩撥起紀空手心中的慾火，讓他陷身其中，幾乎不能自拔。

更讓他感到要命的是，當褒姒緊托起她那堅實的玉峰，緩緩地向紀空手的身體緊貼過來之時，那峰頂上粉紅嬌豔的花蕊已經傲然突起，帶著一種挑釁，向他的嘴唇緊偎過來。

她的粉臀就坐在紀空手的腰腹之上，那種溫熱的感覺已經無法讓紀空手自持下去，他開始以一種狂暴而不失有度的動作挑弄起身前的這名豔婦，在那種嫻熟的手法之下，不過片刻的工夫，紀空手已感覺到在那女人的私處中，滲出絲絲晶瑩的液體，讓人不自禁地狂放起來。

他沒有再猶豫，將整個頭埋入褒姒那深深的乳溝之中，入鼻是淡淡的幽香，彷彿透著一種春情的萌動，讓他心曠神怡，亢奮不已。

當紀空手火熱的嘴唇在嬌嫩的胸峰狂熱的遊走時，褒姒發出了一陣陣充滿激情的嬌吟，在紀空手魔掌有力的觸摸之下，褒姒的胴體有如一條白蛇瘋狂地扭動，那一雙修長柔滑的玉腿在紀空手的眼前開而又合，合而又開，亮出一道道絕佳的風景，足以讓紀空手感到目瞪口呆。

當紀空手翻身上馬之時，便如一個威風凜凜的大將軍，馳騁沙場，威風八面，他彷彿進入了一片美麗的山水之間，春意盎然，讓人眼花繚亂，縱馬而驅，穿過一道夾峙的山峰，進入到一片平滑堅挺的平原，由此而下，留連在一道谷地之間，但見草木稀疏，溪水潺潺，蚌珠微張閃爍出一道嫵媚誘人的洞口。

在身下的女人嬌軀輕顫、高吟低唱中，紀空手的情欲已達到極致，他感覺到自己的身體幾欲爆裂，極需用一種方式去排泄，他傲立的長槍逆水而上，已然進入了這洞口之中。

洞中的道路是這般的崎嶇，彷彿是一塊未經開發的原始地段，紀空手的心爲之一怔，然而並未因此而停止動作，反而以一種狂猛的方式來詮釋著男人的激情。

身下的褒姒發出一種痛楚的呻吟，強挺著玉體，承受紀空手給她帶來的激烈衝擊，當高潮接二連三出現之時，彷彿已經淹沒了她因撕裂產生的痛苦，隨之而來的是一種經歷著狂風暴雨的滿足，性感迷人的褒姒將美麗的胴體完全開放，深入的快樂將她的靈魂帶入到一個無所顧忌的境地，神魂顛倒中，她發出一陣狂斷喘叫，用盡身心去逢迎著這位騎在自己身上的強壯男人。

當兩人幾乎在同一時刻登上快樂的高峰時，這成熟豐腴的美女渾身發出一陣陣震顫般的痙攣，有如八爪魚一般纏著紀空手那完美的男性軀體，幾乎用盡了她所有的力氣。

在這一剎那間，紀空手陡覺有一股暖流以疾射的方式進入了自己的身體，這股暖流是如此的充沛而具有活力，與自己的元陽在片刻之間交融，產生出一道道驚人的能量，進入了自己的丹田之中，有如電流般在他的整個身體飛速流轉。

當這種如電流般的能量進入到他的意識之中，他的靈台陡然空靈，一種可怕的念頭隨之進入了他的思維之中。

「風流淫蕩的褒姒怎麼還能保持處子之身，難道是……」

紀空手剛剛想到這裡，陡覺一股強光進入了自己的思維之中，就如一股強勁的潮水沖刷著自己的所有記憶，他的頭幾欲爆裂，突然暴喝一聲，暈了過去。

當紀空手再次醒來之時，他彷彿置身在一個潮濕陰暗的空間，巨石所構築的牆壁十分的冰寒，顯示著他此時正被人禁錮在一個深入地下的囚室之中。

然而他絲毫感覺不到一絲的冷，而且思維也異常的清晰，一切所發生的事情就像是一個個片段，在他的腦海中閃過，沒有一絲的遺漏，就彷彿他真的曾經穿越時空隧道，進入了那種玄奇神秘的世界。

他並不知道自己此時身在何處，也不知道自己究竟暈睡了多少天，他只是感覺自己有些累，無論是心還是身體，都有一種經歷了性愛風暴所產生的那種疲憊。

他的心中一驚道：「難道說在我昏迷的這段時間裡，呂雉已經將她的『天外聽香』種入了我的體內，若非如此，我何以會有這種不適的感覺。」

他深深地吸了一口氣，讓自己的靈台進入一種空靈的境界，開始捕捉著自己體內那股玄鐵龜異力在自己經脈中的流向，讓他感到欣慰的是，異力不僅存在，而且比之從前更加充沛，更加具有活力，竟然在有意無意之間，將他所制的穴道衝開，絲毫沒有禁錮的感覺。

當他將玄鐵龜異力試著運行了大小周天之後，他陡然精神一振，整個人煥發出無限的生機，剛才那種微有不適的感覺已經蕩然無存，絲毫不顯任何中毒之兆。

這讓紀空手感覺一絲驚詫，出現這樣的情況，只能是有兩種原因，一是天外聽香之毒已化爲無形，融入了自己的身體，使自己已然變成了一具由別人操縱思想的木偶，而另外一種原因，就是自己根本沒有中毒。

這並非是沒有可能之事，以紀空手此時的武功修爲，已經能夠完全洞察到自己身體機能運行的狀態，只要有一絲的異樣，就很難逃出他靈覺的捕捉，而最終讓他確定自己沒有中毒的一個原因，就是因爲他此刻的思維和意識，都高度的清晰，而且根本就不像是有被人操縱的痕跡。

他無法知道到底在自己的身上發生了什麼事情，然而，當他發現自己的身體一切正常之時，又讓他恢復了應有的自信。

就在這時，一聲低微的呻吟打斷了他的思緒，紀空手透過暗黑的光線循聲望去，不由大吃一驚，因爲就在他腳下的一塊濕地之上，呂雉滿臉紅暈，靜靜地躺著，身上竟然不著一縷，她似乎如海棠春睡，又似已然暈迷，那俏臉之上隱見淚珠，有一種興奮之後的滿足。

入目看到佳人臉上的這種神情，紀空手當然明白，在呂雉的身上，究竟發生了怎樣的事情，他的心中一動：「莫非自己剛才所經歷的並非是一種幻覺，而是真實發生過的事情，那夢中的褒姒其實就是眼前的呂雉！」

他忽然想起了呂雉在小樓中曾經說過的一句話，當呂翥提出要讓呂雉用天外聽香來爲他種毒之時，呂雉曾道「神功未成，貿然使用，必有極大的風險！」這「風險」究竟又意味著什麼呢？

他不知道！

他趨身過去，把握住呂雉的脈息，只覺得她的脈息雖亂，卻並無大礙，只是暫時的昏迷，當他將自己的玄鐵龜異力貫注到呂雉的身體之內，只聽「嚶嚀」一聲，呂雉緩緩地睜開了她那雙動人的美眸，她滿臉驚懼，當她看清眼前的人竟是紀空手時，突然輕舒了一口氣，羞答答地垂下螓首，不敢與紀空手的目光直對。

紀空手看在眼裡，心中驚道：「莫非我真的對她做出了那種事情？」想到呂雉臉上流露出來的愛慕之情，他幾乎可以確定。

這位剛被自己佔有了處子之身的美女蜷曲著身體，緩緩地坐了起來，她的手遮擋住自己嬌挺聳立的玉峰，一臉柔弱，再也沒有了聽香榭閥主那固有的矜持，反而是又羞又喜的模樣，透出一股少女風情。

這讓紀空手憐意大生，緩緩地將手摟向她的腰間。呂雉的身體輕顫，掙扎了一下，已然被紀空手擁入懷中。

「你還痛嗎？」紀空手柔聲道。

呂雉搖了搖頭，旋即又含羞點頭。

「你能告訴我到底發生了什麼事情嗎？」紀空手的臉上露出了一絲迷茫，突然間微微一笑道：「除了你和我之間發生的事情之外！」

呂雉的臉上一紅，緩緩地抬起頭，輕歎一聲道：「這也許就是我強行使用天外聽香造成的結果，我怎麼也沒有想到，在你的身上會有一種不同尋常的異力，完全不受我的駕馭，當我對你施法之時，不僅不能制人，反而受制，這也許就是報應！」

「這又何嘗不是一段情緣呢？」紀空手將她的身體摟得更緊，悠然而道。

「也許吧！」呂雉幽然一歎道：「人道是，天下的男兒沒有人可以闖過酒色財氣這四關，而我的天外聽香無非就是將中毒者帶入酒色財氣這四種幻境之中，只要中毒者毅力稍差，陷入其中，就會爲我所制，我卻萬萬沒有想到，你竟然能連闖四關，以至於連我也深受其害，爲你所乘！」

紀空手淡淡一笑道：「酒色財氣又豈是男人可以闖過的關口，我豈不是最終也陷入了『情』之一字之中，但讓我感到真正心驚的是，這裡明明是一個地牢，何以你也會出現在這裡？」

呂雉抬起頭來，環顧四周，傾聽了一下動靜，臉色陡然一變道：「這正是我小樓下的一個密室，知道的人除了我之外，就只有呂翥，難道……」

紀空手微一沈吟，似乎明白了其中的奧妙，臉色凝重道：「這的確很有可能，以呂翥的聰明和才幹，她絕不會甘居於人下，替身做久了，當她享受到身爲閥主的那種榮耀和威儀之後，食味知髓，欲罷不能，心中難免會不起野心，或許，她將我送到你的小樓之中，讓你以天外聽香來爲我種毒，這本身就是一個陰謀。」

呂雉緩緩地低下了頭，心中顯得十分難過，有點不敢相信呂翥竟然會背叛自己，甚至想取而代之，她之所以選呂翥作爲自己的替身，不僅是因爲呂翥的能力，而且還因爲呂翥本就是她的親姐妹。

無論從能力上，還是從年齡上，在當年聽香榭選擇閥主之際，呂翥都遠比呂雉更有優勢，然而最終的結果卻是呂雉勝出，這只因爲作爲姐姐的呂翥被當時的聽香榭閥主紫飛煙以聯姻的方式下嫁給劉邦，根本已不是處子之身，也就無法擔當起閥主的重任。

這其實是呂翥當年心中的一個痛，身爲妹妹的呂雉當然知道姐姐的這份心思，所以在她成爲聽香榭閥主之後，以修煉天外聽香爲名，隱居幕後，卻讓呂翥以呂雉之名掌管聽香榭內外的一切事務。

然而令呂雉萬萬沒有想到的是，爲了這地位與權利，呂翥竟然不顧手足之情，設計來陷害自己，這令呂雉感到了人情的冷漠，更看到了人性醜陋的一面，因爲她心裡非常清楚，只要自己失去了處子之身後，那麼她就永遠無法修煉成天外聽香。

「有人來了！」紀空手在她的耳邊輕輕地說了一句，她抬起頭來，心中一震，因爲她從腳步之聲已然聽出了來者是誰。

「很好！你們終於醒了，並沒有讓我等得太久！」在他們頭頂的一個天窗之上，傳來呂翥冷冷的聲音。

「你究竟想幹什麼？」紀空手朗聲道，他所問的也正是呂雉心中所想的。

「我不想幹什麼，我只是想拿回我當年失去的東西！」呂翥冷漠地道：「我隱忍了多年，甚至與劉邦生了一兒一女，其實只是在等今天這個機會！」

「權勢對你來說真的就這麼重要嗎？」呂雉悠然歎道。

「在很小的時候，我就有著很強的征服欲，愈是得不到的東西，我就愈是想千方百計地得到它，當年，紫飛煙將我們帶入聽香榭，我看著她極度張狂之態，就曾經在心裡暗暗地對自己說，『總有一天，我也會和你一樣，成爲這個世界上最優秀、最驕傲的女人』，從此之後，這就成了我畢生追求的夢想，我發誓一定要實現它，直到有一天，當紫飛煙要我嫁給劉邦之時，我才感到這個理想在我心中已經破滅！」呂翥近乎咬牙切齒道：「所以我恨！恨我爲什麼要比你大，恨這聽香榭爲什麼要立下只有處子才可以登位閥主的規矩，更恨那紫飛煙，她何以要將我帶回這聽香榭之中，讓我領略到權勢這美妙的東西，我幾乎失去了身爲女人應該擁有的一切東西，當它們一離開我之時，我就對天發誓，不管用什麼手段，不管針對什麼人，總有一天，我會把這些已經失去的東西盡數找回，甚至是連本帶利的一併找回。」

紀空手與呂雉聽著呂翥這番長篇大論，只感到心中湧出一種深深的寒意，他們無法了解此時呂翥究竟懷著一種什麼樣的心態，但他們心中清楚，此時的呂翥擁有的是一種扭曲變形的心理。

「所以，你爲了找回當年失去的東西，甚至不惜捨棄自己的兒女，自己的胞妹，甚至不惜捨棄自己的感情，你想過沒有，這麼做是否真的值得？」呂雉淡淡而道。

「這是沒有辦法的事情！」呂翥的聲音極冷，冷如千年寒冰。「在很早的時候，我就懂得要想得到就要捨棄，在得與失之間，永遠不可能達到一個合諧的統一，它們永遠只能相對！」

「既然如此，你爲什麼還要把我們關在這裡，你完全可以殺了我們，一了百了，又何必和我們多說這些費話？」紀空手見這個女人完全不可理喻，搖了搖頭，冷然道。

「我不殺你們，因爲在你們的身上，還有我需要得到的東西。」呂翥冷哼一聲，淡淡而道：「只要你們能好好地和我合作，我不僅可以保全你們的性命，而且可以廢去你們的武功，將你們送到一個世外桃源，好好地過你們的下半輩子。」

「你莫非還想讓我成爲一個你所操縱的木偶？」紀空手沈聲道。

「沒有了天外聽香，沒有誰可以將你製成一個聽話的木偶，我所說的合作是希望你依然能以劉邦的身分出現，完全受我的駕馭！」呂翥傲然道。

「我是不是聽錯了？」紀空手報以不屑地道。

「你沒有聽錯，而且你也別無選擇，因爲不僅是爲了眼前這個女人，你還得爲你的妻兒著想。」呂翥看似平淡的一句話，卻引起了紀空手心中莫大的震驚。

他深深地吸了一口氣，讓自己漸漸地冷靜下來，這才一字一句地道：「她們在哪裡？我只有看到了她們，才會考慮我們之間的合作！」

呂翥得意地笑了起來，道：「我就知道你不是一個無情之人，你也不可能成爲真正的劉邦，因爲劉邦的無情遠遠不是你能擁有的，如果你真的想和我合作，你還必須要替我做一件事情，那就是說服你眼前的這個女人，讓她將附骨之蛆的解毒方法交出來。」

紀空手心中一驚，根本不知這附骨之蛆又是一種怎樣的毒物，他只是緩緩地搖了搖頭道：「我雖然不是一個無情之人，但也不是一個自作多情的情種，我自認爲自己沒有你所說的那種神通。」

呂雉抬起頭來，深深地看了紀空手一眼，沒有說話。

「你有沒有這種神通，只有我知道，因爲我是過來人，我知道她對你的這份感情。」呂翥淡淡而道。

紀空手渾身一震，目光與呂雉的眼芒交會一處，似乎從中讀到了一種哀怨。

就在這時，他感到自己的大手被一隻柔荑緊握。

「哈哈哈……」一陣狂笑從呂翥的口中發出，迴盪在這地牢之中，嗡嗡作響，笑聲方止，陡聽呂翥冷冷而道：「我希望當我再來的時候，你可以給我一個明確的答案。」

◆

呂翥的離去使得這地牢驀然靜寂。

紀空手緊擁著呂雉的胴體，沒有說話，只是將目光深深地看著她，良久方道：「我本無心，你也無意，但命運卻將我們連在了一起，這也許就是緣份吧！」

呂雉幽然歎道：「其實當我在登高廳中第一次暗中看見你的時候，我就有一種預感，預感到你我之間必定會有某種關係發生，但我怎麼也沒有想到，我們竟會以這樣的方式結合在一起，這和我夢中的故事大相逕庭。」

「夢中的故事？」紀空手不覺有幾分詫異道：「難道你的夢裡也有我？」

呂雉柔聲道：「這並不奇怪，因爲你的確是一個可以讓任何女人癡迷的男子，也許你算不上英俊，也談不上瀟灑，但在你的身上，有一種與生俱來、自然而然流露出來的陽剛之氣，更有一種不怕天，不怕地，凡事都滿不在乎的超然氣質，而這正是每一個少女所最愛的！」

呂雉的柔荑輕輕地揉捏著紀空手的手，充滿溫情地道：「我也不例外，因爲我也是情竇初開的少女！」

呂雉的話讓紀空手心生一種激情的湧動，似乎沒有想到，身爲聽香榭閥主的她，竟然會對自己流露真情，雖然他們是以一種無奈的方式結合在了一起，但紀空手從呂雉的話裡卻沒聽到一絲的怨意，反而似有無盡的歡喜。

「這麼說來，你豈非今生今世都要跟定我了？」紀空手的嘴唇輕貼在呂雉的耳珠之上，悄然而道。

第十三章　附骨之蛆

呂雉嗔了他一眼，滿臉飛紅道：「莫非你不情願？」

紀空手笑道：「擁美人在懷，乃是大丈夫平生最得意之事，我又怎會不情願呢？何況在我懷中所坐的不是一般的女人，而是名動天下的聽香榭閥主，這雖非危言聳聽，也足以駭人聽聞！」

呂雉輕打了他一下，俏臉緊貼在他厚實的胸前道：「在你看來，我這聽香榭閥主，比及紅顏，比及虞姬，是否遜色了不少？」

紀空手微微而笑道：「這要看你指的是哪一方面了？」

呂雉的俏臉更紅，嬌嗔道：「你就會欺負人家！」

紀空手哈哈一笑道：「你與她們不分上下，各有各的好，在我的心中，你們都同樣的重要，如果非要在你們之間分出一個高下來，那麼只有在這件事情上，你還有所欠缺！」

看到紀空手說得一本正經，呂雉抬起頭來，一臉關切道：「在哪件事情上？」

紀空手嘻嘻笑道：「就是這件事情！」

他沒有說出究竟是一件什麼事情，但他的手已經說明了問題，在紀空手那雙大手的侵襲之下，呂雉禁不住發出一陣誘人的嬌吟，面對玉體橫陳的佳人，紀空手展開溫情的攻勢。

當呂雉感到紀空手火熱的嘴唇印到自己嬌嫩的胸脯時，她發出了一聲輕哼，嬌軀輕顫，有一種自然而然的反應從心頭而生，她從紀空手那狂暴而不失溫情的動作之中，深深感受到這個男人對自己的真誠。

沒有一個女人會不為愛人對自己的真誠而感到驕傲，呂雉也不例外，她完全放棄了女兒家固有的矜持，滿心歡喜地捧住紀空手的頭，讓他的嘴唇吻在自己的胴體之上，自上而下的遊走。

那種溫熱酥麻的感覺，就像一串串電流衝擊著呂雉的全身，給他帶來無盡的快樂，當紀空手用老到而激情的方式一點一點地將呂雉的情欲挑動至高潮時，呂雉的玉腿在開合之間如一把剪刀輕輕地纏在了紀空手的腰腹之間。

在不經意之間，當紀空手灼熱的目光抬頭而望時，正與呂雉那流光顧盼的眼神交彙，呂雉羞得臉上飛出兩片火燒雲，「唔——」了一聲，抬起玉手，竟欲將紀空手的眼睛遮擋。

「你既然已是我的人了，又何必如此羞澀，須知這是人倫之道，但凡男女，發乎於情，就無須止乎於禮，一切自然就好！」紀空手輕輕地推開她的柔荑，理直氣壯道。

「你道誰都像你這樣厚臉皮！」呂雉白了他一眼道。

紀空手嘻嘻一笑道：「我哪是什麼厚臉皮，根本就是沒臉皮，只要能擁佳人入懷，我還管它臉皮不臉皮！」

呂雉伸入兩根纖纖玉指，擋在他的嘴唇之上，柔聲道：「在人家的心中，一直以為你紀大公子是正人君子，想不到你做起這種事來卻是一個潑皮無賴！」

紀空手輕咬了一下她的玉指，嘻嘻一笑道：「我本就是一個無賴，又何必去裝作什麼君子，在這個世道上，做君子實在太累，哪裡有我做個無賴這麼逍遙自在！」

呂雉一臉肅然道：「你雖然口口聲聲自稱自己是一個無賴，但在我的眼中，你遠比君子可愛，因爲你就算是一個無賴，也是一個有正義感的無賴，敢於擔負起責任的無賴，像你這種無賴，比及這云云眾生中的謙謙君子，已有雲泥之別！」

說到這裡，她情不自禁地湊過螓首，深深地在紀空手的嘴唇上吻了一下，美目中流露出一股近乎迷戀的深情，直到這時，紀空手才知道呂雉對自己的感情已是出自一片真心，更爲美人那濃濃的愛意所迷醉。

他不再猶豫，終於翻上佳人那柔滑的玉體，進入到那片他曾經開發的濕地……

情熱之中，呂雉突然感到紀空手那身下的巨物似有一絲疲軟，正當她心中莫名之時，卻聽到一個如蚊蚋般的聲音鑽入自己的耳裡：「上面有人正在偷聽！」

呂雉心中一驚，滿帶疑惑地靜下心來，屏氣傾聽，果然在頭頂之上傳來一陣似有若無的呼吸，這呼吸中帶著一陣急促，顯然偷聽者已經動情。

紀空手以束氣凝聲的方式道：「如果我們要想離開這地牢，現在就有一個絕好的機會，你只要照著我的吩咐去做，就不愁敵人不墜入我的圈套之中！」

他一字一句地將自己的計劃告訴給呂雉，呂雉依舊在低哼輕吟著，卻已將紀空手的計劃毫無遺漏地記在腦海之中。

當一切激情歸於沈寂之後，此時的呂雉整個嬌軀近乎軟癱下來，只有那對混圓高挺的乳峰顫顫巍巍，隨著呼吸在急驟地起伏，那張鮮紅的小嘴不住張合，吐氣如蘭，那迷離的星眸如雨如絲，潮紅的粉頰就像是熟透的櫻桃，那般的撩人，那般的可愛。

良久之後，呂雉才輕吐一口氣道：「這真是要命啊！我覺得全身發軟，已經沒有了一絲力氣！」

紀空手奇道：「這可不像是從聽香榭閥主口中說出的話，你能位列於五閥之中，武功修爲縱算不能驚世駭俗，也不至於如此不濟！」

呂雉輕歎道：「愛郎有所不知，我聽香榭雖然以用毒聞名，但對於武功一道，也有其獨特之處，這天外聽香看似是一種毒藥的名字，其實它是一種與問天樓的有容乃大、入世閣的百無一忌、知音亭的無妄咒，以及流雲齋的流雲真氣並稱爲當世五大奇功，煉到極致處，就算是與絕世高手一戰，也未必就落下風，然而，它最大的弊病就是唯有處子之身方可修煉，一旦被人破去處子元陰，那麼不管你修煉到第幾層，你都和常人無異！」

紀空手驚道：「如此說來，我們豈不是死定了，我雖然功力未失，然而穴道受制，此時也只有任人擺布的份！」

呂雉苦笑道：「也許我們只有照著呂翥的話去做，才能活命，因爲我實在太了解她了，她是一個不達目的勢不罷休的女人！」

紀空手道：「你的意思是說，只有交出附骨之蛆的解毒方法，我們或許還有一線生機？」

呂雉點了點頭，沒有說話。

紀空手問道：「這附骨之蛆究竟是一種怎樣的毒物，何以呂翥對它這般看重？」

呂雉緩緩而道：「你可曾聽說苗疆的『蠱』，這種『蠱』一旦種入人的體內，就如生根發芽一般難以消除，當種蠱者以一種獨特的方式驅動蠱蟲，那麼受蠱者就將生不如死，唯有任他擺佈，還有一種更高明的種蠱方式，甚至可以操縱人的意識和思維！」

「這豈不是很可怕？」紀空手悚然心驚道。

呂雉淡淡而道：「而附骨之蛆就是類似於這種蠱，卻又遠比這種蠱可怕，當它進入到了人的體內之後，不僅可以操縱人的意識和思維，而且可以磨滅人的意志和尊嚴。只是培植這種附骨之蛆不僅艱難，而且煞費苦心，也難以有很高的成活率，所以在我們聽香榭中，將它看得彌足珍貴，當年爲了爭霸天下，我曾經在江淮七幫每個首領身上都種下了這種毒物！」

紀空手恍然大悟道：「怪不得那一夜我夜探小樓之時，呂雉就事先設好了一個殺局在等著我，原來竟是樊噲在暗中通風報信！」

呂雉道：「我之所以在江淮七幫的頭領身上種下附骨之蛆，是因爲這江淮七幫中的高手雖然不多，但他們子弟遍及天下，混雜於三教九流之中，能量之大，絕非是你我可以想像的，劉邦當年能夠以十萬大軍搶在項羽數十萬大軍之前進入關中，江淮七幫功不可沒，一旦漢軍東征，他們的作用自然就顯現出來。」

紀空手道：「怪不得呂翥要得到這附骨之蛆的解毒方法，如此一來，她就可以操縱江淮七幫，而江淮七幫又是漢軍的根本，操縱了江淮七幫無疑就是操縱了數十萬大漢軍隊！」

「對！」呂雉道：「如果再把你煉製成可供她操縱的木偶，那麼她就可以藏身幕後，去爭霸天下！」

「想不到她竟是一個如此富有野心的女人！」紀空手倒吸了一口冷氣道：「那這麼說來，我們豈非是別無選擇了？」

呂雉微微一笑，突然壓低聲音道：「也許我不交出這附骨之蛆的解毒方法，一樣可以離開這地牢，你可知道這地牢是由誰來設計的嗎？」

紀空手的臉上帶出一絲欣喜道：「難道是你？」

「不錯！正是小女子！」呂雉的鼻子皺了一皺，俏皮道。

紀空手跳將起來道：「既然如此，你還不快點說出這逃生之法，待在這地牢之中，早晚會把我憋死。」

呂雉蜷曲著身子，倚在牆壁之上，緩緩而道：「這地牢的設計原理是根據陰陽五行而定，按照正常的排序，五行爲金、木、水、火、土，而我所用的排序是土、火、水、木、金，這種排序的方式在陰陽家的眼中叫做『倒五行』，而這個地牢就是按照倒五行的原理設計的，你只要測算出此時你所面對的方位，找出『木』之所在，那麼，我們就可以脫困而去！」

紀空手聽得頭都大了，叫了起來：「這也未免太玄奧了，對於我這個無賴來說，哪裡懂得這般高深的學問。」

呂雉莞爾一笑道：「其實這也沒什麼，只是你不肯學罷了，你現在站起來，照著我說的話去做就行了。」

紀空手站將起來，道：「那麼就請閥主下令吧！」

呂雉一掩小嘴，笑道：「你現在正對的方向乃是火之所在，左腳踏出，右腳微傾，向左劃出一小段半弧，然後向前直走，觸摸到石壁之時，那就是『木』之所在！你只需要用常人所擁有的力量，猛然撞擊，就可將它推出一條縫隙，縫隙之中有一個機括按扭，你只要按動它，就會出現一條通往外界的地道！」

紀空手聞言之下，剛要踏步而前，陡聽得頭頂上一聲嬌叱，那天窗上方的一塊石壁緩緩而動，一條人影如鬼魅般飄進地牢，正擋在紀空手的身前，透過地牢暗黑的光線，紀空手一眼就認出，來人正是呂翥。

「我早就算定你們不會甘心受我要挾，所以我並未遠去，又回轉過來，若非如此，我也不能發現你們的伎倆。」呂翥冷然而道。

紀空手臉色一變，驚道：「難道你真的不顧你和呂雉的姐妹之情，一定要將她趕盡殺絕嗎？」

呂翥冷哼一聲道：「我的眼裡已經沒有姐妹，只有這個天下，誰要阻擋我奪取這個天下，誰就是我的敵人，這是我做人的原則！」

紀空手道：「這豈非太過無情，如此做人，真正是無趣之極，簡直與豬狗無異！」

呂翥的臉色陡然一沈，彷彿罩了一層嚴霜，道：「你敢罵我？」

紀空手淡淡一笑道：「你既已算定我已是要死之人，還有什麼是我不敢的，無非就是一死，難道我還會怕了你？」

面對紀空手夷然不懼的言辭，呂翥氣極而笑，緩緩地抬起手來，手在虛空之中劃出一道曼妙的弧線，拍在紀空手頭頂，但又突然停住。

「你真的以爲我不敢殺你？沒有你，我一樣可以找到劉邦的替身，一樣可以去問鼎天下！」呂翥冷然道。

紀空手顯得十分的平靜，感受著頭頂上那手中發出的殺氣，一臉無畏道：「我相信你能做到這一點，不過，不是今生，而是來世。」

此話一出，紀空手的身形陡然起動，以電芒之勢繞轉至呂翥的身後，而與此同時，呂雉那曼妙的玉體也從地上彈射而起，兩人一前一後，正好對呂翥形成了一個十分完美的夾擊之勢。

這足以讓呂翥爲之色變，倏然心驚。

◆

靜！實在是靜！

刹那之間，這地牢猶如鬼域，靜得落針可聞！

呂翥此時心中仿如翻起滔天巨浪，那種駭意，那種恐慌已經無法用任何語言來形容，她的眼睛彷彿看見了這世界上最不可思議的事情，那原本俏麗的臉上，早已扭曲變形，活似女鬼般恐怖！

「你……你……」呂翥驚叫了一聲，戛然停住，沒有再說下去，因爲她知道，此時此刻最重要的就是要保持冷靜，唯有如此，她或許還可以挽回這局勢。

「我什麼？」紀空手在她的背後「哧」地一笑道：「你應該把這句話說完，否則以我愚鈍的思維是很難理解你話中的意思，不過，從你的表情來看，我知道你現在最想問的問題就是明明兩個武功盡失的人，何以在眨眼之間便成了你強勁的敵人。」

呂翥深深地吸了一口氣，道：「是的！你的確很了解我，其實剛才真正應該和你共用床第之樂的人不應是她，而應該是我，我們才是真正的一對！」

呂雉「啐」了她一口，滿臉飛紅。

紀空手笑了起來道：「我其實第一眼看到你的時候，的確有那種動情的感覺，就像是一條發情的公狗看見了一條發情的母狗一樣，它甚至不需要任何感情的基礎，隨時可做，就像是在發洩心中的獸慾，不過，理智卻告訴我，我是人，而不是真的一條公狗，雖然在某種意義上來說，我擁有與它相同的東西和本領，但我只與我所愛的人來共用這魚水之歡，而不是像你這樣的母狗！」

呂翥沒有回頭，但她的聲音之冷，有一種從骨子裡透出來的寒意，道：「罵得好！」

「我絕不是罵你！」紀空手冷然而道：「我只是說出實話而已，你不僅是一條發情的母狗，而且是一條瘋狂的母狗，你所做的一切，包括你的思想，無一不是十分的瘋狂和危險，像你這樣無情之人，你也許只有暴屍荒野一條下場！」

呂翥的牙齒咬得「嘎嘎」直響，道：「你罵得的確痛快，我只恨自己剛才在小樓之中爲什麼不將你碎屍萬斷，將你的肉丟去餵狗！」

「你沒有這個機會了！」紀空手淡淡一笑道：「你只要不笨，就應該看出此時此刻你的處境！」

「既然你這麼自信，料定我必死，那麼在我臨死之前，我是否可以向你提出幾個問題？」呂翥的臉上露出一絲沮喪之色，似乎接受了眼前的命運。

「當然可以！」紀空手笑了笑道：「我始終覺得死本就是一件殘酷的事情，如果讓一個人糊裡糊塗的死，那實在是一件十分殘酷的事情，我雖然是一個無賴，也會覺得於心不忍。」

呂翥緩緩地平息了一下自己躁動的情緒，然後抬起頭來，盯向呂雉道：「我第一個問題不是問你，而是問她！因爲我很想知道一個因修煉天外聽香而被破去了處子之身，怎麼還能保持武功不失？這簡直讓人不可思議，除非是你們之間根本就沒有做過那種事情！」

「這個問題你不應該問我，你還得問他，因爲連我自己也不知道原因。」呂雉的俏臉一紅，緩緩地低下了頭，看著呂翥狼狽不堪的樣子，她實在是有些於心不忍。

紀空手沈吟半晌，這才緩緩而道：「這也許就是天意，她的武功之所以能夠不失，我想和我體內的某種異力有關，我至今也搞不清楚這股異力來自於何處，但正是這股異力，使我成就爲一名高手，站在了當世江湖的最峰端。」

呂翥半晌沒有說話，似乎接受了紀空手的這種解釋，輕輕地歎息了一聲之後，道：「這麼說來，你受了紅粉佳人之毒，背上的幾處大穴也被重手法點擊，卻能安然無恙，這也全拜你身上的這股異力所賜？」

「不錯！」紀空手淡淡而道：「這股異力與人體所修煉的真氣有著實質性的不同，所以用對付常人所用的毒和點穴手法，只能對我起到暫時的效用，卻不能持久，你真正的機會就只有在小樓之中！」

呂翥的臉色變了一變，心中想必已是十分的懊悔，她千算萬算，都沒有算到紀空手身上會有這種異力，這莫非就是天意？

在這個世界上，有很多事情的發生都是不以人的意志而轉移的，也無法用任何的理由來解釋它的存在，正因如此，所以人們總是將它歸之於天意，就彷彿在這天地之間，冥冥中有一雙大手在左右著人的命運，這豈非正是人類的可悲之處。

當呂翥緩緩地轉過頭來，用一種冰寒的眼芒射向紀空手時，紀空手的臉上依然是那麼的平靜，淡淡而道：「我只是一個無賴，自小生長於市井之中，我所關心的只是一日三餐的饑飽，四季的冷暖，對於天下是由男人統治，還是由女人來統治，這樣沈重的話題其實並不是我所關心的，男人也好，女人也好，只要能對得住這天下的百姓，誰坐這個天下都無可厚非！所以，你本沒有錯，你錯就錯在不擇手段地去爭霸天下，甚至連自己的胞妹也不放過，這般的無情和禽獸又有何異？」

紀空手的思緒彷彿又回到了過去，冷冷而道：「當年在大王莊一役，我最好的一個朋友曾經在我的背上刺出了令我痛心的一劍，這一劍是誰刺出我都不會傷心，唯有是他才會讓我銘記一生一世，因爲我把他當作我最好的朋友，我相信他，甚至超過了相信我自己，像這樣的一個人居然背叛了我，那麼他注定是我今生最大的一個敵人，不管他做出了什麼事情，都不可能再贏得我的原諒！」

他的目光冷冷地望向呂翥道：「而你對呂雉所做出的事情和此人又有何異，所以，即使你是呂雉的胞姐，我也絕不會放過你，因爲像你這樣的人已經不值得我去同情！」

紀空手緩緩地吸了一口氣，手腕一抖，渾身的骨節爲之震響，殺氣已然貫出眉間。

「你真的要我死？」呂翥笑了笑道，她的臉上顯得非常平靜，絲毫沒有一點人之將死的悲狀。

「這無庸置疑！」紀空手斷然道。

「只怕未必！」當呂翥說出第一個字的時候，她的整個人突然向後飛退；當她說出第二個字的時候，她的手中已經多出了一段紅綢，如遊龍般在虛空中漫舞；當她說出第三個字時，那紅綢已如一條長蛇緊緊地纏上呂雉的頸項……這句話說完，她已經不再是將死之人，角色在刹那間互換，她又找回了她剛才的那種張狂之色，這只因爲她的手中已經多出了呂雉這樣一個人質。

這一切快如閃電，整個動作如行雲流水，就像是一個設計好的程式，快而不亂，一環緊扣一環，根本不容對手有任何的反應，即使連紀空手和呂雉這樣的高手，也無法躲過呂翥精密的算計。

她能如此輕易的得手，只因爲她和呂雉是同胞姐妹，在這個世界上，最了解呂雉的人就是她了，所以，她非常清楚呂雉的軟弱，而這就是呂雉過於看重親情，眼見自己的胞姐就要死在自己愛人的手中，她的心境絕對不會平靜。

算準了這一點，呂翥心裡明白，這才是她絕處逢生的機會。

她沒有辜負這個機會，所以，她又重新把握住了自己的命運。

「我說過你殺不了我的！」呂翥近乎神經質地笑了起來。

紀空手的臉色已然變得鐵青，他怎麼也沒有想到，一隻煮熟的鴨子竟然飛了，這種失算自他踏入江湖以來極爲罕見，而偏偏卻讓他和呂雉遇上了。

「如果你認爲用呂雉就可以要挾於我，那你就錯了！」紀空手一臉肅然，冷然而道：「畢竟我和她相識未久，她還不值得我去爲她放棄做人的原則！」

他此話一出，呂雉的臉色一變，霍然抬頭，整個人幾欲悲痛欲絕，她怎麼也沒有想到，紀空手居然會說出如此絕情的話來。

「我絕不相信你會這麼無情！」呂翥深深地看了紀空手一眼，道：「如果她真的不能要挾於你，那麼她的死也就不足惜了！」

她緊握紅綢的手緩緩地向兩邊拉動，力道也爲之增大，呂雉的臉被紅綢勒得通紅，呼吸顯得非常急促，幾欲窒息一般。

「且慢！」紀空手再也無法視若無睹，斷然喝道：「你贏了，我承認自己無法做到無情。」

呂翥得意地笑了起來，笑得忘乎所以，笑得異常張狂，這只因爲她深知人性的弱點。

面對呂翥如此囂張的樣子，紀空手唯有苦笑，他可以爲了自己所愛的女人付出自己的生命，他當然做不到看著所愛的女人在自己的眼前死去，有的時候，他真的恨自己做不到真正的無情。

他用一種深情的目光緩緩地盯注在呂雉的臉上，一字一句地道：「我只想告訴你，能和自己心愛的女人死在一起，我絕不後悔！」

呂雉的眼眸中閃出一種喜悅的神情，點了點頭道：「我也一樣，可惜的是我們還死不了！」

她的這句話說完，這地牢之中驀起一道狂風，這風竟然來自於纏繞在其頸項的紅綢，她的整個人陡然旋轉起來，就像是一架迎風的風車。

這風中所帶出的殺機，猶如秋風掃落葉般無情，那張狂的殺意充斥了地牢的整個空間，所帶來的壓力足以讓每一個人爲之窒息。

「天外聽香！」呂翥驚叫一聲，整張臉變得煞白，她實在沒有想到，破去了處子之身的呂雉不僅武功未失，反而煉成了這聽香榭的鎮閥神功。

她的心陡然下沈，彷彿落進了一個無底的深淵，一股深深的絕望湧上了她的心頭，恐懼如潮水漫捲至她的全身。

就連紀空手也被勁風逼到牆角，目睹著這驚人的一幕，心中也驚駭不已。

「轟……」

一聲爆響炸起，震得這地牢抖動不已，氣旋飛旋間，那一條紅綢裂成碎片，如同秋天的紅葉飄落，撒滿一地。

而呂翥的人被勁風席捲，直撞向那厚實的石壁……

「蓬……」

那石壁之上頓時濺滿了一片紅白相間的穢物，紅的是血，白的是腦漿，繪製成一幅淒美的圖案，留在那石壁之上，顯得異常殘忍而恐怖。

當這一切漸漸消寂，紀空手的眼中閃現出一絲迷惑，似乎不敢相信，這是呂雉的出手，他卻不知當一個女人全身心地投入到一段感情之中時，這個女人隨時可以爲她所愛的人付出一切，包括她的思想，她的觀念。

◆

當呂雉穿上呂翥的衣裳與紀空手跳出地牢之時，他們面對的是一條狹長的地道，燭火搖曳間，暗影晃動，顯得靜寂無邊，但紀空手已經感覺到了湧動在這地道之中的殺氣。

他一步步地向前趨進，展開靈覺，去感應這暗黑之中的危機，未行七步，他的身形如旋風般旋轉而起，一聲輕嘯，手掌如鋒刃般穿越虛空，向一團暗影擊拍而去。

那團暗影裡竟然發出兩聲低低的驚呼，暗影乍分，卻是兩名劍手，他們無疑是呂翥的死黨，剛才地牢中發出偌大的動靜已經引起了他們的警覺，可是當他們看到紀空手之時，臉上依然出現了一股驚異和震憾。

這兩人當然都是高手，絕不會就這樣束手待斃，雖然他們深切地感受到紀空手這掌中所逼射而出的凌厲殺氣，和那種幾乎讓他們窒息的層層壓力，但是，這依然摧毀不了他們的自信。

然而，這種自信並沒有維繫多長的時間，就在他們準備出劍時，這地道中的形勢似乎陡然起了變化。

這變化來自於紀空手的掌，他的掌斜出之時，五指分開，勁氣從指尖飆射而出，猶如那滿天飛灑的劍雨，那驚人的指力如水銀瀉地般漫入虛空，將這段空間裡所有的空氣完全絞裂至無形，這漫漫空中所剩下的只有那濃重的殺機和壓力。

他們絕對想不到一個穴道受制、身中奇毒的人居然還能有如此可怕的功力，這怪不得他們，畢竟像紀空手這樣的人，百年不遇。

他們同樣想不到，他們藏身之處其實早已經被紀空手所捕捉，甚至包括他們的氣息和舉動都毫無疏漏，所以當紀空手出手之時，已經將對手的一切計算把握得異常清晰和準確，甚至包括他們的心理。

「噹……噹……」

兩聲爆響之後，紀空手的身體在虛空中一閃而退，整個人顯得優雅而從容，而在他的面前，那兩名劍手連劍都未出，就已然倒地，在他們的眉心之間，無一例外的都多了一個洞——血洞！

紀空手的眼神彷彿多出了一絲憐惜和無奈，淡淡而道：「我本不想殺人，可惜的是，我已別無選擇！」

呂雉輕輕地歎息了一聲，道：「我雖爲聽香榭閥主，然而直到今天，我才真的知道，『人在江湖，身不由已』這一句話真正的含義，其實有的時候，殺人並非出於本性，在這亂世，在這江湖，只要你想生存下去，你就必須要去殺人，否則的話，等著你的永遠是被殺的命運！」

紀空手淡淡而道：「其實這就是亂世中生存的法則，汰弱留強，勝者爲王！」

呂雉輕輕地牽起紀空手的手，道：「然而不管是在亂世，還是在盛世，始終不變的是男女之間的那種至真的情愛！」

紀空手的心中流動著一種感動，緩緩地摟住呂雉的纖腰，沒有說話，只是大踏步地向前而行。

他的每一步踏出，都「砰」然有聲，顯得氣勢非凡，他知道在這段地道之中，還有六七名敵人躲在暗處，正在等待機會向他發動襲擊，然而他卻絲毫不懼。

一股濃烈的殺機已經迷漫了整個地道，當紀空手踏出三步之後，他只能駐足，因爲他無法找到這股氣息的源頭，這殺氣似有若無，彷佛在刹那之間全部收斂，就像是在這個地道中根本就不存在這股氣息，然而只有紀空手自己知道，他的靈覺曾經清晰地觸摸到了那種殺氣的存在。

雖然紀空手無法知道對方究竟是誰，也不知道他們的藏身之處，但那種敵意和殺機已經引起了紀空手的警覺。

他唯有向前，無論前進的道路有多麼艱難，他從不迴避，他選擇的方式就是面對。

紀空手的神經如弓弦般繃緊，隨時做好了應變的準備，從表面上看，他顯得灑脫從容，仿如閒庭信步，然而只有他自己清楚，機會總是留給有準備的人，只有在身心都準備好的情況之下，才可以抓住那一線稍縱即逝的勝機。

「哧……」

一聲輕響，似有若無，如落針之音在這空間中生起，頓時引起了紀空手的注意，他只退了一步，便聽得「轟」的一響，在他前方的地面突然爆裂，泥石就像是流星雨般帶著銳嘯向他飛湧而來。

敵人竟然來自於地下，便若是一隻從地獄跳竄出來的魔鬼，帶著一團凌厲無匹的殺氣，隱藏在這片泥土之後，直取紀空手的咽喉。

紀空手的目光如電閃般一亮，他的飛刀已然不在，但他還有手，當他學會了捨棄之道時，在他的心中，他的手雖然不是刀，卻與刀有著同樣的鋒刃。

「呀……」

一聲暴喝之中，紀空手揮掌直拍，強大的勁力在他的掌心中爆發，猶如狂潮般將這股泥土倒捲而回，就連那隱藏中的殺氣也被掌力截成兩段。

他根本沒有看清楚對方是誰，也不想看清楚對方是誰，他只感受著對方的殺氣來臨。

擁有如此濃重的殺氣和霸道的兵器，通常都只有刀，因爲刀是兵器一霸，而這握刀之人的功力顯然十分高深，否則他不可能在紀空手掌擊之下，依然做出向前的迎擊。

可惜的是，他遇上的是紀空手，紀空手對刀的理解已經遠遠超出了武道的範疇，否則他也不可能跳出刀境，將之捨棄。

「噹……」

紀空手的手掌以不可思議的速度從對方的殺氣之中切入，以精準的角度抹向那柄刀鋒，掌刀交擊中，一股渾厚而沈重的力道從刀身流瀉而出，如電流般傳入紀空手的手心，使得他有一種麻木的感覺，更有一種說不出的難受。

這只能說明對方的強大，然而紀空手依然無畏，因爲他明白在這種情況之下，對方讓他難受三分，他施加給對手的感覺就是十分難受。

對方陡然一驚，似乎沒有想到，紀空手以空手對敵，猶能如此霸烈，不過他卻沒有任何的猶豫，身子向前俯衝，貼地而來，刀芒竟然向著紀空手的腳背平削而來。

這有點像是存在江湖已久的「地趟刀」，而此人的刀法，雖然類似於「地趟刀」，但精妙的變化卻遠在「地趟刀」之上，用之於這狹窄的地道，無疑是適合的一種攻擊方法。

紀空手只有退，在退的同時，雙掌連連拍擊，那掌中爆發出的無與倫比的氣勢立即牽動了地道中所有的空氣和泥土，形成一條狂野無匹的暗影，在這虛空之中，扭曲成一道詭異的圖畫。

穿透著畫面的，是紀空手的那一雙眼睛，這眼睛在暗黑之中亮得就像野狼的眸子，放出一種亢奮而清晰的光芒，去捕捉著這暗影之後的殺機。

「呀……」

對方在翻滾之中連劈數刀，眼見一刀斬出，正要削向紀空手的腳踝之時，陡然之間，他的眼前驀現驚人的一幕。

他明明看見紀空手的腳踝就在眼前，然而當他的刀只近腳踝三寸之時，那腳竟然憑空不見，就好像它從來就沒有存在過一般，令他心中不由自主地怔了一怔。

這一怔之下，只不過是剎那的時間，但對於紀空手來說，已經足夠了，他的腳再現虛空時，已從一個死角中爆閃而出，一排腿影幻生，擾亂著這虛空的視線，就在對方還在感到莫名驚詫時，他的胸前已然中了一腿，心脈震碎，血管爆裂，當場倒地。

然而湧動在這地道之中的殺氣並未因此而滅，反而更濃，更烈，當紀空手進到一個相對空曠的地廳之時，從這地廳的四角閃出四條人影，以無比狂野之勢向紀空手夾擊而來，四把長刀帶動起四股瘋狂的氣旋，漫過虛空，無論是從出手的角度，還是速度，甚至於這四人之間的配合，都顯示出這四人不凡的功力，以及那種必殺的氣勢。

「變天劫！」

在紀空手的身後驀起一道嬌呼，聲自呂雉的口中而出，帶著一種驚奇和緊張。

紀空手心神一凜，能讓呂雉感到緊張的東西，當然是一種非常可怕的東西，雖然從這四人中的每一個人來看，他都無所畏懼，但這四把刀同時殺入虛空，卻給人有一種異常詭異的感覺。

的確！十分的詭異！當刀進入到紀空手的三丈範圍之時，那刀速明顯地減緩，猶如蝸牛爬行，一點一點的寸進，然而那刀中所帶出來的勁氣，已經幻變成一道道氣牆，猶如山嶽將傾，緩緩推移而來。

這四人中，每一個人的臉上都露出一絲兇狠、瘋狂的笑意，更有一種發自內心的得意，因爲他們心裡非常明白，當他們的陣勢已然形成，腳步到位之時，不管對手是誰，都很難從這變天劫中全身而退。

唯有此時，紀空手人在陣中，才感覺到這變天劫的可怕，也許這變天劫變不了天，但卻能改變這虛空中的一切，那看上去相對寧靜的空間，湧動出足以讓人窒息的暗流。

這四人的配合已然妙到毫巔，步伐的靈活足以彌補他們稍顯不足的功力，而在攻防之間，又有很強的互補，看上去就渾如一個整體，使得紀空手也驀然心驚。

他只恨自己此時手中沒有那七寸飛刀，倘若有刀在手，他可以在這四人中選擇一個突破，藉此破陣，而當他兩手空空之時，他就唯有等待，等待呂雉的出手。

事實上在呂雉驚呼的剎那，她的身形就已然動了，然而只動了一下，她就戛然停住，因爲在她的面前，突然多出了兩條暗淡的光影，暗影是刀，分襲而來。

這兩名刀手的武功顯然是這幫人中的最強者，他們的任務就是襲擊變天劫週邊的敵人，應付一切驚變，所以當呂雉甫動，他們也動，猶如山樑般隔斷了呂雉前進的道路。

呂雉明白變天劫的可怕之處，眼見愛郎深陷其中，心中不由惶急，她知道時間多過去一分，愛郎所遭受的危險也就多增加一分，所以她沒有猶豫。

長袖鼓動，在勁氣的充盈之下，猶如兩顆劃過暗黑之夜的流星，漫入虛空，疾捲刀鋒而去。

她本不想殺人，但是爲了愛郎的生死，她連自己的傷亡也在所不惜，因爲她心中的愛，激起了她蟄伏已久的殺機，那兩個刀手眼中閃出一股驚駭，那是因爲此時的呂雉已不再像是一個女人，而像是一尊煞神，那本該流光顧盼的眼眸泛起的卻是濃濃的血色。

「哧……」

刀鋒被長袖捲上的那一刻，驀生一種霧化的聲音，那兩名刀手只覺得手心一熱，一股電擊的感覺直透心中，有一股無法擺脫的難受和苦痛，令他們的心中充滿著無窮的驚悸。

唯有天外聽香才有如此霸烈的氣勢，也唯有天外聽香才可以在一擊之間將兩大高手的夾擊粉碎瓦解。其實，這天外聽香是一種意境，是一種可以深入人心的意境，它總是在無形之中進入人的思維，產生出非常抽象的幻覺，比如喜、怒、哀、樂，這遠比實質的東西更加可怕，更能深刻人心。

「哇……哇……」

兩聲悶哼，和著兩道血霧噴出，那兩名刀手身形一震之下，整個人騰空而起，向後跌飛，直墜向那變天劫的中心。

這悶哼之中帶著一種絕望的情緒彌漫虛空，似乎感受到了那種恐怖的死亡氣息，因爲他們知道，隨著他們的進入，將引發這變天劫最驚人的一幕。

「轟……」

一聲震響，山崩地裂，沙走石飛，血肉橫綻，虛空在剎那間變得喧囂狂亂，猶如橫掠大地的風暴在淒號，在這每一寸空間中，都充盈著爆炸性的力道，似欲撕裂這虛空中的所有物質。

一切都顯得那麼不真實，就像是游離於思想之外的一種幻覺。

就連紀空手也爲之色變，不過，他沒有猶豫，在這爆炸驀起的剎那，他的手掌猶如屠夫手中的砍刀，直切在一名刀手的頸項之間，血光一灑，頭顱旋飛空中。

變天劫爲之而破！

《滅秦⑦》完

請續看《滅秦⑧》

滅秦 7【珍藏限量版】

作　者：龍人
發行人：陳曉林
出版所：風雲時代出版股份有限公司
地址：10576台北市民生東路五段178號7樓之3
電話：(02) 2756-0949
傳真：(02) 2765-3799
執行主編：劉宇青
美術設計：許惠芳
業務總監：張瑋鳳
出版日期：2024年8月新版一刷
版權授權：蔡雷平
ISBN ：978-626-7369-95-1
風雲書網：http://www.eastbooks.com.tw
官方部落格：http://eastbooks.pixnet.net/blog
Facebook：http://www.facebook.com/h7560949
E-mail：h7560949@ms15.hinet.net
劃撥帳號：12043291
戶名：風雲時代出版股份有限公司

風雲發行所：33373桃園市龜山區公西村2鄰復興街304巷96號
電話：(03) 318-1378　　傳真：(03) 318-1378
法律顧問：永然法律事務所 李永然律師
　　　　　北辰著作權事務所 蕭雄淋律師

行政院新聞局局版台業字第3595號 營利事業統一編號22759935

定價：340元　

國家圖書館出版品預行編目資料

滅秦／龍人 著. -- 二版 -- 臺北市：風雲時代出版股份有限公司, 2024.05 冊； 公分.
ISBN : 978-626-7369-95-1（第7冊：平裝）

857.7　　113002954